人事忘得了，鬼事却磨灭不了。

——费孝通

神明

考古学

徐颂赞——著

南京大学出版社

推荐序 /
如何在一个扁平无趣的时代不那么无聊

黄剑波

我们常被告知要做正常人,听话的人,会背诵的人,当然,最终成为一些无趣的人。但正如社会学家彼得·伯格(Peter Berger)对自己的提醒,如何在自己的时代中避免成为一个"bore"。

我们常被警告不要搞那些神神叨叨的事情,要学会理性的思考和精巧的计算,要在我们的生活中清除掉任何的妖、魔、鬼、怪,因为那些都不过是怪力乱神之事,事物要有线性的因果,历史乃是逻辑的推演。

于是,那个层次丰富、色彩斑斓的宇宙被压缩成一个平面的世界。那个充满了激情和想象的五光十色的生活,被抽象为一系列的原则和公式。我们进入了一个韦伯意义上的祛魅的世界,或者托尔金笔下精灵远避的中土。

回想起来,多年前最初看《指环王》和《纳尼亚传奇》的时候,很不能欣赏托尔金和刘易斯大量描写各种精灵鬼怪,一直觉得这是他们作品中的败笔。后来才逐渐意识到，他们似乎是在反抗这种理性化时代的单调。

世界的单调首先就是时间的单调。查尔斯·泰勒（Charles Taylor）在《世俗时代》中用很大的篇幅来描述现代时间如何从多维度逐渐变成标准化和匀质化。吴国盛在最近的一个访谈中也转用他人的说法，指出："时间的钟表化使得时间被独立出来成为一个纯粹的计量体系，时间开始从生活世界中剥离出来……钟表是一切机器之母，而借助钟表，现代技术得以全方位地占据着统治地位。在钟表的指挥下，现代人疲于奔命，受制于技术的律令。技术的异化通过时间的暴政表现出来。"

我在《神明考古学》中看到了一种可能性：在跨越东方西方、神灵鬼怪、天堂地狱的絮絮叨叨中，恢复一种多维度的时间观，恢复一个比较有趣的世界，也即让我们恢复为一个个活生生的人。当然，或许颂赞自己本身没有这样的想法，且由得我聊发少年狂，借题发挥一下。

所以，得感谢颂赞，用有趣的文字讲述有趣的话题，唤醒我们被尘封的想象力和日益无趣的灵魂。在这里，你看到的那些妖魔鬼怪显得可亲可敬，而慈眉善目者却盛满了一肚子的男盗女娼，至少也是饮食男女，如同我辈。

确实，在日益理性化和扁平无聊的时代，恢复对大千世界的好奇和趣味，已经成为一种难寻的品质。或许，我们都可以尝试着回应伯格的那个自我期许。

目　录

楔子　上穷碧落下黄泉，我有媚眼望幽明

有如观象家发见了新的星座

或者像考蒂兹，以鹰隼的眼

凝视着太平洋，而他的同伙

在惊讶的揣测中彼此观看

尽站在达利安高峰上，沉默

——济慈《初读贾浦曼译荷马有感》，查良铮 译

　　一直以来，很多朋友都知道我是宗教学专业的，便常常问我一些问题，大到灵魂是不是存在、长生不老药到底怎么找，小到能不能算个命、测一下桃花运等。由此可见，大家对宗教学都挺感兴趣的。而几千年来，这些民俗与宗教文化也确实是人类文明和传统文化的核心构成部分，是每个人多多少少都会好奇的话题。但是，大家要么认为宗教学严肃古板而姑置不论，要么认为都是神神叨叨就敬而远之。

对我而言,从小因为家庭缘故,十岁就沉浸在宗教经典中,开始走上跟"别人家的孩子"不一样的路。一路走来,更是暗自惊喜,因从中看到了其他人未曾看到的沿途风光。后来,我也顺理成章地选择了宗教学专业,开始对这些文化现象进行更系统的研究。因此,局内人的体验,局外人的观察,这种双重视角,让我对这些神明妖怪更能抱有平等与温情的目光。

其实真正了解它们,会发现这些民俗或者宗教文化非常酷,神明鬼怪更是好玩。我们既可以从趣味知识中理解宗教,也可以从宗教中反观人间生活。这些古今中外的神佛妖魔鬼怪,会带我们发现非常有趣多元的奇妙世界。

我希望这本书,用现代思路言说古典宗教,用千年智慧养成有趣灵魂。我希望,它能用有趣的故事,帮你解决生活里的小矛盾,助你成为幽默透彻的人;它也能用大师的故事,用超过心灵鸡汤一百倍的浓度,让你卸下负担,如沐春风;它还能用现代学科和研究规范,助你更加客观地理解人类信仰活动,在轻松幽默里,看明白人间的纷繁复杂,看内心的花开花落。

我在这里讲的妖魔鬼怪、魑魅魍魉、神佛仙圣,不是封建迷信,也无关信仰抉择,而是人类几千年来积累传递的文化现象,是人类心灵的象征和外化。观察这些魑魅魍魉,可以从新的角度看到一个不同的人间。这个人间,不再是帝王将相,不再是晴耕雨读,不再是战争与和平,而是一个有仙气又有烟火气的世界。从前善男信女们敬爱或者畏惧的对象,如今被请上人间的舞台,与我们平等对话,你才会发现:哦,原来他们这么可爱。

一百多年前,蔡元培先生曾经翻译过日本学者井上圆了的

《妖怪学讲义》，他在序言里还回忆了自己对于这些鬼鬼神神的观念转变。蔡元培曾为北京大学校长、新文化运动的核心人物，提倡科学、反对迷信，向来就是他的招牌。这样一位知识界的领袖，却翻译了日本的妖怪学，看似矛盾，实则是蔡元培本人也经历了一段转变过程。原先，他认为世界上的事物，有结果必有原因，有表象必有实体，鬼鬼神神这些都是自欺欺人的假象，应该扫尽一切牛鬼蛇神。对于素来以理智著称的知识分子，自然如是认为。但是，蔡元培在了解井上圆了的妖怪学后，觉得事情并没有那么简单。从现代学术的角度去看妖怪，其实是一种非常有趣、独特的文化现象。从妖怪可以去理解哲学、心理学、宗教学、政治学等等，可以解释人们生活里的各种习惯、想象、意识甚至变态心理。

因此，蔡元培先生在妖怪的问题上"开窍"了，他说往后感到"心境之圆妙活泼，触处自然，不复作人世役役之想"。可以说，妖怪给蔡先生的生活增加了不少趣味和启发。魑魅魍魉、牛鬼蛇神，竟如是可爱。

神灵妖怪也会有爱恨情仇，有尔虞我诈。好在他们任人评说，多半也能原谅凡人的妄议。至于凡人，生活已经不易，为何还要大开脑洞？有人说，这是为了逃避现实。有人说，这纯属玩兴，大抵不过荼淫橘虐之流。我则要自辩，无所谓意义，意义就在想象的飞翔里，不知其几千万里。海涵地负、羽化登仙，上穷碧落邀神仙起舞，下至黄泉观阎王判案，求索天堂、地狱、人间，遍访幽冥、闺阁、寺庙、青楼、朝廷与修道院，与神明恋爱、与妖怪玩耍，以凡眼看神明世界，以鬼耳听人间是非。鬼鬼神神人人，俱有喜态愁容，俱有深情离欢。

本书如今既已面世，文体介于文化随笔与学术研究之间，文笔尽量兼有仙气与烟火气。我无法保证内容及时贴近更客观的前沿研究，但我努力寻找合宜的创作实验，重构一个饱满、幽默、有情的幽微世界，把神明妖怪重新带向人间，也把人间带给他们。若你试图在其中寻找确切无误的知识，或者概览全盘的理论体系，那我只能说声抱歉，不妨移步我的学术论文。如果你能会心一笑，那么这本小书已通往使命之途。

　　世界广大精微，足以拥有人神鬼。

辑一　人鬼恩怨

迷迷茫茫寻海上蓬莱，
原以为仙人指路，
谁能料误入蜃楼。
神神叨叨观大千世界，
殊不知妖有真情，
怎猜透人却假意。

为什么书生总是偶遇狐仙

人和狐狸的恋爱故事，算是古人和动物的爱情经典传奇之一。这类经典母题，曾频繁出现在《搜神记》《广异记》《集异记》里面。当然，《聊斋志异》里更是不少见的。

《聊斋志异》五百多篇故事，其中写到狐狸、狐仙、狐狸精的就有七十多篇，占总数的百分之十四。在写狐的篇目中，又有三十多篇专写"人狐情未了"这类主题。也就是说，如果你生活在《聊斋志异》的世界里，在路上陆续遇见一百位书生，那么其中就有六位与狐仙有过偶遇的故事。这种概率虽不见得特别高，但在书生与动物的恋情故事里，狐狸显然拔得了头筹。不得不说，人狐恋情确实是古人居家、旅行与交游的必备八卦。

人狐为何相恋

就像人间的婚姻一样，有的人结婚出于真情，有的出于利益，有的出于指腹为婚，有的出于无可选择，将就着过。人与动物相恋，原因大抵也不出此范围。人狐恋本已独辟蹊径、异类冠绝，而

7

如此种种,非冲决世俗的罗网不可。

凡事宜反求诸已。那么,就人的角度而言,为什么会爱上狐?

爱上狐仙的人,常是书生。这类人通常年轻,血气旺、精气神佳,容易吸引狐仙,而且有时头脑简单,极容易相信陌生人。何况,书生整日待在书斋内,醉心科举功名,人情世故都不够练达,更不像樵夫、农民或者老和尚、资深道士那般,拥有丰富的社会经验甚至驱魔知识。面对幻化为人的狐仙,书生们自然不懂如何辨识。即便是资深的道士,也不一定能降服狐仙。就像《聊斋志异·丑狐》里那位贴符作法的道士,面对狐仙搅局时,也一样吓得落荒而逃。

不过,我们也不能对人过于苛求。有时候,人狐恋的关键原因,可能还不是出在人的身上。狐狸长相本就妖媚,远超其他动物,很少听说有人恋上狗仙、鸟仙。在自然属性上,狐狸就有不可复制的先天优势。继而,狐已成仙,仙即不老,永葆青春,那魅力可有多大! 即便是成妖的狐,也有幻化为美人的能力,形象实在太美,极容易吸引他人。爱美之心,人皆有之,不能责备人们太软弱,只能怪狐仙过于美丽。

再有,古代男女未婚之前,其实很难常见面。《牡丹亭》的游园惊梦,为何发生在后花园? 实因杜丽娘乃大家闺秀,足不能出户,很难见到除父亲和私塾先生以外的第三位男性。既见柳郎,心思难平。对于年轻男子而言,虽然行动的自由度更大,但也很难随意与未婚的女性见面。家中贫困的书生,更是难上加难。正是在这样的环境下,狐仙来去自如、四处游走,当然比那些禁足的闺秀们自由。人与狐自然就容易相遇,相遇方有故事。

当然，并非所有相遇都有好故事，狐仙遇到的人也不一定都是清一色的善良书生。人狐情未了，也有可能是人太坏，而狐上了当。有的人就曾辜负狐，骗了狐仙的财与色。

丑狐的深情

《聊斋》里的狐狸，多以妖媚动人的形象示人。率真爱笑如婴宁，侠肝义胆如红玉，知恩图报如小翠，都是蒲松龄塑造的狐界典范。

不过，并不是所有狐仙都是美丽魅人的，也有的狐仙长相颇为丑陋，实为"丑狐"。但这丑狐貌丑心不丑，还颇讲究以直报怨，轻蔑忘恩负义之人。这种人狐情未了，是因狐被人辜负，由善转恶，终而酿成悲剧。

蒲松龄就写过这样一位丑狐。据《聊斋异志》的前方报道，长沙有位书生，因为太穷而买不起棉被，在这个寒冷的冬夜里，冻得睡不着觉，只能百无聊赖地在书桌旁，坐待天明。万籁俱寂，只有北风透过纸窗，呼呼地吹。此时，"吱——"一声响，门开了，走进来一位陌生的年轻女子，披着长袍，身材曼妙动人，只是脸又黑又丑。书生起先以为天人，细看转而皱眉嫌弃，连忙开口："你，你是谁？怎敢擅闯我家？"那女子倒是不紧不慢，边说边靠近："官人莫怕，我是狐仙，看您家中没有棉被，冷得睡不着，特地来给您送温暖了。"

书生听罢，想起孔夫子的谆谆教导，连忙说："什么狐仙？我看你是妓女吧？走走走！"不过，书生心里也在犯嘀咕："都说狐仙美丽,怎么轮到我就这么倒霉?"那女子听了,也不生气,也没转身离开,继续温声慢语:"官人,此言差矣,我常在您家徘徊,见您温文尔雅,心生好感。如果您答应与我长相厮守,我便把这个元宝送给您,作为定情信物。"说罢,她从袖子里拿出金光闪闪的元宝,放在书桌上。

书生见此元宝,双目放光,连忙说好,心中又嘀咕:"天下怎有这等好事,金银财宝送上门来。丑是丑了点,不过好在夜里看不到脸,也无所谓。"只见狐仙把衣袍脱下来当作被子,与书生依偎取暖。隔天醒来,狐仙说:"官人,这个元宝你拿着,去买床厚实的被子,再去添些衣物。只要我们永结同心,我便永远对你好,你也永远不用担心会挨饿受冷。"听罢此言,书生心有感动,转念一想:"毕竟这狐仙是妖怪,收下元宝尚可,与之相守一生,万万不可,不如先从她那里拿些元宝,再除之而后快吧。于自己,收钱脱贫致富;于他人,除妖造福社会:两全其美。"等狐仙离开后,书生便把这件事告诉夫人,他夫人也赞同书生的计划,就去买了新被褥,添置新衣物。

就这样,这家人一起骗了狐仙。狐仙当晚来时,看到新被褥,又听了书生的美言,心间颇感甜蜜。时光流逝,一年以后,书生早已脱贫,家中装饰一新,出入华冠丽服。不过,狐仙送的元宝倒是越来越少。书生觉得,差不多是时候启动终极灭狐计划了。

书生便在门口贴了驱魔符,等狐仙再来。狐仙只见门前有道符,所幸未受到任何伤害,于是一把撕了驱魔符,踢开大门。书生受了惊吓,大步躲到床边。狐仙破口大骂:"不仁不义之人!我对你那么好,你竟然这样对我!可怜你的这些小玩意儿,一点儿也伤不到我。你既然这样对我,我就要从你这里拿回当初给你的一切!"

大概因为过度气愤,狐仙什么也没拿走,撂下狠话后就转身离开了。书生听了,吓得哆嗦打颤,赶忙跑到道士家,寻求帮助。道士出了主意,隔天就来作法。才刚布好法阵和道坛,道士便狠狠地摔了一大跤,耳朵竟然被无故割掉了。刹那间,像脸盆那么大的石头,从天而降,把家具砸得一塌糊涂。道士见状,捂着耳朵就跑了。"妖怪来了!降不住了!"人们纷纷叫喊着逃跑。只有书生留在原地,一脸发懵。

狐仙果真来了,还抱着一只猫头狗尾的怪物。她指着书生,对怪物说:"去,把他的脚指头咬下来。"那怪物一下子飞窜扑了过去,咬到了书生的脚趾。狐仙等书生交出了过去一年骗走的元宝,方才作罢,带着怪物离开了。

故事其实还没完,后面还有一些剧情。不过,这个人狐恋的核心场景以及彰显的主旨,基本如上所言。俗话常说,夫不嫌妻丑,妻不嫌家贫。但这回,狐不嫌人贫,人倒嫌狐丑。试问,丑的到底是人还是狐?

狐的猫腻

人类对狐狸的爱恨情仇,其实古已有之。早在大禹时期,就有大禹偶遇九尾狐,娶了涂山氏的传说,九尾狐因而成为象征喜结良缘的婚姻大使。《说文解字》还赋予了狐多种德行,说它的毛色中和,尾巴大,"小前大后",死时还会朝向巢穴所在的土丘。这些行为，也象征着中庸之道、不忘根本、邦国繁盛、家庭观念强等品德。当然，凡物有褒有贬。同样一部《说文解字》，也说过狐的坏话，说它是"祅兽也，鬼所乘之"。

从汉代开始，狐狸的美誉度开始下降，诸多学者开始把狐狸说成是淫妇的象征。宋代朱熹更是贬斥狐狸，说它是"妖媚之兽"。这种观念在文人圈子里根深蒂固。当然，学者们的评语，并不能妨碍老百姓的追狐潮流。

唐代以后，人们竞相追捧狐神，在家中祭祀，将其奉为家庭守护神，一时成为潮流。老百姓中也流传着"无狐魅，不成村"的说法。这种对狐的正反评价，一直在知识分子与老百姓、历史和现实里交织并存。

其实，神话也好，传奇也罢，露脸说话的人基本都是男性。男性视野里的女性，当然是作为一种被审视甚至被怀疑的对象而存在的。对强大的女性，男人们自然抱以畏惧，或者轻蔑；对弱小的女性，自然抱以哀怜；对妖媚的女性，则心里不免乐开花，而当这样的女性为自己带来祸害时，又将苦果推还回去。

同样，正面表扬便是狐仙、天狐，广建狐仙庙，以求良缘、保佑生育。而当负面批评时，狐就成了狐狸精，成了使人堕落、破坏婚姻、拆散家庭、毁灭国家的红颜祸水。

以狐而喻，敬则为仙，畏则为妖，害则为精。从狐看人，也不过如此。

为什么日本盛产妖怪

喜欢大胡子宫崎骏导演的人，大概都会对宫崎骏电影里的那些妖怪印象深刻。《幽灵公主》里的山犬、野猪、仁兽麒麟大神；《千与千寻》里的河伯、无脸男、舞首、白龙……五花八门的妖怪、精灵、神祇，简直比人类社会更加精彩。理解这些形形色色的妖怪，也就理解了日本文化里的幽冥世界。

妖怪：日本文艺界的大咖

在日本的文艺界，妖怪无疑是常客，有时还是大咖。除了宫崎骏的电影，在芥川龙之介的小说、鸟山石燕的浮世绘、柳田国男的学术专著、太安万侣的史书《古事记》、佛教的故事集《日本国现报善恶灵异记》里，妖怪都是不可或缺的角色。为什么日本人那么喜欢妖怪，还变着法地为妖怪写出各种作品呢？其实在日本文化里，妖怪并非可有可无的奇谈怪论，而是活生生的文化传统和民俗生活。

根据江户时代国学大师本居宣长的《古事记传》，日本有"八百万神""八百万妖"的说法。这种说法当然是颇具诗意的夸张修辞，但这用来反映日本妖怪生态的丰富多元，丝毫不为过。江户时期的浮世绘大画家鸟山石燕，就曾画过《画图百鬼夜行》《今昔画图续百鬼》《今昔百鬼拾遗》《百器徒然袋》，这四部以妖怪为题材的浮世绘画集里面一共有 207 种妖怪。在"妖怪漫画鼻祖"水木茂的笔下，涌现出 423 种妖怪。台湾作家叶怡君曾统计过，有名有姓的日本妖怪大概有 600 多个。这还算有姓名的，而在浮世绘或佛经里出现过但名字家世不详的小妖怪，还有更多，端赖后人赏脸帮它们打扮一番再登台亮相了。而在 1960 年代后的日本社会，多次出现了"妖怪热""怪兽热""变身热"等文化现象，校园怪谈、阴阳师等甚至在中小学里风靡一时，这足以看出"妖怪"在日本的热门程度。

但是，为什么日本盛产妖怪呢？为什么从古到今，日本人都那么热衷妖怪？如此热门的妖怪，究竟是如何来的？它们又将去往何方？这并非怪力乱神，而是一个非常有趣的学术问题。众多妖怪的纷纷出场，跟日本的自然与社会环境息息相关。

日本妖怪的出场

在进入日本这个"妖怪列屿"之前，我们首先来界定下什么是妖怪。

《搜神记》说："妖怪者，盖精气之依物者也。"意思是说妖怪是精气附着于某个物体的表现。日本民俗学之父柳田国男说："妖怪是沦落的神明。"意思是妖怪与神明本来出于同一个源头，妖怪只是没有升到天界的神明，沦落人间而已。妖怪与神明本系同源，只是因为人生道路不同，而过着不同的生活。

在日本，究竟是什么在影响着妖怪的诞生和成长？这得先从日本的自然环境说起。

日本是个岛国，四周大海环绕，丘陵山地就占了七成，剩下的零星平原分布在沿海一带。日本境内，有三分之二的国土被森林覆盖。在这样的环境下，日本人种田、打鱼、做生意，都会频繁进出山林江海，在这些地方来往多了，各种奇谈怪论传开，自然可以理解。除了自然地理具有适合妖怪诞生的"先天优势"以外，日本的社会环境也有利于妖怪生长。因为鬼怪是一种综合的文化现象，需要文化心理的长期积淀。

日本自古以来就有"泛灵论"的风气，到了明治时期，更是把神道教钦定为国教，由内务省官员担任神职人员。作为一种国家宗教和官方意识形态，神道教允许妖怪的存在。在神道教的经典里，就有"千万神明"的说法。作为一名负责任的主神，天照大神很宽容，不像西方的一神教那样，排斥其他神明，而是与各种自然神、社会神、人间神和平共处，非常和谐，一派热闹景象。而在日本民间社会，老百姓的三观也是"万物有灵"，动不动就觉得家里的哪张桌子哪张床里面都住着些什么精灵。不论国家还是地方，到处是千万神明、万物有灵，妖怪哪能不出现呢？

另外，特殊的社会事件也会影响妖怪的出场。当代日本作家京极夏彦，在一次访谈时，讲过这么一个故事。

1855 年的安政大地震，导致七千多人死亡。劫后余生的人们纷纷传言，是地下的大鲶鱼震动，导致这次大地震。此后，一种叫作"鲶绘"的浮世绘,开始在日本民间流行开来。在"鲶绘"里,人们制服鲶鱼的招式五花八门。有站在巨大的鲶鱼背上,抄出棍子、锤子、刀剑等十八般武器殴打鲶鱼的;也有抄起大石头、大葫芦压住鲶鱼头的;还有请来天兵天将制服鲶鱼的。通过制服鲶鱼,人们对地震的恐慌和悲伤,得到了适当的纾解。正是在特殊的历史事件和社会环境里,一种新的妖怪就这样华丽出场了。

京极夏彦素来以"妖怪推理"闻名,他创作的"百鬼夜行"系列小说、"百怪图谱"系列妖怪画,征服了很多日本人。很多人认为妖怪是迷信,但京极夏彦就认为,日本人眼里的妖怪,不是迷信,也不是超自然现象,而是人们赋予自身情绪的一种角色。

"鲶绘"的诞生,不就正好体现了妖怪的"社会属性"吗?

正是日本特殊的自然环境、社会文化以及特殊的历史事件,共同造就了妖怪流行的文化风俗。这种风俗,当然会深深影响到作家、艺术家和学者,他们把这些现象变成文字、图像,带来文学、影像的审美体验。在日本的学术界,甚至还诞生了"妖怪学",这个听上去"怪怪"的学科。

"妖怪学"的诞生

在日本,有一项专门的学问,叫作"妖怪学"。这个学科,听上去有点让人毛骨悚然,但一联想到日本动漫里那些妖怪精灵们,还是觉得蛮可爱的。

妖怪学是以妖怪为研究对象的学问,综合了文学、艺术、人类学、民俗学、心理学等学科,是一门跨学科的研究。

在古代，很多妖怪只是日本老百姓茶余饭后的谈资罢了，有些甚至无名无姓，也没有视觉形象，除了部分有浮世绘和民间工艺，其余全靠脑补。

但是到了近代，日本涌现了一批爱上妖怪的浮世绘画手、漫画家、作家、学者，陆续赋予这些妖怪以鲜明的形象、特点、角色和故事，让它们逐渐变成家喻户晓的大 IP。这些爱上妖怪的人有不少是名人，比如"日本妖怪学之父"、东洋大学创始人井上圆了，"日本鬼怪漫画第一人"水木茂，民俗学家柳田国男，小说家京极夏彦，文学大师川端康成，导演宫崎骏等。他们围绕着妖怪起舞，以妖怪为主角，向全世界讲述着妖怪背后的日本生活。

在此，不得不说一个关键人物，就是被誉为"日本妖怪学之父"的井上圆了。井上圆了是日本首开妖怪研究的学者，他的《妖怪学讲义》经由蔡元培翻译，于光绪三十二年(1906 年)传入中国。井上圆了把日本的四百多种妖怪分门别类。从真假的角度，可分为"真怪"和"假怪"。顾名思义，"真怪"是无法用任何理论解释的真实存在的妖怪，而"假怪"则是因为人们的恐惧、迷信、忧虑等造成的假象。而从成因的角度，井上圆了又将形形色色的妖怪分为"物怪""心怪"和"理怪"。什么是"物怪"？比如鬼火。这是古代人们眼睛能看到的物质，但又没法解释成因，就把它当作妖怪了。当然，今天我们都知道，鬼火只是一种磷火。什么是"心怪"？就是催眠术、魔术。"理怪"则是肉眼看不见的最高存在，在不同宗教里有不同的名字。在井上圆了看来，"理怪"就是老子说的"无名"，孔子说的"天"，佛陀说的"真如"，神道教说的"神"。总之，是自生自存、无限永在的"大怪物"。

当然，就其故事或外形而言，日本的妖怪，可以清楚地分两种——可爱的和可恶的。

可爱的妖怪，可见诸浮世绘、电影或动画片，在《千与千寻》《宠物小精灵》里比比皆是。可恶的妖怪，也不必多说，在京极夏彦的"百鬼夜行"系列小说，在流行的恐怖片里俯仰可见，共同构成一个鬼灵精怪的日式生活。

长相和行为惹人发笑的妖怪，比如有一只眼的鬼——青坊主，一块丑丑的肉——野箆坊，爱笑停不下来的妖怪——倩兮女（名字取自《诗经》里的"巧笑倩兮，美目盼兮"），还有爱吐舌头、边走边跳的妖怪——豆腐小僧。

当然，还有一些是行为怪诞的妖怪，但长相也一样是可爱的，比如"网切"，专门喜欢在夏天割破别人的蚊帐，放进蚊子，真是让人讨厌。还有叫"垢尝"的妖怪，名字看上去大概能猜出是做什么的——它是专门吃澡桶污垢的。虽然人畜无害，但因为实在让人感到恶心，也荣列"妖怪博士"水木茂钦定的妖怪榜。但是，这种"恶心"，毕竟不会让人感到恐惧，听起来还有点哭笑不得。

还有一种正义到"令人发指"的妖怪也很可爱，比如以津真天，长着鸟的模样，专门跟那些见死不救的人过不去，只找他们的麻烦。

这些可爱的妖怪，大多的确长相可爱，即使长得有点碉磋，行为也让人觉得可爱。而那些可恶的妖怪，令人发怵惊惧，或者说它们本身也反映出人类的阴暗心理。比如，专门挑起人们恶念的"天邪鬼"，与其说是妖怪，不如说是人性的某种投射。还有在渔民中间吸血的"矶女"，可能是某种让人无故流血，在当时还无法

18

有效解释的传染病。

　　不论是可爱型，还是可恶型，日本的妖怪可以来自人，也可以来自草木、虫鱼、山川等万物，或者是任何几种自然元素的混搭。它们可以是竹篾，可以是章鱼，可以是没有耳朵的猪，也可以是形似海龟的和尚，还可以是人腿上的疮口。总之，没有什么东西不会成为妖怪。妖怪，可以是你能想到乃至想不到的任何东西。其实，这充分反映了日本民间社会流行的"泛灵论"，日常生活里出现的奇怪的物体和事情，都可以被解释为"妖怪作祟"。

　　如今，妖怪们已经从传统民俗走进现代社会，成了娱乐界、文艺界、学术界争相邀请的热门嘉宾。其实妖怪们的转型，也正是日本文化现代转型的倒影。

为何人鬼怨未了

在人们的印象中，知识分子向来是理性、有逻辑、讲道理的象征，也是一本正经、正襟危坐的形象，实在看不出与妖魔鬼怪有何恩怨。就像《搜神记》的作者干宝，原是高级公务员，在桂林做过太守，也当过司徒府的大管家，还做过皇帝的顾问散骑常侍。干宝也是学问家，写过近两百部作品，横跨经史子集，著作超人身高。这样一位高级知识分子，为何写出《搜神记》——洋洋三十卷怪力乱神，四百多个妖魔故事？

传闻，干宝的哥哥病死了，但体温照旧，身体并未变得冰冷。没过几天，干宝哥哥竟然死而复活了。醒来后，干宝哥哥将死后见闻一五一十地告诉了家人。干宝因此大受刺激，开始留意各种怪力乱神、奇闻怪谈，以及小道消息、山野传说。最终，写成了这本《搜神记》。不过，在我看来，《搜神记》作为知识分子的作品，对妖怪们其实笔下不留情，造成诸多恩怨和不平。在此，倒是要一一评说了。

儒学大师如何智斗妖怪

作为汉代最有名的儒学大师、知识分子的典型代表,董仲舒直接说服汉武帝独尊儒术,从此一举奠定了儒家在中国长达两千多年的独尊地位。儒家向来敬鬼神而远之,只是在汉代却画风诡异,偏偏喜好鬼神之事。即便像董仲舒这样的儒学大师,也以擅长谶纬为豪,很懂占卜,很会预测大事。

根据《搜神记》的说法,有一回,董仲舒正在讲课时,隔着帘子,看到外边好像有客人来访。这位客人在外边一声不吭,只说了两个字"欲雨",也就是跟董仲舒说"天快下雨了"。董仲舒掐指一算,对着帘子外的客人,笑着说:"住树上巢里的,知道有没有刮风。住地下洞穴里的,知道有没有下雨。您要么是狐狸,要么是鼹鼠。"话还没说完呢,外边的客人摇身一变,果真是一只狐狸,马上逃跑了。

没错,董仲舒是理性的,但也是幽魅的。董仲舒即便遇上老狐狸,还能靠着理性分析而辨识出来,不得不说这就是大知识分子的风范。

董仲舒算是儒家里的异类。儒家鼻祖孔子一开始就奠定了"敬鬼神而远之"的初始程序,几代儒家都是入世参政,不过问幽冥事宜的。到了董仲舒和他的朋友圈,却流行"问鬼神而亲之",经常白天占卜、夜观星象。与其说这是董仲舒本人的偏好,不如说是汉代当时的流行文化。汉初以黄老之术治国,清静无为,休养生息。待到汉武帝南征北战,帝国一统后,需要更讲究等级秩序和现实治理的学问，儒学因而与流行的阴阳家融合，形成儒家特色的谶纬学。"儒学大师智斗妖怪"这一出戏，自然而然也就上演了。

与鬼博弈，其乐无穷

与妖怪博弈，除了靠智力，有时还需体力。

根据《搜神记》的再次报道，南阳郡有位乡贤，叫作宋大贤。宋大贤做人正直，没做过什么对不住良心的事。有一天，他路过当地很有名的一间亭子，这间亭子向来以灾祸出名，谁要是在里面过夜，隔天就会碰到麻烦事。当地人路过，唯恐避之不及。不过，这天宋大贤路过时，天色已黑，回家又太远，他看着亭子，心里想："不如就在这里住上一晚吧，我倒是想看看会有什么蹊跷事，还真不信这个邪了。"于是，宋大贤大大方方走进亭子，到阁楼上过夜。宋大贤整理了下床铺，就打开随身携带的古琴，弹奏起来。路人听见，纷纷议论，竟然还有如此大胆的人在这里过夜，都等着隔天看笑话。

果真，到了半夜，宋大贤透过烛光，看见鬼影默默从楼梯飘上来。只见那鬼长着獠牙，双眼直瞪，面目可憎，毛发四散。宋大贤心中也有一丝慌张，不过转念一想，我又不做亏心事，那鬼能奈我何？于是心情平静下来，继续弹琴。那鬼却是第一次看到这幕情景，也在想："这个人怎么这么不知趣？看见鬼来了，竟然没有表现出应该有的神情。"于是，鬼就知趣地飘下了楼梯。

几分钟后，鬼又飘过来了。原来，它去取了一个骷髅头来，抛到宋大贤跟前，半是哀求，半是嘲讽地说："那么晚了，你可以睡会觉吗？"宋大贤停止弹琴，瞟了一眼骷髅头，对鬼说："不错，多谢，我正好缺个枕头，那就借你这个当枕头吧。"鬼听了，甚是无语，再次默默飘走。宋大贤见此也很无语，心想："这鬼也不过如此嘛。"

等到宋大贤渐入睡梦，突然有人喊："喂，宋大贤！"原来还是那鬼，宋大贤惊醒后，似乎不高兴。没等他开口，鬼说话了："宋大贤，我们来搏斗吧。"宋大贤听了，立刻答应，心想："你不让我睡个安稳觉，我倒要给你点颜色看看。"没等宋大贤从床上爬起来，那鬼便先发制人，立刻扑了过来。宋大贤一个激灵，伸手就抓住鬼的腰部，这鬼赶忙说："哎呀，要死了，要死了。"宋大贤见状，抓得更紧，把鬼摔在地上，那鬼现出了原形，竟然是一只狐狸。宋大贤轻蔑地笑了一声，说："哼，你作恶多端，让这里不安宁，活该今天这样。"话音刚落，狐狸精飞快跑出门外，宋大贤回到床上睡觉，隔天继续赶路。从此以后，这间亭子，再也没发生过怪事了。

看来，人类不愧是万物之灵长，与鬼博弈，更显出人的尊贵地位。

妖怪与人的千年恩怨

不论是智斗妖怪，还是与鬼博弈，妖魔鬼怪不管如何作恶多端，到了知识分子面前总会屈膝三分，乃至一败涂地。原本，在造物主面前万物平等，然而写下这些故事的知识分子，他们笔下的妖怪多属怪力乱神，或被随意处置，或被直接灭杀。妖怪没有笔，没有书，更没有千年以降累积形成的修辞术。所以，在这场妖怪与人的千年恩怨里，还是妖怪一方无比吃亏。比如，在有些故事里，妖怪尚未作恶就被剿除。其中原因，只是妖怪的身份，这是怎样的道理？

张良的后代、晋朝的大官张华，就曾碰到一个才高八斗的狐妖。这只狐狸在燕昭王的墓前修炼了千年，腹有诗书气自华，想去外面的大世界看看，跟人类比比才华。有一天，心气高的狐妖问墓前的华表木："华表，华表，像我这样有颜值又有才华的妖怪，可以去拜访本朝大文豪张华先生吗？"华表木听了直哆嗦，连忙劝狐妖："狐啊，虽然你口才出众，但张华也是文采飞扬，你去见他，恐怕凶多吉少。"狐妖不听劝，变成一位风度翩翩的少年，昂着头去见张华。

等到见了张华，一人一妖果真对谈起来。他俩从先秦诸子聊到魏晋玄学，从诗经六义谈到"儒分为八"，总之天上地下，无所不谈。张华定睛看了看眼前这位英俊少年，心中起了嘀咕："怎么会有如此智慧的少年人？莫非是妖怪所化？"于是，张华把眼前这位少年留了下来，还派人看守，不让他离开。少年见状，也不生气，心平气和地说："张先生应该爱惜人才，难道忘记了墨子主张的'兼爱'了吗？您不让我离开，也会伤及您自己的名声。要是这样，以后天下的有为青年，可能也不会再来拜访您了。"张华还是坚持不让少年离开，后来又听到别人说，可以取用燕昭王墓前的华表木，来测试少年是否妖怪。张华派人砍掉了华表木，木头还流出血来。取来华表木，果不其然，狐妖现形，被张华杀死。

整出剧本，以喜剧始，以悲剧终。人类虽然胜利，但是妖怪无故惨死。不过是妖怪仰慕学问，前来问学对答，不料横死人间，还连累了华表。当真是奇哉怪哉，冤矣惨矣。

再有，在大部分神怪故事中，其所设置的妖怪角色相较于人，多是势力弱小的一方，人类总是势力强大的一方，倚强凌弱，轻易降服妖怪。更何况，惯用手段还是不入流的方法，果真是贬低了妖怪的智商。

南阳的宋定伯，走夜路遇到鬼，于是假称自己也是鬼。真鬼和假鬼相约去集市。宋定伯一路骗鬼，轮流背着对方。鬼问宋定伯："背你怎么那么重？"宋定伯却说自己是新鬼，自然要重些。就这样骗了一路，宋定伯还挖出了鬼怕口水的隐私。来到集市后，宋定伯恶人先杀鬼，鬼情急之下变成了羊。宋定伯赶紧朝鬼吐口水，鬼怕口水，寸步难行。宋定伯直接卖了羊，拿着一千五百文钱，哼着小曲回家了。

您看，这鬼根本没有伤害任何人，但是人类凭着小聪明和花言巧语，把一路同行的战友都卖了，还套出了鬼怕口水的隐私，来了一个卸磨杀驴。难为这鬼一路主动上刑场，赔了体力又倒贴一条命，还让别人赚了一笔钱。

即便在这些全讲怪力乱神的小品文里，人类依旧以一种高姿态，展现了自身高高在上的地位。而妖怪不论作不作怪，总要承担不幸的后果。再者，儒生常言"仁者爱人"，即仁者应以仁爱待人接物，可是一旦遇见妖怪，就立马收回这句口号，是否有违人道？

宋康王强夺门客韩凭的妻子，造成韩凭夫妇相继自杀。他们死后，宋康王又故意不让他们合葬，墓地遥相对望。蹊跷之事终于发生，不到十天，两个墓地分别长出大梓树，根叶交织，如同韩式夫妇拥抱。又有一对鸳鸯常年在树上栖居,悲声动人,当时人们就相信,这对鸳鸯是韩氏夫妇的精魂所化,这个故事也从此流传下来。

看来,人有不平处,亦可为妖,引人同情、博人泪水。就连人也会因为种种不如意,不得已而成精。妖何以堪?为何偏偏遇到真妖怪,人类的同情就变成了双重标准?对此,人类实在需要反思,要设身处地为妖怪思量几分。

如何测算文星投胎概率

文星，包括文曲星和文昌星，都和文运有关，都是知识分子和文化界认许的主管神明。作为北斗七星的第四星，文曲星主管文人。文昌星是南斗第六星，位于大熊座，也主管文运，但与梓潼神的化身有关。虽然在天文位置和神话传说上，文曲星和文昌星并不住在一个家，却常被老百姓认为是一家人，统称为文星。

文曲星，好就好在这个"曲"字。清代的散文家袁枚说："贵曲者，文也。天上有文曲星，无文直星。木之直者无文，木之拳曲盘纡者有文；水之静者无文，水之被风挠激者有文。"

古时，"纹"与"文"相通，文人的命运也是曲折的，曲折以后方见真才实学。为什么没有"文直星"呢？因为木头盘绕，水面吹风，都有纹路，所以有了"文曲"。同样，情思婉转，想得多、想得美、想得艰苦而突然灵感骤至，才有文化，方见才华，所以才叫"文曲"。

同理，有些人做不了文曲星，文曲星也不会投胎到他们身上。这些人，应该缺少某些特质。换言之，如果提高这些特质在人格中的所占比例，或许你也可以主动成为文曲星，至于最后能不能认证成功，还要看天时地利人和。

那些年，被文曲星投胎过的人

文曲星，意味着天赋才华。说某某人是文曲星下凡，简直是给读书人的最高荣誉。不过，有些人竟也因为被文曲星投胎，发了疯。

譬如，范进中举以后，喜极而疯，披头散发，自言自语："中了，中了。"围观群众出主意，劝范进的岳父胡屠夫上去打他一嘴巴，把新举人打醒。然而，一向讨厌女婿的胡屠夫此时却犹豫了起来："虽说是我女婿，但中了举，就是天上的文曲星。听说，打了文曲星，要被阎王爷发配到十八层地狱，还要挨打一百棍，永世不能翻身啊！"旁边立马有人反驳，说："胡老爹，你看你每天杀猪，白刀子进，红刀子出的，阎王爷早不知道给你记了几千棍，你也不差今天多出来的这一百棍。更何况，如果你今天救了文曲星，说不定阎王爷还能给文曲星一个面子，给你免去几千次挨打呢！"

胡屠夫听了，觉得好像有点道理。身边的围观群众继续怂恿，胡屠夫抄起两碗酒，一饮而尽，壮胆上前，扇了女婿一个巴掌。出于对文曲星的敬畏，胡屠夫没胆再扇第二个巴掌。范进挨了屠夫老丈人的巴掌，一下子就被打晕了。周围群众涌上前去为他捶胸敲背，范进渐渐清醒过来。只有胡屠夫看着自己的手掌，心里想："果然不能打文曲星，现在手掌越来越疼，应该是菩萨来找我算账了！"胡屠夫一面为女婿醒来高兴，一面又对打了文曲星心有余悸。他越想，手掌就越是疼。发红疼痛难耐之际，胡屠夫赶忙去找郎中买膏药。

一向受老丈人欺负的范进,在中举以后,连老丈人都不敢打他巴掌了,生怕得罪文曲星。可见,文曲星在民间的影响力和地位。就连范进中了举人,都会被认为文曲星下凡,那么从古至今,究竟还有哪些人是文曲星下凡而生的? 文曲星的投胎概率究竟有多高?

数千年来,被当作文曲星的真历史人物,有商朝被挖心的比干、同在商朝的伊尹、唐代的宰相张柬之、宋代的宰相范仲淹、开封府的黑脸包拯(死后又去了地狱当阎王)、"留取丹心照汗青"的文天祥、明朝开国元老刘伯温等等。而文学或传说的虚构人物,有前文提到的范进,还有许仙和白娘子的儿子——许仕林,考中状元后,把白素贞从雷峰塔下救了出来。

还有一些是出于夸奖,他们不是文曲星真下凡,而是别人夸奖他们文采斐然,而说成是文曲星,比如诗仙李白,一般认为是太白金星下凡,却也被部分人叫成文曲星。还有诗圣杜甫,以及任何有才华的文人。甚至,还有一些自我命名为文曲星的,比如太平天国的洪仁玕。

文曲星们的共同特征

综合分析上述人士,这些文曲星也有一些共同特点,他们要么有真才实学,要么有科举功名,这些都是最显而易见的外在证据。如果往内看,文曲星们则大都经历过一波三折乃至多折的曲折人生,因而才配得袁枚所说的"文曲"之本义。

贵为帝喾的后代、殷纣王的叔父比干,本是一国之相,文采斐然,却因得罪殷纣王和妲己,最终被挖心。不过,比干很快就被平反。周王朝封他为"国神",玉皇大帝封他为"财神",道教封他为"文曲守财藏真福禄真君"。不得不说,虽然去世方式比较惨烈,但毕竟得到了人间与天庭的正面肯定和持续纪念。类似的事还不少,铁面无私而开罪无数的包拯,生逢乱世、以身殉国的文天祥,没有一个不曾历经沧桑。如此看来,人生非曲折动荡,难以成为文曲星眷顾的人。

相比于文曲星投胎之人,在人间掀起风波和潮流,文曲星在天庭却做着安静的幕后工作。想当年,太白金星拿着玉帝圣旨,前往花果山水帘洞招安孙悟空,那道圣旨便是文曲星起草的。在天庭,文曲星主要在幕后扮演秘书的角色,负责起草玉帝圣旨和各种文献通告。而投胎到人间以后的文曲星,曾经让一直欺负范进的老丈人,在范进中举以后都不敢打骂,生怕触犯文曲星,遭到报应。而中了状元的许仕林,更是能够堂堂正正地去雷峰塔营救母亲白素贞。

看来,文曲星的投胎,是一次非常有力、有权威的赋能,让落魄秀才成为知名举人,也让不少人的苦难人生转变为幸福生活。不过,这也会在人间造成更多问题。比如有些人,动不动就称自己是文曲星投胎转世,这种事也人为干预了文曲星的投胎概率,降低了数据的真实性与准确性。

爱转世的文昌帝君

在民间,文曲星和文昌帝君经常被混为一谈。文昌帝君算是一位三合一的神明，主要由张育、张亚子与文昌星三位融合而成。有史以来，文昌帝君投胎过的，多达七十余人。这些人里有周代的张仲、汉代的张良、晋代的凉王吕光、五代的蜀王孟昶等等。

其中，张育是蜀王，在东晋年间曾经带过军队，在他去世以后，人们在梓潼的七曲山上为他建了纪念的祠堂。同在这座山上，就在张育祠的附近，还有张亚子的祠堂。张亚子是两晋时期当地的一位神人，因为成功预测姚苌建立后秦而出名。因为两位神明同姓，祠堂又挨得很近，信众难免互相串门上香，传着传着，张育和张亚子就成了一个神明，后来又与文昌星合一，三而为一，最终成为文昌帝君。

相较于文曲星的辞章华藻、飞扬情思、伶俐口才，文昌星虽也才华卓著，但更质朴刚毅。文昌帝君转世的文人，更多的是有才华、会写文章的政治人物。文昌帝君比文曲星更深地参与时事政治。比如在唐代，安史之乱发生以后，唐玄宗跑到四川避难，本来内心惶惶，但有一晚得到张亚子的托梦，告知其日后将成为太上皇。唐玄宗半信半疑，果不其然肃宗李亨登基，唐玄宗果然成了太上皇。从那以后，唐玄宗给张亚子封了一个"左丞相"的头衔。这位原本屈居在偏远山区的神明，暴得大名，从四川火遍了全国。

文昌帝君的背后

唐玄宗只封了张亚子为"左丞相"，此时三合一版的文昌帝君尚未诞生。先是道教把张育和张亚子纳入自己的神谱，说他俩都是文昌星下凡，主管考运和文运。在唐代，科举是读书人进入庙堂的主要途径。拜文昌帝君，祈祷考试好运，也就成了读书人众相追捧的时髦。

更重要的是，许多皇帝也参与到这个神明的打造过程，为文昌帝君赋能。从唐代、宋代到元代，文昌帝君分别获得了"左丞相""济顺王""英显武烈王""忠文仁武孝德圣烈王""神文圣武孝德忠仁王"等荣誉封号。元代重开科举考试以后，正式封其为"辅元开化文昌司禄宏仁帝君"，简称"文昌帝君"。从此以后，读书人要科举，都会去专门的文昌阁拜文昌帝君，文昌帝君成了主管读书人文运的专业神明，甚至形成了"北有孔子，南有文昌"双足鼎立的现象。文昌帝君还被配给了侍奉的童子，分别叫天聋、地哑。因为文昌帝君主管科举考试，手头握有当年中举人士名单，如此天机必不可泄露，所以身边还是聋哑人为宜。而清代的嘉庆皇帝看到文昌阁年久失修，还用自己的私房钱来整饬一新。

自隋唐开科举以来，史册上留名的状元至少有三百多位，其中被称为文曲星、文昌帝君转世的有七十多位，占状元总数的百分之二十。如此高的概率，已经可以说明文昌帝君对于读书人的意义。

文昌帝君从四川山区里的小神明，演变为大中华地区的著名神明，经历了唐宋元明清等朝代，特别是皇帝的参与册封，极大地提高了他们的政治地位以及在科举文人心目中的地位，以至于拜文昌帝君，成了通往科举的必经之路。

如何寻找海上仙境

徐福曾经欺骗了秦始皇，率领着三千童子，渡海寻找蓬莱仙境，结果有去无回。且不说徐福团队是否真的抵达日本，关键问题还是秦始皇虽然一统六国、一世英名，却是完全欠缺统一蓬莱的能力，只得将渺茫希望寄托于徐福这样的方士身上。在这场寻找蓬莱的事件中，徐福成了最大赢家，秦始皇成了最大输家。现在，实在有必要总结历史经验，仔细规划有效遇见蓬莱的办法，或许也能告慰秦始皇。

如何辨别仙境

首先，要学会辨别不同的海上仙境。毕竟，一出海，便是茫茫无边、生死由天。当然，上天也是公平的，虽然海上那么危险，但可以遇见仙境。幸运者，甚至还能收获仙境的特产，小则珍珠玛瑙，大则仙丹妙药。不过，这一切美事的前提，都是要正确辨别仙境，不要误入歧途，最后竹篮打水一场空。

最容易跟真正的仙境混淆的，便是海市蜃楼。司马迁是最早记载海市蜃楼的人,他在《史记》里说"海旁蜃气象楼台,广野气成宫阙",把这种神秘现象解释为蜃吐出的气。在《汉书·天文志》《聊斋志异》里提到的"山市""鬼市""海市",均是这类现象的记载。

所以,如果不加留意,以虚为实,把海市蜃楼当作仙境,极有可能"误入歧途"。为此而倒霉的著名人士就有秦始皇。秦始皇就曾经亲眼见过海市蜃楼,全心倾慕于此仙境,才有动力花费巨款派徐福出海寻找。

可是,真正的仙境远非海市蜃楼可比。毕竟,海市蜃楼出现时不会提前预告,消散时也不会预先通知,维持时间很短,而且还是虚无缥缈的事物,只可远望,不可近得。而真正的仙境就不一样了,根据多位幸运儿的亲身经历,仙境里不但有通身纯白的奇珍异兽、像盘子一样大的蝴蝶、像香瓜一般大的甜枣,还有实实在在的仙丹妙药,有仙人聚集,有仙乐飘飘。总之,凡人进了仙境,远胜过刘姥姥进大观园。

遇见仙境如此不易,若有合适的带路人,将会事半功倍。海上仙境的带路人,自然就是仙人了。

寻找合适的仙境领路人

有仙人指引,是加快遇见海上仙境的妙法。甚至,仙人一挥手,还能立马进入仙境,根本无需风吹日晒,苦苦摸索。

《太平广记》载,唐代幽州有位官员,名张建章,他在出海后,遇到了大风大浪,船只无法继续航行,停到了一个海港里。忽然,远处海上有一位穿着青衣的人，划着小舟靠近。张建章看到了，带着部下趋前问询。那位穿青衣的人，自称是仙人，从仙境而来，奉旨前来迎接张建章登岛。张建章虽半信半疑，但眼前这位青衣飘飘、举止文雅的人，毕竟是在此绝境之下出现，便决定同他前去。于是，张建章带着侍卫，一起登上青衣人的船，前往仙境。

登岛以后，果然看到了亭台楼阁，还有一位女神仙，为他们举办盛大的欢迎宴会。在宴席上，张建章还吃到了家乡菜。吃得差不多时，女神仙说：“我一直耳闻，您是正人君子，这次遇上大风大浪，请不要担心，我让我的下属青衣仙人为您开路。”宴会后，青衣人为他们在前开路，果然一路风平浪静，张建章平安而返。看来，遇到一位称职的好仙人，不但可以顺利进入仙境，享受神仙待遇，吃到家乡菜，还可以顺利返航，安全无虞。

如果实在找不到神仙，也可以求助神仙身边的人。若有他们的许可，也能步入仙境。当然，概率比神仙亲自首肯要低，不过也是有可能的。比如《聊斋志异》就提及山东的一位大学士刘鸿训，很想去一个叫“安期岛”的地方，去看看岛上的神仙。不过，刘大学士根本找不到引路介绍的神仙，经多方帮忙，最后见到神仙的弟子。等这位神仙弟子答应后，刘大学士才有机会踏入仙境。

即便有神仙的弟子引荐，踏入了仙境，但毕竟不是神仙亲自介绍认识的，所以仙境里那些有着名位的神仙，很有可能对来访者并不如何热心。安期岛上有三位神仙，两位干脆对刘大学士爱理不理，只有一位起身迎接，奉上简单的待客之道。等到刘大学士探口风，询问长生不老药时，这位原本还有点礼貌的神仙，直接说凡人想都别想。最后，顺利来到仙境的刘大学士，也没得到任何好处,失落而归。看来,即便是进入仙境的人,也有可能无福消受仙境里的神仙用品,那些灵丹妙药更是与他们无关。凡人,毕竟是凡人。

进了仙境,万一你不是正派人士,可能也没有什么好下场。《广异记》报道过唐代的著名盗贼袁晁偶遇仙境,反遭惊吓,最后被逮捕的糗事。

据说,袁晁在温州打家劫舍以后,就上船回家,不料途中遇到大风,船只不受把控,只能随风飘荡,最后遇到了一座仙山。仙山上还有一座金城,遍地是金子。袁晁一伙毕竟是大盗,这回遇到仙山更是贼心大起。不料,此时走出来一位仙女,大骂他们胆敢骚扰仙人的地盘,还警告他们十天以内必有大难。这帮盗匪听傻了,连忙放下手中的黄金,跪下磕头求饶命,连连道歉,发誓下次不敢再犯。甚至,他们还请求仙女来一场顺路的大风,送他们安全回家。仙女心善,答应了。等到盗匪团伙快到岸时,发现船搁浅,无法再开。没过多久,岸上有士兵追来,将他们一网打尽。

所以说,这帮走了歪路的人,即便进了仙境,也得不到什么好处,最后还赔了夫人又折兵,丢了金子又被抓。呜呼哀哉。

海上生存必备技能

如果君已懂得如何辨认仙境,又恰逢仙人引路,那么遇见仙境的概率将极大提高。不过,毕竟海上旅途充满了不确定因素,经常发生突如其来的危难。如果在遇到仙人之前,发生了紧急状况,还得请君多多预备生存技能,以免万一。

比如，最现实的问题之一，遇见恶劣天气怎么办？除了人间的智慧，诸如风帆操作办法、排水步骤、航向问题等等以外，还必须知道如何与海上的神明打交道。毕竟，在古人眼中，恶劣天气背后的主宰者，还是这些看不见的神明。

因此，海上生存首先要做的事，就是结识海洋的保护神，要知道自己所经之海是谁的地盘。通常而言，海洋上的神明比陆地要少得多，主要有禹疆、南海观音、妈祖，这些神明无所不管，管理范围和业务多有叠合处，需要就近结识。

如果从江浙沪一带出海，最好就近结识南海观音，毕竟她的驻地就在普陀山。如果从闽台一带出海，当然是结识妈祖更方便。除了近水楼台先得月，还有不同管理领域的讲究。比如伍子胥管潮水，风伯当然管风向，鲁班也管船只本身的安全。总之，结识不同的海神，要视具体情形和需要而定。

即便结识了海上神明，通关暗号也要注意。碰到紧急情况，记得要叫妈祖，不要叫天妃。因为叫法不一样，会影响到林默娘的出场姿态。一声妈祖，便是及时来救命的神圣母亲形象。若是一声天妃，则是华冠贵服，精心打扮一番后出场，反而有可能错过最佳施救时机。

另外，人在海上漂，哪会不沾点浪花，有时候，甚至会遇见海怪，那可怎么办？还是那句话，遇事不要慌。要知道，有些海怪，只是寻常的海洋生物，人们却因为没见过而以为怪，遇见这种海怪则完全没有恐慌的必要，抱着猎奇揽异的观光心态即可。而有些海怪是真怪，能引起当事人的巨大恐慌，像是巨蟒、大鲸鱼等。在西方人那里，鲸鱼和海怪是画等号的。鲸鱼的拉丁文名字，便源自希腊文里的"海怪"。但对于中国人而言,似乎没有严重到这个地步。毕竟,诸多历史文献就记载了鲸鱼搁浅,渔民争相割肉的往事。

当然,这些海上的往事,不论是猎奇寻仙,还是迷航遇难,都已消散在历史的海平面上。现代人不再会对蓬莱仙境朝思暮想,更不会亲自出海去寻找仙山,长生不老药更是无稽之谈。古人一次次出发寻仙,换做当下的语境,变成了一次次短途旅行。人间还是那个人间,仙境早已消散。

这事早在一千多年前,就有人看开了。南宋遗民林景熙,曾经见识过海市蜃楼,据他目睹,在很短时间内,海上出现了几十万人口的大城市,又很快地化成云雾。林景熙倒是见怪不怪,还说历史上的阿房宫、铜雀台、汉宫唐殿,经历了那么多帝王将相、改朝换代,不都烟消云散了吗?毕竟,林景熙本人连皇宫被烧、帝陵被毁这样的事都经历了,更不必提那些虚无缥缈的海市蜃楼或者蓬莱仙境了。

飞翔有何秘诀

说到飞，老祖宗们总结了"飞黄腾达、一飞冲天、飞龙乘云、突飞猛进"等祝福语，还有"飞檐走壁、健步如飞"这样的超人技能。从这些与"飞"相关的成语，即可看出人们多么向往自由飞翔。对普通人而言，飞翔或只能于梦中实现，或全然寄望于传说故事。然而，就有这么一个人，却能乘风遨游，自由上天，此人就是列子。

列子的飞翔学

作为飞翔术的集大成者，列子开创了一门系统的飞翔学。在同名著作《列子》里，他全盘供出了神仙们五花八门的飞翔技能。自从列子学会飞翔后，每年立春出门飞翔，立秋返程。飞回故乡时，从天而降，家乡父老围观，反响热烈，一时好不风光。但是，列子的飞翔可不是一般人都能学到的。飞翔之前，需要沉得住气，专心致志。曾经就有一个人，因为沉不住气，失去了飞翔学的入学资格。

此事发生在列子乘风归来后，有位姓尹的人前来求教，姑且叫他尹生吧。某天,尹生问师父列子:"师父,您这次学道归来,隆重飞天,有什么法门可以教教晚辈的吗?"列子听了,一言不发,径直走向自己的房间。尹生心想:"或许师父自有打算,不如先在师父家住一阵子,日后再问。"于是,尹生就在列子家住下了,一住就是几个月。期间,每当列子有空时,尹生都会趁机询问飞翔术。不过,列子每次都沉默不语,这让尹生内心很受伤,就告别列子,一个人离开了。

可是,尹生回家后,非但没有死了这条心,心中还愈发迫切想知道飞翔的秘诀。不过,他也慢慢懂得,学道不能急躁,或许是之前总在追问师父飞翔的秘诀,显得过于急躁,反而失去了学道的初心和耐力。仔细反思以后,尹生再次拜访列子。

列子看到这位急躁的徒弟尹生又回来了,好奇地问:"你怎么来了又走,走了又来,来去匆匆?"

尹生说:"师父,之前我求道心切,醒着睡了都想着飞上天,可是您又不教我,我心灰意冷,一气之下就离开了。可是回家后,我面壁思过,觉得自己之前过于急躁,学道不能速成,所以又回来了。"

列子听了,若有所思,笑眯眯地说:"我之前还以为你很聪明通达,现在才知道你如此粗陋不堪。来,那我就教教你吧。"尹生听后,又是惭愧,又是欣喜,就凑近了听讲。

列子正襟危坐,微合双眼,回忆自己飞翔之前的学道之旅。"九年前,我拜师老商氏,结交伯高子,整整三年,不敢口出狂言、心存是非,哪怕一点判断利害得失的念头都得摁住,更不说什么脏话俗语。就这样,才博得他们看我一眼。又过了两年,心里更多地计较是非、谈论利害,这两位才肯对我微微一笑。再过两年,我随心所欲不逾矩,随口谈论不计利害得失,老先生才答应我上前并排跟他坐在一起。就这样,从学道开始经过九年,我达到身心内外浑然一体的境界,不知道什么叫作是非利害,也不知道谁是我的老师,谁是我的朋友,更不知道究竟是我在乘风,还是风在乘我。"

尹生听得稀里糊涂,却好像又有触动,低下头来,若有所思。只见列子睁开眼,对着尹生说:"但是,你看看你,才没来多少日子,整天就想着飞飞飞,心里充满了急躁和戾气。这样堕落,还想飞天吗?"尹生听了,羞愧难当,不声不响。

从尹生的反面教材,我们大概可以得知列子的飞翔秘诀。对列子而言,他自个儿飞上天,也是浑然不觉的,因为他那时已经没了外物与自我的分别,"稀里糊涂"就飞了起来。

《列子》里详细记述了各种飞翔现象,特别是在华胥国,那里的老百姓们飞天如同走路,睡在空中如同睡在家中卧床上,刮风下雨、高山深谷都不能阻碍他们,他们整天就这样飞来飞去,堪称魔幻。

不过,虽然列子描述了飞翔的现象,也说了飞翔的终极秘诀,成功唤起后世无数人的飞翔梦。比如,庄子写寓言,就受过列子的启发。但是,列子却没说飞翔的具体步骤,怎么一步步飞起来,如何飞得更高更远,这件事,还得求诸其他道长或大德。

飞天是门技术活

同样是飞翔,有的是肉体起飞,有的是神游象外;有的是辛勤修炼,有的是天赋异禀;有的是主动升天,有的是稀里糊涂,被动起飞;有的赤膊上天,有的借助器材。

西王母从昆仑山飞到周穆王和汉武帝的皇宫时,就得依靠紫云车,还有天兵天将和青鸟在旁护卫。对于西王母这种级别的女神而言,应该无需假借外在道具,自带飞翔功能。不过,为了维持天庭与汉朝的外交礼仪水准,如此盛大尊贵的出行方式,想必也是应该的。而与秦始皇谈笑风生的安期生、首任天师张道陵、各凭本事过海的八仙,则是多年辛劳修炼,最终成仙飞升的典范。

当然,有些家禽也因为"近水楼台先得月",沾了仙气,也能顺利飞天。位列四大天师的许逊,在他得道飞天时,顺便带走了牛羊狗鸡,连同其他家属四十二人,一起乘龙飞天。而那些没有仙缘的老鼠,却被许逊丢了下来。看来,牲畜能不能飞天,终究还得看主人的面子。

不管是先天自带,还是后天培养,有了仙缘,能飞的人和兽最终都飞起来了。当然,在飞天的过程中,还有一些注意事项。比如,如果借助外物,必须留意,绝对不能超重,特别是在长途飞天时。

黄帝在人间铸鼎成功以后,有条龙来接他上天。没想到,等龙下凡后,一看状况不对劲,便傻眼了。原来,乘龙的不仅有黄帝和帝后,更有后宫佳丽和一群大臣准备搭便车。无奈龙背上只有七十个座位，人数超过了，多出的人就得紧抓龙须。可想而知，龙须承重能力较弱，加之风的巨大阻力，龙须经不住人们紧抓，就掉了下来。老百姓看着黄帝和妃子们乘龙上天，自个儿留在人间，想着想着就泪流成河。这次飞天事件，最终酿成一场悲剧。英明如黄帝，也难以预测长途飞天的不确定因素，更何况凡人呢。

如何飞得优雅

长途飞天的不确定因素，连神仙都无法预计，更何况人类呢？好在短途飞天，尚可自我掌控，特别是姿态问题。如何飞得优雅？这是一门艺术。同样是飞，也有各种讲究。像列子、吕洞宾这样的夫子，御风而行时，一般需要保持正经肃穆的样子。至于嫦娥、麻姑、何仙姑等女性神仙，肯定不能像男性神仙那般肃穆，还需有一些女性的仙气与魅力。

对于飞翔的姿势，佛祖门下也有特别的讲究，此事在敦煌就有详细的教案记录。敦煌的飞天、飞翔姿势便各有千秋。

首先，姿势要对。坐有坐相，站有站相，飞也有飞相。佛祖家的飞天，个个呈现失重状态，下半身必须弯曲，作漂浮状，倒着飞更能呈现漂浮云端的状态。

其次，人靠衣冠马靠鞍，飞天一样要打扮。飞天的着装，务必以轻盈、华贵为主打特征。飞天的服装也有讲究，有的戴花鬘和冠冕，有的披长巾和彩带。当然，裸飞也无大碍，只要裸得适当，更能表现佛法清净，直抵本源。

再者，不能两手空空飞上天，各种才艺表演随身携带。有一类文艺飞天，专门携带各色乐器飞翔，主要有琵琶、腰鼓和笛子，一边飞，一边演奏。据说这种飞天伎乐，曾经让佛祖都为之陶醉。

飞天的原型就来自佛家的乾闼婆、紧那罗。乾闼婆虽然长相欠佳，但品性高雅，体香浓烈，擅长弹琴，曾经到佛祖面前弹奏，引发三界热烈反响，摩诃迦叶听了甚至坐立难安，沉浸其中，久久不能平静。乾闼婆的搭档紧那罗，能歌善舞。有一回，紧那罗在山谷泡澡，那山中住了五百位仙人正在禅定。紧那罗泡澡时，身心舒畅，歌喉一开，就唱起来了。没想到，这五百位禅定中的仙人，立马出离禅定状态，沉醉于歌声里，久久不能自拔，以至于从树上掉下来，好像大风刮过树林一般。

当然，自带体香和完美歌喉，并非人人皆能如此。更多人需要借助乐器来表现才华，飞天也不例外。这件事终究说明了一个道理——即使先天条件再好，后天也得勤奋练习，飞天不负有心人，勤修终会优雅飞。

祖师爷定了哪些规矩

"三百六十行,行行出状元。"在每个行业的状元头上,还有他们行业的保护神——祖师爷。祖师爷大部分是历史上出现过的人,死后被奉上神位,享受后代徒孙们的香火和礼物。在这些祖师爷中,有的是神,有的本是人,但都有一技之长,或者天赋异禀,并且实质上带动了相关行业的长足发展。要是没有这些祖师爷,古代中国可能就少了很多 GDP。不过,祖师爷并非有求必应,徒子徒孙也要恪守行业规矩。入行之前,必须认真学习。

葛洪道长,也是染布业的祖师爷

染布业的源头,要从一次失败的升天行动说起,这事跟葛洪有关。葛洪是东晋著名的道士,擅长炼丹,著作等身,被誉为"小仙翁"。就是这样一位仙气飘飘的大师,竟然被传为染布行业的祖师爷。

据说葛洪之前的人们,都是穿没有颜色的素衣。但是,有一回正值炎热的夏日,人们突然看到一位身穿彩色衣服的神仙,从天而降。那位神仙便是葛洪。乡亲们围拢过来看热闹，好奇者纷纷询问，怎么才能成仙升天。葛洪没有难为大家，没让乡亲们进山炼丹十年，而是给了大家方便法门。葛洪让乡亲们拽住自己的衣角，然后闭上眼睛，吩咐大家千万不能睁开眼睛，不然升天就会失败。众人点头如捣蒜，一致答应。

终于升天了，脚上轻飘飘，天风吹拂衣角和头发，有几位乡亲终于按捺不住激动的内心，又不敢完全张开眼睛，便眯缝着眼，偷偷看飞到天上的样子。不料，他们一下子失去了平衡，整个飞天团队都掉了下来。他们手中还拽着葛洪的彩衣，有的彩衣被撕碎了，飘进泉眼里，泉水因而变色。他们看着彩色的泉水，望着寂静的天空，葛洪已不见身影，唯有惊魂未定的群众躺在地上。他们从泉眼里打水，将素衣染色，还为葛洪建了小庙。从此，染布业代代相传，直到今天。

这群染布业先驱，竟是因为没有正确遵守祖师爷的规矩，反而最早开始从事染布业，可谓"失之成仙，收之染布"，也不算是全然失败了。

作为铁匠祖师爷的老子

染布的拜葛洪，裁衣的拜女娲，纺织的拜黄道婆，刺绣的拜冬丝娘。单单一件衣服，从原料到成品，就要拜多位祖师爷。其实，这也可以看出古代相关产业的完整度。毕竟，衣服不是神明突然送给凡人的，而是人们一针一线制作出来的，少了哪个环节，缺了哪位祖师爷的保佑，都做不出完整的成品。

有了相对独立的产业分工，各行各业欣欣向荣。不过，不同行业的人，对各自的祖师爷却有着很不一样的理解。

打铁行业把老子当作祖师爷，跟老子的本行——修道、写《道德经》、成仙等关系都不大，反倒是跟八卦炉有关。《西游记》里说孙悟空进了太上老君的八卦炉，练出了火眼金睛。可见，这八卦炉是有品质保障的高质量炉子，值得铁匠们信赖。在打铁行业还流传着一首《铁匠祖师爷歌》，说老子曾经在昆仑山学习打铁三年半。原本老子道具简陋，把嘴巴当作风箱来助燃，用手当作钳子。正好有位神明看见，发现老子如此辛苦，于心不忍，就把铁锤和铁砧送给了他。

铁锤就是番天印，在《封神演义》里便是广成子的利器。铁砧便是定海神针。后来，众所周知，老君把定海神针借给了大禹去治水，被放在东海里。孙悟空大闹龙宫时，又拔走了定海神针，变作了如意金箍棒。不过，这些都是后话了。

那时，老君得到了铁锤和铁砧两样利器，打铁进程极大加速，很快就打好了铁，修成了仙，并把打铁技术传给了千万名徒弟。至于打铁和修仙之间的关联，歌中尚未提及。不过，应该与打铁造八卦炉有关。有了质量靠谱的八卦炉，老子才能炼丹成功，进而成仙升天。

这则《铁匠祖师爷歌》曾在古代的江南地区流传，是铁匠们的职业歌曲。这首歌赋予了老子铁匠祖师爷的地位。

不入流的行业，却也盗亦有道

染布、打铁尚且为正当行业，有行规，有祖师爷，一切按照规矩行事。但是，从古至今，不分西东，任何社会都有灰色空间或者黑色行当。那些倚门卖笑、赌博摸彩、挑粪盗匪，毕竟都是存在的工作，而且有时势力也不小。又有哪些祖师爷，愿意成为这些行业的保护神？

青楼分很多种类和级别，卖艺、卖身、卖美食，参差多样。从高档的教坊司，到基层的寮舍，级别和主角都不一样，但拜的可能是同一位祖师爷。青楼从业人士拜的祖师爷，并不固定，有管仲、武则天、五大仙等。

根据《管子》和《战国策》的说法，管仲辅佐齐桓公时，为了富国强兵，想尽办法来征收更多税赋。为此，齐国规定，不但山里的铁矿、海边的盐巴要征税，就连妓女也不例外。

为此，管仲在齐国的宫中设立了七百个"女闾"，也就是官方妓院，里面有性工作者不下万人。管仲的这个做法，极大地推动了当时妓女行业的发展，让原本比较混乱的娼妓市场得到了规范化与合法化。与此同时，齐国政府也可以师出有名，对妓女行业进行合法的征税。管仲可以说是首位推动青楼行业规范化的大人物，也被青楼视为祖师爷，敬之如敬神。

此时的青楼行业尚且是国家正大光明开办的，已不能说成是"不入流"的。而那时正被鄙视的行业，像是挑粪的、清洁的，又该如何选择祖师爷？

即便慈悲大度如神明,也不大愿意主动报名成为挑粪行业的祖师爷。但是,这个行业却又是必须存在的。自古以来,倒夜香是城市里必不可少的职业,这个行业也不容易,需要综合素养,比如高强度的体力劳动、清洁技巧,还要顶着社会地位低下的名声。所以,一般是平民里的贫困家庭或者单身的老汉,才会选择这个行业。不过,他们也需要祖师爷,后来就附会了观音菩萨身边的善财童子。

善财童子自然是招财进宝的同义词,又是大慈大悲观世音的贴身侍卫,兼具发财与慈悲两种品格。但不管是否征得善财童子本人的同意,挑粪工主动拜他为祖师爷,也不失为一桩趣事。

至于名声更糟糕的盗匪行业,为自己选择祖师爷,更是一道难题。这门职业,见不得天光,听不得人声,一切都要鬼鬼祟祟、偷偷摸摸,在黑灯瞎火里进行,选择什么样的祖师爷作为人身保险,可是关乎身家性命的大事。

地上的小偷小摸,既讲究技术,也讲究胆量,视天时地利人和而动,不能意气用事。稍不留意,后半生便在牢狱度过。他们尊奉的祖师爷,便有上天偷桃的东方朔。这件不光彩的事,本来东方朔的上司汉武帝也不知道。在一次汉武帝会见西王母时,西王母带来了瑶池特产仙桃,眼看汉武帝不舍得吃,还留下桃核,打算栽种人间。西王母一不留神就说漏了嘴,说出了东方朔偷仙桃的往事。

当然,至于东方朔的盗术,以及偷盗时的情景,西王母并未详细透露,也没必要在皇家宴会上细数。不过,在《水浒传》里,时迁的盗术就有详细的记载,说他"骨软身躯健,眉浓眼目鲜。形容如怪族，行走似飞仙。夜静穿墙过，更深绕屋悬。偷营高手客，鼓上蚤时迁"。一个腿脚迅捷、双手灵活的大盗，倒数第二位梁山好汉，就这样走进历史舞台，成为后世无数小偷争相效法的榜样。

盗有盗术，也要讲"盗德"，所谓"盗亦有道"。《庄子》里说，那位"从卒九千人，横行天下，侵暴诸侯，穴室枢户，驱人牛马，取人妇女，贪得忘亲，不顾父母兄弟，不祭先祖"的盗跖，在遇到门徒请教盗术时，讲了一通盗贼的行为规范。他说："还没进屋之前，就猜到了里面有多少财宝，这是圣明。打头阵进屋，这是勇敢。等到大家偷完，自己最后一个离开，这是讲义气。知道在什么时候、地方、环境可以开展行动，这是有智慧。结束以后，回来公平分赃，保证各方满意，这是有仁爱！要是能具备这五点品格，便是天下大盗。"看来，如果没做到上述五点偷盗品质，即便在偷盗界，也是会被同行看不起的。

当然，犀利的庄子，还指出，那些盗窃国家的人，往往又被人们视而不见，所谓"窃钩者诛，窃国者为诸侯"。这种评价显然不公平，毕竟按照孔乙己的说法："窃书不能算偷！读书人的事，能算偷么？"既然如此，那些窃国的人，也可以堂而皇之地说："窃国不能算偷！政治家的事，能算偷么？"

埃及人死后有多努力

古埃及,四大文明古国之一,自带古老底气。

九千多年前,当别的民族还在茹毛饮血时,埃及人就在尼罗河岸边定居劳动,古埃及文明开始萌芽开花。五千多年前,古埃及完成统一,建立王朝,迎来了经济、政治、宗教、艺术一片繁荣的黄金时代。迄今为止,埃及境内还保留了近百座金字塔。在西方的大学里,埃及学至今还是一门"显学",很多人为之神往。

在繁华的背后,是古埃及人的勤劳。埃及人的劳动是出了名的,他们不但生前勤劳,死后也很勤奋。他们不但创造了成熟的人间文明,他们的幽冥世界也很精彩,简直是另一个看不见的繁华人间。

幽冥世界亦繁华

埃及人的勤劳,着实事出有因。正是为了在另一个幽冥世界也能过上好日子,他们建造了金字塔,发明了木乃伊和象形文字,绘制了陵墓壁画,进行一系列丧葬习俗,写出了大量铭文、碑刻、咒语。这些文化遗产看似纷繁复杂，其实初心很单纯，就是为了让逝者在幽冥世界也能过上好日子，直到复活返回人间。

在古埃及人看来，因为人的灵魂不灭，所以死后也可以复活。古埃及人把不灭的灵魂称为"卡"，把不灭的心灵叫作"巴"。当人死亡，意味着肉身的死亡，"卡"和"巴"并没有跟着消失，而是会继续存在，甚至还可以上天入地、自由穿行。

为此，有钱的古埃及王室和富人，会把墓地造得很豪华，会继续好好伺候死者，给他吃好的、喝好的。有时，甚至担心他们吃不饱，就会请好专门的仆人和祭司，准备好永久的祭品，一直供养着。

建造于公元前1300年前后的图坦蒙卡陵墓极尽奢华，墓中藏有几乎全套皇宫生活用品，大到金叶包装、宝石镶嵌的座椅，贴满黄金的四层棺椁，小到精美的地毯和坐垫，细节里都透露出皇家气派。除了图坦蒙卡沉默不语，其他一概生前死后都无差异。这就是古埃及人对幽冥生活的理解。

那么，为什么古埃及盛行将尸体做成木乃伊，让身体不朽坏？为什么有那么多巨大的金字塔和豪华的坟墓？为什么墓地里有五花八门的壁画和碑刻？甚至在这个幽冥世界里，有些规则和人间差不多，死去的人同样饿了要吃、渴了要喝，居家生活所需的物品一律不少，墓地里摆着各式各样的祭品——衣服、珠宝，甚至武器等。

其实，这些文化现象的背后，无不体现出他们独特的世界观，以及对死后生活的安排。

在古埃及人看来，幽冥和现世并不是割裂的，幽冥是另一个版本的现世，死去的人依旧住在坟墓里，等候复活的时机，活人必须好好伺候，怠慢不得。

不过，死者要到什么时候才复活呢？这得从他们的死后旅程说起。

幽冥世界的"通关宝典"

在古埃及人看来，人咽气后，灵魂会经过一系列旅程。不少壁画和《亡灵书》就描绘了这个过程。在这个幽冥世界，并不都肖似人间，还有不少规则是很特别的。所以在墓里边的壁画上，在祭祀用书上都反复提醒人们多加留意，以免一步走错、步步走错，最后无缘复活。

有哪些规则是不一样的呢？这些都写在了很多经文、咒文、祷词、铭文里。从古埃及的新王国时期到托勒密王朝，大概公元前约1550年到公元前50年期间，逐渐汇编成《亡灵书》。

《亡灵书》又称"死者之书"。作为一部古埃及的宗教文献汇编，《亡灵书》对埃及人生前、死后的生活做了非常详细的描写，虽然很多描写是充满想象的，但也能反映出他们的期待和向往。对不可见的死后世界的想象，其实就是现实世界的某种倒影。

神叨小百科《亡灵书》名片

腰封：埃及人死后最重要也最有用的一本书

性质：古埃及人幽冥通关宝典

材质：一般写于纸草，部分写在木棺、陶片上

作者：国王、王子、祭司等集体汇编

时间：公元前约 1550 年到公元前 50 年

用户：死者、死者家属、祭司、木乃伊工匠、死者偶遇的所有鬼神

使命：本书旨在帮助死者顺利通关，有效提高复活概率

"亡灵书"从古埃及原文直译过来的意思是"通往光明""重见天日"，就是说古埃及人认为，死人可以复活，像活人一样重新回到现实世界来过日子。但是，从死后到复活这个期间，人又要经历一系列的考验，要过五关、斩六将，那么人们生前必须接受过系统培训，才有相关知识和技能，去面对死后的种种考验，如此才可以重见天日。

其实，《亡灵书》说起来，就是一部人死后的"考试指南""高分大全"和"通关宝典"。

作为一本指导亡者正确复活的严肃类读物，《亡灵书》将死后的注意事项写得细致入微，大到祭祀亡者时的咒语和祭品，小到提醒死者不要踩到便便，都有及时而详细的温馨提示。有那么夸张吗？

灵魂复活无小事

灵魂复活无小事，《亡灵书》里的注意事项关乎性命和复活

大业。

比如，它不断提醒死者积极为自己辩护。就在第125篇里，它教死者在遭遇判决时，面对四十二位审判神，要一口气理直气壮地否认八十项罪名。

死者只有提出充分的论据，否认审判神抛出的罪名，才能顺利通关。但难就难在审判神给出的罪名，有时非常奇怪。如果是杀人放火、犯上作乱，这些罪名尚且好理解。但有些罪名，诸如"生前大声尖叫"，实在令凡人费解。不过，《亡灵书》一再提醒，面对这类指控，死者必须反复强调自己没做过。为什么会有这项罪名目前尚不得知，或许跟当时古埃及的生活礼节有关。

当然，我们还可以从死者的辩解看出当时古埃及的社会规则。比如，死者说自己"未曾大斗进、小斗出""未曾改动容器的尺寸""未曾冲破我所属的社会等级"，稍加推论，便能知道古埃及人特别重视这些社会规则。

对于幽冥世界里的突发状况，《亡灵书》也有温馨提示。

比如，在第189篇，《亡灵书》用严肃的口吻提醒死者不要踩到便便，更不要吃粪便，免得被屎尿玷污了灵魂，无法复活。看来，埃及人毕竟不像庄子那样认为"道在屎溺"。

此外，古埃及人还很重视正确地喊出对方的名字，不管是死者的名字，还是神明的名字。喊出名字，意味着能够掌控对方。

在《亡灵书》里，死者对各种各样神明的称呼五花八门，经常一连串排比说下来，气势磅礴。比如，在第141篇，它教死者一口气叫出东西南北上下左右的各路神圣：

为冥界之主奥西里斯和拉-哈拉赫特，

为努恩、玛阿特和太阳船，

为阿吞、大九神会和小九神会，

为双冠王的拥有者荷鲁斯，

为舒、泰芙努特、盖伯、努特、伊西斯和涅芙狄斯，

为七头神圣母牛和她们的牛犊，

为四只天上圣船的船桨

为伊姆塞特、哈彼、杜阿木特和库波思乃夫，

为上埃及的神龛和下埃及的神龛，

为日行船和夜行船……

　　这还没完，下面还有更多。这篇经文详细点名与来世复活沾边的各路神明，罗列下来，不漏掉一个，可见他们对于死后之事的极端重视。那么多名字，要是祭司念漏了一个，恐怕死者就无法通关了。

　　为了复活，古埃及人生前死后都拼了老命。他们不但修建了豪华的坟墓，制造了美轮美奂的木乃伊，更有专门的冥界通关宝典《亡灵书》，指导死者顺利过关。

　　《亡灵书》除了那些"通关密语"以外，还详细指导了如何制作木乃伊，如何安放棺椁，对于这些事，还有不少注意事项。毕竟，里面包裹着的可不是尸体，而是不羁的灵魂。

　　制作木乃伊本身可不是目的，这么做是为了让人死后在神明的审判庭上散发好闻的气味，这样或许可以给审判官留下好印象吧。

辑二　神明八卦

上有金翅大鹏依佛亲缘，

冤孽血案就此消，

由魔兽骤成护法。

下有一人得道鸡犬升天，

坑蒙拐骗俱成仙，

自人间直抵天界。

神明也有丑闻

人间的丑闻,例如贿赂与骗术等,对古今中外的各国政府和老百姓而言,向来都是一个让人头疼的问题。当然,许多大贪官终究难逃命运的安排。

明代的内阁高官严嵩,垄断吏部和兵部,贪了两万两金子、两百多万两银子,一时权倾朝野,但后来失势,晚年落得乞讨为生。曾经的世界首富,清代的大贪官和珅,家庭财产是朝廷年收入的十几倍。和珅曾经也是一人之下,万人之上,最后被嘉庆皇帝抄家,自尽而亡。

凡人看贪官的热闹,总是要到抄家判刑这个地步才解气。人间虽然如此,神明界却要宽大得多,犯了法的神明有时还可得到豁免。修佛成仙也贿赂,又施骗,更是缺乏问责机制,无人追究。有时,还上下联手,沆瀣一气,方式更具神明特色。有的明着来,出其不备、攻其不意、直接贿赂、干脆利落。有的暗通款曲,变着技法,犹如仙术千变万化,却万变不离其宗,终归还是为着行贿获利。不过,佛家的贿赂方式却别具特色。

成佛以后，也要"人事"

在《西游记》第99回，唐僧团队终于抵达西天，来到经库前。不料，传经人阿难和大迦叶竟然公开索要"人事"，也就是要钱才能取经。在佛祖的大本营，竟然发生了索贿的事，让孙悟空都没法理解。唐僧吐露难处，说前来西天，路途遥远，不曾准备礼物。两位尊者颇有些冷嘲热讽地抱怨："要是每次都白手取经，以后大家都要饿死了。"

看来，佛家传经之事，虽是为了利益众生、普渡人类，但也涉及成本问题。一本经书的诞生，从佛祖讲法，弟子抄录，刊刻印制，书刊保存，都涉及大量费用。而佛家向来靠施舍奉献为主要收入来源，却要花大量资财在经书流布上。更何况，唐僧取经也是唐朝的半官方行为，一开始就有唐太宗的资助和支持，唐僧取回经书更是属于唐朝百姓的精神财富。如此看来，阿难和大迦叶两位尊者的"人事"费用，不仅非常必要，更是义不容辞。

佛祖知不知道阿难和大迦叶索贿了？当然知道。且不说阿难和大迦叶是何等人也，佛前的贴身侍奉、十大弟子。更何况，等到唐僧团队返回告状时，佛祖都明说了："佛经不可随便传，也不可随便取，曾经比丘尼下山，到舍卫国赵家说法，只是念诵了一遍经书，换回三斗三升米粒黄金，我还嫌他们贱卖了。再这样下去，后世子孙都没钱用。你们东土的老百姓都执迷不悟，你们还两手空空前来，所以才传了白本。其实，白本才是无字真经。"

一通教训后，佛祖吩咐弟子们再把有字的经书传给唐僧团队。佛祖此话，真是得了理又不饶人，还把空白的经文说成无字真经，以东土百姓德行不够，配不上读有字经书而收语。这样以后，唐僧才明白过来，最终把唐太宗赐的紫金钵交给了阿难和大迦叶，取回三十五部经，总计五千零四十八卷。

人事交了，经也取到了，取经终得无字经，修佛才知佛亦贪。只有过后遇到第八十一劫，有字真经也掉进水中，事后需要小心晒干。此时，孙悟空反倒悟出了修佛的真意："天地本就不完全，这经书本来完全，现在沾水纸破，就呼应了不完全的奥妙，岂是人力所能及呢？"

下了地狱，照旧贿赂

在宋代的开封城里，流传着一句民谚："关节不到，有阎罗包老"。大概是说，到阎王爷包拯那里办案，不用打通关系，也能公正办案。包拯去世后，被老百姓传言，去地狱当了阎王爷，主管判案。这句民谚虽然初心不错，但是地狱也并非老百姓想得那般公正。

无论西天取经，还是成仙飞升，都少不了丑闻，到了地狱就更不用说了。地狱本是藏污纳垢之地，虽有严刑峻法、十殿阎罗，但主角毕竟是冤鬼魂魄、牛鬼蛇神，阴暗之气过重，那些灰色乃至黑色的内幕，简直浓得揭不开来。

《西游记》第 10 回，就揭开了崔判官帮唐太宗私改生死簿的内幕。

唐太宗梦到龙王索命，惊吓而死。临终之前，魏征说："陛下放心，地狱里的那位崔判官，生前做过礼部侍郎，是我结拜过的好兄弟，时不时跟我在梦里碰到。我这就写封书信，跟他打个招呼，他就会放您回来。"

唐太宗听了以后，这才安心驾崩。到了阴间，果不其然，崔判官早就等在地狱门口迎接唐太宗。只见崔判官头戴乌纱帽，满脸大胡子，手中拿着上朝用的牙笏板，穿着粉色的靴子，怀揣一本生死簿。

见到唐太宗后，崔判官说："陛下光临地府，有失远迎。我跟魏征是多年好友，我去世后，承蒙魏征照顾子孙，感激不尽。陛下放心，我待会儿就送您回去。"

说罢，崔判官到了司房里，把唐太宗在位"一十三年"改为"三十三年"，直接加了二十年寿命。然后再走一遍十殿阎王的法定流程，最后顺利通关，把唐太宗送回人间。

生前铁面无私的崔判官，碰到了唐太宗，就不顾地狱法律，直接给皇帝加了二十年寿命。当然，地狱里并没有第三方的独立监督机构。崔判官改了生死簿，十殿阎王也没过问，直接走完了法律流程。原本人们想象中铁面无私的判官，也会在感情上通融一番，私改生死簿。除了人的问题，地狱也有待进一步完善法治。总之，这些神明仙佛到底都从人进化而来，总沾有万分之一的人类习性，积习难改矣！

成仙以前，坑蒙拐骗

佛祖眼皮底下，尚且存在索贿的黑幕，魏伯阳成仙更是充斥着瞒和骗。被誉为"万古丹经之王"的《周易参同契》，它的作者便是魏伯阳，是史上第一位有作品流传的炼丹大师。为了炼丹成仙，魏伯阳的手段却有点不那么符合神仙段位。

根据葛洪《神仙传》的透露，出身名门望族的魏伯阳，性情高雅，不肯当官，平时经常独处修身养性，尝试各种道家法术。有一天，他带了三位弟子、一条白狗进山炼丹，费尽苦心，仙丹既成，魏伯阳心里动念默想："不知道这些人是否为人正直、真心求道，如果让心术不正者吃了，然后成仙，既浪费仙丹，又后患无穷。且让我使个妙招，来试探一番。"

于是，魏伯阳走到弟子跟前说："我们现在虽然已经炼好了丹，但为了确保万无一失，还是应该先试下，就让这条白狗先吃吧。如果它吃了以后就飞升，那说明丹药无毒无害，我们也可以吃；如果白狗吃了就死，那我们肯定也没法吃了。"魏伯阳说完，就把还没炼好的毒丹拿来给白狗吃。因为这颗丹还没炼好，服下后会暂时死去，但还能救回来。果然，白狗吃了后倒地死了。

魏伯阳见状，假戏真做，连连直呼，哀叹道："哎呀，我这辈子，违逆世俗潮流，告别家人，远离荣华富贵，一心炼丹，没想到现在还不能得道成仙，那我活着还有什么价值？我不活了，死就死吧！"说完，魏伯阳就服下毒丹，然后死了。

弟子们见状，捶胸顿足，惊慌失措，纷纷议论："现在什么情况？咱们炼丹是为了长生不老，可不是加快死亡的啊！怎么会这样？师父都走了！"等到平静下来后，有位姓虞的弟子仔细思量了一番："师父并不是平常之人，难道这么做是有意为之？"于是，虞姓弟子也跟着吃下毒丹，死了。

剩下两位弟子接连目睹惨案后，都惊呆了。他们看看彼此吃惊的脸庞，又看看地上躺着的师父、师兄和白狗，吓得说不出话来。只听他们哆嗦着声音，这般说道："我们炼丹，本意是为了长生。事到如此，吃了就死，还不如不吃呢！不吃还能多活几十年。这是何苦呢？"两位弟子决定不吃丹，下山去找棺材，打算好好埋葬师父和同门师兄。

　　见两位徒弟下山了，魏伯阳赶紧起身，掏出真正的仙丹给虞姓弟子和白狗服下，二人一狗吃下仙丹，一道成仙飞升了。后来碰到山中樵夫，就写信让樵夫捎到城里，通知下山的两位弟子。等他们读到信后，这才后悔当初没吃仙丹。

　　说到这里，不管魏伯阳是否成仙飞升，单单"坑蒙拐骗"的成仙妙计，就让人击节叫好。不过，那下山的两位弟子，着实也值得同情。人之本性，趋利避害，畏死向生，成仙确实为了长生，这事也无可厚非。只是，魏伯阳为了检验人性而不择手段，是否又有降低仙家身段之嫌呢？

围观神仙打架的姿势

俗话说:"神仙打架,百姓遭殃。"如何围观神仙打架,并避免自家遭殃,这不是小事,而是攸关性命之事。

何为神仙? 仙,一般来自经过长期修炼而长生不老的人类。中国道教里的修炼达人、印度的圣人都属于此列。神,则是先天即有神力,比如,犹太人的至高神,希腊人的宙斯和众神,都属于这个体系。神与仙,有时也会混为一谈,反正都是指那些长生不老、法力高超、超越凡人的特殊存在。

既然位列仙班,就得有神仙的样子。一般印象里,他们仙衣飘飘、腾云驾雾,来去自由。但神仙聚集之地,是非也不少。有了是非,道理说不清时,偶尔发生小摩擦甚至大动干戈。面对神仙打架,如何围观是好?

神仙打架的往事

围观之前,为了避免伤及自身,必须摸清来龙去脉,先了解神仙打架的诸多往事。

希腊人生于地中海区域,以商贸为业,哲学头脑发达,伶牙俐齿,血气充沛。希腊人的神明也不例外,喜欢谈恋爱、喝酒、打架。

被宙斯封为"战神"的阿瑞斯喜欢打架斗殴,可是当堤丰入侵奥林匹斯山时,战神阿瑞斯转眼变成一条鱼,逃之夭夭。只有雅典娜女神,站出来和宙斯联手抵抗堤丰。堤丰是龙怪,长着一百多个脑袋,跟宙斯又是宿敌。堤丰是大地女神和深渊之神的儿子,神格尊隆。当年宙斯打败了深渊之神,如今轮到他的后代来报仇。堤丰因为体格巨大,擅长喷火,容易先发制人,打出了一片火海,还用蛇发缠住宙斯,偷走了宙斯的手筋。好在赫尔墨斯又偷了回来,还给宙斯。第一回合,宙斯被打败了。不过,宙斯却有堤丰所没有的优势,就是行动灵活,而且可以乘坐飞马车,迅速飞到天上,远程隔空作战,用他的霹雳棒,击打在地上行动不灵活的巨无霸堤丰。最后,宙斯还用埃特纳山压住了堤丰,堤丰的"造反"最后以失败告终。

古希腊神话素以巨大的战争场面称奇,每位神明装备精良,各有特色。宙斯有霹雳棒,雅典娜有长矛,波塞冬有三叉戟,连小小的丘比特都有一把弓箭。

而中国的神仙,也有异曲同工之妙。二郎神有三尖刀,哪吒有混天绫,孙悟空有金箍棒,黄帝有轩辕剑。哪吒闹海、孙悟空大闹天宫,开始都以叛逆者身份独自挑战正统权威,但打得不可开交之时,就不得不向别人求助了。哪吒死后,被仙鹤接到了太乙真人那里,真人让哪吒复活,教他使用风火轮和火尖枪,哪吒终于报仇成功,降伏了东海龙王。

同样叛逆的孙悟空却遇到了坚不可破的敌人阵营。这回,李靖和哪吒反而联起了手，率领十万天兵前往捉拿孙悟空。之所以出现这等大规模的阵仗，是因为孙悟空一开始就是冲着玉帝发起挑战，触犯了天庭最高领袖。此时，不论如来佛祖、观音菩萨，还是太上老君，各界耆老圣贤都站在玉帝一边，帮他降服孙悟空。

东方的神仙，虽然个头和规格跟希腊的比起来，小巧许多，但是威力可不曾减去半分。东方的神仙打起架来，又有另一番滋味。

神仙为何打架

和人类一样，神仙打架一般也事出有因，不过原因却五花八门。

《复仇者联盟》里的索尔，本是奥丁之子，因为性格过于自大，被要求下凡学习谦虚的品格。到人间以后，索尔发现地球将毁于一旦，因而加入复仇者联盟。这种打架，属于正义型参与，对人类也有直接的利益。

有些打架则属于兄弟帮忙。哪吒闹海，掀了东海龙王的老巢，逼得东海龙王不得不找自己的伙伴。他找来南海、北海和西海的龙王，加上一群虾兵蟹将，去找李靖算账。对于这群龙王而言，兄弟落难也会殃及自家，及时帮忙，更见情谊。

当然，有些神仙打架则事出无因，稀里糊涂就开始了，这也很有神仙缥缈的风格。以色列人的祖先雅各，就曾经跟天使打过一次载入《圣经》的架。但是至今，人们也不明白，他们为什么打架。雅各，就是亚伯拉罕的孙子、以撒的儿子，在一次赶夜路时，与天使打起架来。打了一个晚上，天使眼看不能战胜雅各，干脆就来了一个小动作，摸了雅各的大腿窝，导致雅各扭倒变瘸。天使收手告别，雅各不肯罢休，还想讨要祝福。天使见状，难以拂袖而去，一走了之，就帮雅各改名为"以色列"，意为"与神角力"。后世以色列人从此不吃动物的大腿窝部位，此事关先祖的禁忌。这次稀里糊涂的架，终究没找到原因，神明的事，凡人无法猜出。结果也只有一个，以色列的官方命名，就此确立。

中国人的处世方法常见一条法则，就是"事不关己，高高挂起"，但在看热闹时又不甘心，总想亲眼捕捉不关己之事里的精彩环节。总之，要既能免于打架波及自己，又能亲眼见证打架的精彩之处。至于神仙打架时的围观群众，最好也是只围观、不出力，或者仅在不伤及自家安危的前提下，出点小力。要清楚，打架的主角、矛盾的中心是那些神仙，再怎么打，打后又如何和解，都是神仙们自家的事。万一参与打架，自身实力又不够，伤亡成本最高的反倒是自己。所以，不到万不得已，千万不能加入同盟。更关键的是，不论对输家、赢家，还是帮忙者而言，在紧要关头都要找到好的裁判。

如何找好裁判

要想成为好的裁判，首先要向玉皇大帝学习。玉帝曾有一个精彩判案，被清代才子袁枚记了下来。

根据《子不语》的前方报道，这件事发生在地狱里。有位叫作钟悟的大好人，一生行善却不得善终，膝下无子，穷困潦倒，病死了。他到了地狱,想找主管评评理。主管赏善罚恶的李大王却说他主管赏善罚恶,管不了生死问题,这事属于素大王的职能范围,不过他正好要去找素大王办事,可以顺便反映钟悟的诉求。

一路上,很多冤死的鬼魂喊冤诉苦,里面还有些来头不小,比如西周第四代天子周昭王,他的祖上是赫赫有名的周文王、周武王,到了周昭王第三次南巡时,却在汉水溺死。幸亏有勇士救起尸体,避免了被鱼虾吞吃的悲惨下场。不过人终究是惨死了,对于这样一位出身高贵的天子而言,如此命运未免显得不公。于是,身处地狱的周昭王拦住李大王喊冤。周昭王一喊冤,周围群鬼围拢过来,都很愤怒,诉苦声此起彼伏,俨然成了诉苦大会。

没过多久,素大王路过此地,轿子停下,李大王上前迎接,坐进轿子,向素大王反映群鬼呼声。一开始没什么动静,和平交流,不一会儿,声音越来越大,开始争吵起来。再后来,只见两位大神推搡着走出轿子,在地上打起架来。李大王一个拳头直击素大王肚子,素大王一个拳头猛打李大王脑袋。你来我往几回合后,李大王力气渐渐弱下,显出衰颓之势。群鬼见状赶紧上前助阵,素大王后面也有轿夫上前帮忙,两个队伍打成一团。最终,李大王这边被打败了。不过,李大王不服气,说:"你们给我等着,我这就去禀告玉帝听候处分!"话音刚落,李大王、素大王都腾云驾雾升上天去,留下一群怨鬼待在原地惊魂未定。

俗话说"神仙打架,小鬼遭殃",但这次却是因为小鬼遭殃,神仙才打了架。好在神仙和小鬼的背后,还有一位终极裁判玉皇大帝。

过了一会儿,两位仙女拿着十杯酒走来,说:"玉帝事务繁忙,没空听这种小事。你们二位比比看，谁能喝下更多酒，就算谁赢。"李大王听了很激动，自称平时酒量不错，有信心赢得比赛。不料，李大王喝了三杯就想吐出来，素大王倒是喝光了七杯。仙女见状，让大家少安毋躁，待禀告玉帝后，再回来宣布最终裁决结果。

最终，李大王、素大王、一群怨鬼都等到了玉帝的最终裁决，玉帝的诏书大概是这么说的："李者，理也。素者，数也。自古以来，理不胜数，道理赢不了命数，看看两位的喝酒比赛就知道了。不过，对于世上的生死劫难，七分看命数，三分看自己。命数常常颠倒，这没办法，我作为玉帝，也经常因为日食、彗星等问题而头疼，这些事要看命数的概率，我自己尚且不能做主，更何况李大王呢？但是，李大王毕竟能喝下三杯酒，道理总是占了三分。不管人心天理，抑或是非善恶，总归也有三分公理，并非命数所能改变。钟悟这人，虽然命中阳数已尽，但本皇这次额外开恩，下不为例，姑且放他回阳间，跟老百姓们好好普及今天我讲的道理，把七分命数、三分道理，都讲给老百姓听，不然以后此番告状争论会越来越多。"

诏书念罢，仙女打道回天庭。李大王、素大王双方都认可玉帝裁决，钟悟顺利返回阳间。不过，那位溺亡的周昭王倒是没有进一步的跟踪报道。虽然冤枉，但他要是果真隔了两千年再返阳，估计会引起人间动荡吧。

玉帝的这番道理，晓之以理，动之以情，客观分析事实，又能主观见证，以亲身经历说服之，是为平息打架的杀手锏。加上玉帝的无上权威，诏书即是法律，打架双方和围观群众都不得不服。虽不见得必定平复人心，但也能稳定一时局面。这或许是围观神仙打架的最高境界了。

当神兽成为主角

在几乎所有神话传奇里，都能见到神兽的身影。什么样的神，骑什么样的神兽，不然就兽不配位。比如，太上老君骑青牛，黄帝升天要骑龙，西王母出门有青鸟开路，姜子牙还专门配有元始天尊送的四不像。这些神兽各有专长，各有特色，有时主人未到，人们看到神兽就知道来者是谁。

当那些神仙妖魔、帝王将相大出风头时，他们胯下的神兽坐骑却未得到同等待遇。事实上，很多时候，这些神兽的贡献远远大过主人，大概只是因为"历史都是人类书写的"，这才没有得到应有的纪念。

神兽的种类繁多，有顶级的神兽，也有终身当坐骑的神兽，有法力无边的神兽，也有行动不太自由的神兽。每个层级里的神兽，拥有的自由度和"兽生待遇"都不一样，甚至是天壤之别。但无论如何，凡人遇神兽，都会礼让三分，懂得如何与神兽相处，也是做人必备的生活知识。

顶级神兽的特权

顶级神兽，也就是天之四灵，用来正四方，也是道教里的护法神。公认最知名的四大神兽，有青龙、白虎、朱雀、玄武，它们是用来正四方的，分别代表着东、西、南、北四大方位。除此以外，民间还有八大神兽、十大神兽的说法，额外把麒麟、螣蛇等归入名下。

这类顶级神兽，地位尊隆、资格够老，属于创世的级别，位于人类和部分神灵之上。大概只有元始天尊、玉皇大帝、如来佛祖那般，才有与之相处的资格。

而那种飘然天外，与世无争的神兽，也可算是顶级。它们已经达到精神自由的极高境界，来去自如，无人束缚，无神管制。比如庄子曾隆重推荐由鲲进化而成的"鹏"。它那巨大的翅膀像垂天的云彩，伸展千里。一跃而起，飞天九万多里，背负着辽阔浩瀚的青天，毫无阻挡地朝南飞翔。然而，像鲲鹏这样的神兽，毕竟又沉默又高远，凡人和小斑鸠都只能用有限的目光去想象它。

当然，还有一些顶级的神兽，虽不至于创世级别，也没有达到精神自由的境界，但因为是神明的近亲，也能荣登此榜。就像《西游记》里的金翅大鹏，他是佛教的护法神、如来佛祖的舅舅，也是孔雀明王的亲兄弟，当然有资格归入顶级神兽。

无独有偶，金翅大鹏的故事，不只出现在《西游记》里，在《封神演义》《说唐全传》《说岳全传》里都有，甚至民间传说岳飞前世也是大鹏，只是这些别处的大鹏，都比不上唐僧、孙悟空所面对的那只大鹏。

72

金翅大鹏长相奇特，有金翅鲲头豹眼，与青狮、白象义结金兰，不但雄霸一方，吃光了狮驼国的老百姓，统治着兴风作浪的妖魔鬼怪，他们还打算联手捉拿唐僧。

即便是孙悟空，虽然能击败青狮白象，也斗不过金翅大鹏。最后，孙悟空只能去西天佛祖那里搬救兵。佛祖亲自出马，还召集了五百位罗汉、三千位揭谛，还有文殊菩萨、普贤菩萨、大迦叶、阿难等贴身大神。除了挥"大棒"亲自斗妖，佛祖还祭出"胡萝卜"，许诺给金翅大鹏一条退路，成为护法，享受祭祀福利，最终成功和解。

其实，金翅大鹏之所以能成功逃过一死，也不全然是因其法力无边。毕竟，再怎么法力高强，也逃不出如来的手掌心，更何况他还扬言要把佛祖赶出雷音寺，简直嚣张跋扈。

如来佛自个儿就说出了不杀金翅大鹏的关键原因。原来，金翅大鹏和孔雀明王菩萨，都是一个妈生的。以前佛祖在修行时，曾被孔雀吞下肚子，后来逃过一劫，本想杀孔雀报仇，被众位菩萨劝和，说这只孔雀是孕育佛祖的母亲，杀不得，还让佛祖将孔雀封为佛母。这样算来，佛祖还得叫大鹏一声舅舅。

因着这层亲戚关系，为非作歹、手中命案无数的金翅大鹏，最终非但没被判死刑，竟然还成了护法，从魔兽变作神兽，洗白了身份，又拿到了免死令，成为佛界的大人物。不得不说，这件事道尽了世间荒诞。

不是所有神兽都属于创世级别和佛祖亲戚级别的，更多的神兽没有免死的特权，没有成佛的待遇，而是被神明所用，或成为坐骑，或成为侍者。这类神兽的自由度，也不过尔尔。

反客为主的坐骑

顶级神兽之下，是第二梯队的神兽。它们一般是神仙的坐骑，主要职业是司机，充当出行工具，但也有的会兼任秘书，帮忙通风报信。"青鸟殷勤为探看"，说的就是西王母的青鸟，它既是西王母的出行坐骑，又是探路先锋，曾经在西王母见汉武帝之前，为主人探路报信，并提前通知汉武帝准备好欢迎仪式和宴会。

这类神兽本是老老实实的坐骑，不出意外，一般终生都在神的胯下。当然，有些坐骑神兽得了意外的机会，大放异彩，以至于书中留名。

在《封神演义》里，闻仲决定讨伐西岐，派出了"九龙岛四圣"王魔、杨森、高友乾、李兴霸参战。当他们来到姜子牙的阵前，还没有使出一件法宝，也没有一兵一卒冲锋陷阵，只是让各自的坐骑出阵亮相，对方便大乱阵脚。只见狴犴、狻猊、花斑豹、狰狞四只神兽冲出来，姜子牙这方的战马即刻惊吓大跳，腿脚发软，跌落了几位大将，就连姜子牙也跌下了马。一时之间，人心惶惶，姜子牙这方只好不战而退。

"九龙岛四圣"的坐骑个个都是上古奇兽，出身不凡，又实力超绝。王魔的坐骑狴犴，长得像老虎，是龙的儿子，出身名门，又实力不凡，自带底气。杨森的坐骑狻猊，长相如雄狮，威猛的百兽之王，还能吃虎豹，更不好惹。高友乾的花斑豹，体型巨大，有一对锋利的獠牙，足够威风。李兴霸骑的狰狞，有人的形状，又兽的恐怖，常在行走时，用上肢掩面，走近人时，突然放下上肢，露出本来面目,直接吓死人类。这一招,可谓出其不意、攻其不备,不费吹灰之力,制胜于无形。

正是有了这四大不凡的奇兽,九龙岛四圣才在第一回合轻而易举地获胜,直到后来,元始天尊把他的坐骑四不像借给了姜子牙,姜子牙才有些反败为胜的把握。

这样的神兽,靠着天赋异禀和适当时机,最终从配角成为主角,在历史上写下了精彩的一笔。同样的事,并不少见,在蜘蛛侠、蚁人、忍者神龟、蝙蝠侠等身上也发生过。"皇天不负有心兽",只要努力,历史也能为之改写。

神兽的际遇

神兽界类似人类社会,是个"金字塔"的社会结构,处于顶尖地位的神兽精英屈指可数,大多数是不知名的。当然,靠着勤勤恳恳的工作,若能尽忠职守,这类神兽虽不至于位列仙班,但也是可以在人类社会占有一席之地的。

在古代中国衙门里工作的獬豸,是一种悟性极高的独角兽,听得懂人类说话,而且兽性正直,可以高效地辨认出谁是贪官、谁是清官。

早在春秋时期,齐国有两位大臣打了三年官司,纠缠不清,法官也难以断案,只能请一国之君齐庄公出面裁决。齐庄公叫人牵出獬豸,又让两位大臣当着獬豸的面,大声读诉状。第一位大臣读完后,獬豸毫无动静。等到第二位大臣读到一半时,獬豸站起来,用头顶的角,触倒了第二位大臣。齐庄公见状,宣布第二位大臣败诉。

而在有些场合，獬豸就不是礼貌地触倒对方了，而是在触倒贪官佞臣以后，直接一口吞掉，干脆利落，简直就是辨佞忠、定是非的良器。因而，古代的法官常戴"獬豸冠"，以自我声明判案裁决的公正。

比獬豸更严厉的是它的主人——中国司法的鼻祖皋陶。皋陶发明了五大刑罚——墨、劓、剕、宫、大辟，这些严刑酷法相当残忍，以剥夺人身健全为手段。宋江和林冲就曾受过"刺配"的待遇，"刺配"的前身便是墨刑。在脸上刺字，余生都洗不掉罪过，即便日后在梁山当了好汉的领袖，也对脸上的墨字耿耿于怀。这件罪过的事，就跟獬豸的主人有关。

不过，獬豸终究是在人间政务部门工作的神兽，虽有知晓人心的神通，但还不至于位列仙班。同样作为独角兽，西方独角兽的角还具有解毒的神奇功能。

獬豸尚且有些灵性，更多的兽类是地位低下的怪兽。像鲁迅先生说的"人面的兽，九头的蛇，三脚的鸟，生着翅膀的人，没有头而以两乳当作眼睛的怪物"，这些只能算是一般的怪物，虽也有行动的自由，但在兽界的地位相当低，饱受人与神兽的歧视与偏见。

一般的野兽或家禽更不用说了，一辈子都逃不了弱肉强食的丛林法则。不过，一旦因为某个机缘而搭了成仙的便车，那么它们的生命属性和社会地位将会发生一百八十度的大翻转。所谓"一人得道，鸡犬升天"便是这个理。这曾多次发生在西汉的淮南王刘安、东汉的魏伯阳、晋代的许逊等身上，可见成仙搭便车的效果何其真确。毕竟，人类曾经花了大力气来驯化这些禽兽，早就结成了"生活共同体"。若是跟对了人和神，那些跟仙气毫不沾边的鸡鸭羊狗之类的家畜家禽，不必如何努力，也能"朝为田舍郎，暮登天子堂"。

印度主神的创业八卦

中国的道教有"三清",犹太人有"三位一体"的上帝,印度也有三大主神,统治着南亚次大陆大约三千万到三亿的神明。

在佛祖的老家印度,乡亲们信仰最多的还不是佛祖,而是梵天、湿婆和毗湿奴等三大主神。佛祖毕竟是自我修炼而成的,而梵天却是创世级别的神明,在印度的地位相当于开天辟地的盘古。湿婆作为毁灭之神,身负推动世界毁灭进而重生的使命。毗湿奴是主管维护世界的神,在梵天的创造与湿婆的毁灭之间,维持世界的运转。

印度毕竟是个神明大国,三位主神管理范围极广,业务繁忙。为了达到更好的管理效果,他们开展了多次业务合作,其中不乏饱受争议的事情。

造物主梵天的乱伦事件

作为造物主,梵天是宇宙万物的起源。但是,梵天自己又是怎么来的?《圣经》里的耶和华"自有永有",梵天的出生也被传为无父无母,自我诞生。但有传言,梵天其实来自一颗金蛋。当宇宙还是一片洪荒黑暗时,在水面上漂浮着一颗金色的巨蛋,有一天,梵天从这颗金蛋里破壳而出,裂开的蛋壳变成了天地,给了梵天施展手脚的空间。他从心脏、手脚里生出了很多儿子,他的儿子们又生出了人类和万物,一个完整的世界由此诞生。

梵天虽为造物主,口碑却不好,主要因为一次臭名昭著的乱伦事件。在希腊神话里,宙斯从脑袋里生出了雅典娜。梵天也类似,从大拇指里生出了辩才天女。辩才天女的特长也类似雅典娜,她们都与知识、艺术、智慧有关。不同的是,宙斯未曾染指雅典娜,而梵天却过度迷恋美丽动人的辩才天女。

辩才天女有多美丽?只见她拥有玉石般光滑温润的脸蛋,有四只曼妙修长的手臂,分别拿着琴、念珠、经书、莲花,同时有音乐上的天赋、信仰的智慧和写作的才华。梵天看着天女,目不转睛,巴巴地望着。天女似乎有所领会,便决心远离父亲。但是,无论她跑向东南西北的哪个方向,都没办法避开长着四张脸的梵天。实在退无可退,她决定飞到空中,心想这下肯定能躲开梵天。哪知梵天从头顶又长出了第五张脸,依旧对着辩才天女含情脉脉。最终,梵天如愿娶了辩才天女,由父女结为夫妇。

此事被湿婆得知,非常生气,直骂梵天厚颜无耻,竟敢对亲女儿下手。盛怒中的湿婆,一气之下,连道理都懒得跟梵天说,就把梵天的第五个头砍了下来,还咒诅他永世不被人类崇拜。因此在印度,巍巍造物主梵天的寺庙远远少于湿婆和毗湿奴。由此可见,印度人的确不太喜欢这位道德品质有些问题的神明,甚至还认为,既然世界已经造好,那么梵天也颇显多余了。

湿婆：只为毁灭世界

湿婆诞生的使命，就是为了毁灭世界。只有毁灭世界，才能推动世界的重生与更新。这种世界观的确很有印度特色。在印度人看来，世界肇始于梵天，终结于湿婆，正是因为两位的默契合作，这个大千世界才不会像死水一般波澜不惊，而是有动有静、有始有终，在更新变化着。

湿婆的前身是婆罗门教里的楼陀罗。楼陀罗主管风暴、死亡和狩猎，野性十足，还不够文明，故而到了吠陀时代的晚期，楼陀罗渐渐隐形，兼具野性与文明的湿婆登上历史舞台，在印度人的史诗里频繁出场。登上历史舞台的湿婆，可谓一人饰演多角，有美男子相，有凶狠相，又有雌雄同体相；有时慈爱温柔，乐于化身助人，有时又手抄武器、恐怖吓人；既主管死亡与毁灭，又管理时间与繁衍。总之，湿婆的存在，简直是一个复杂的矛盾综合体，一如印度错综复杂的神明妖鬼。

当然，在三位合伙的主神里，湿婆虽然也旁涉他人业务，但主要还是负责毁灭事宜。为了毁灭世界，他精心准备了五花八门的道具。这些道具里兵器倒是很常见的，比如斧头、三叉戟、刺棒等冷兵器，又有碗、镜子、瓶子、铃铛等家居用品，还有眼镜蛇、骷髅头、羽毛等等。每样法器都有各自的含义，比较出名的是湿婆的标志性武器——三叉戟，它象征着宇宙的轴心，戟分为三叉，寓意创造、维护、毁灭三大神性。

神性复杂的湿婆，也擅长跳一种很复杂的舞蹈。湿婆之所以跳舞,当然不是为了审美和愉悦自我,还是为了毁灭世界。在宇宙这个大舞场中,只见湿婆的四只手婉转,头发飘散,手中那只沙漏形手鼓响出有节奏的鼓声,那是宇宙的心跳。湿婆闭着眼睛,脚踩侏儒水魔,象征着战胜了无知。随着湿婆跳舞,世界上的一切事物都涌现出来,又随之寂灭。等到湿婆跳舞结束,宇宙也因而毁灭。

故此,在印度五花八门的神谱里,湿婆的地位最为尊隆,信徒最多,势力也最广。大概印度人骨子里都敬畏这位让世界毁灭的主神吧。

毗湿奴与搅乳海

三大主神里,还有一位做正经事的,就是主管维护世界运转的毗湿奴。他原本睡在大蛇的背上,漂浮于浩渺无边的海洋。每当毗湿奴醒来一次,便是宇宙循环了一劫。一劫之始,在毗湿奴的肚脐眼里长出一朵莲花,莲花里又长出创造之神梵天,梵天由此开始创造世界。等一劫之末,毁灭之神湿婆降临,开始摧毁梵天的工作。每一劫相当于人类的四十三亿两千万年,创造和毁灭的神明分管两头,毗湿奴主管中间过程。

在毗湿奴的创业经历中,搅乳海是避不过去的话题。这段精彩故事,也被载入了吴哥窟的石刻里。

乳海是须弥山外的大洋,沉淀着丰富的宝物,特别是可以让神也长生不老的甘露。那时的印度诸神,跟人一样,饱受生老病死的折磨,所以一直费心寻找生命的甘露。善神和恶神们协商后,就去找了毗湿奴。因为毗湿奴主管维护宇宙,向来性格不错,也好商量。一番讨论后,他们打算合作,事后平分甘露。毗湿奴让大家把草药丢进乳海里,然后让巨蛇缠住须弥山,将山作为搅拌棒,蛇神为搅绳,首尾两端分别由善神、恶神拉扯。然后毗湿奴再化身为巨龟,潜到须弥山的底部,作为承重的支点。就这样,他们开工了。

他们搅拌了千余年,乳海中涌现出香洁牝牛、谷酒女神、三头神象等等。巨蛇因为被过度拉扯,头晕目眩,肚中翻江倒海,大口大口吐出毒液。眼看靠近巨蛇嘴部的神明将被毒死,湿婆出现,亲自喝了毒液,所幸被妻子雪山女神锁住喉咙,毒液没有入胃。但湿婆的喉咙中了毒,变成绿色。好歹没有人中毒身亡,大家重振军心,继续搅拌。

最终,甘露出现了。但是,由于甘露出现在恶神这一端,毗湿奴很担心他们长生不老以后,会对善神和宇宙众生不利。毗湿奴就把乳海里的浪花变成妖媚动人的飞天女神,迷惑住恶神们。善神们趁机抢走甘露,一饮而尽,个个长生不老。

在古印度人看来,日食和月食的出现,也和搅乳海有关。在抢夺甘露时,有位恶神,叫作罗睺,没有完全被飞天女神迷倒,他偷偷混进善神堆里,也喝了一点甘露。然而,他的小动作却被日神和月神发现,给毗湿奴打了小报告。毗湿奴一怒之下,砍了罗睺的头。因为甘露只到罗睺的喉咙,所以他头部以下的身体,被砍了以后马上死去,只有头部长生不老。后来,罗睺经常追着太阳和月亮报仇,一口吞进他们,但太阳和月亮刚入口,又从罗睺的喉咙里逃出来。于是,日食月食,由此而来。

搅拌乳海，是一次神明之间合作开展的业务实践，一开始大家都众志成城、分工明确，但是到了最后分成时，却出现了不可调和的矛盾。好在因为毗湿奴的智慧，让善神们取胜，宇宙因而得以不被恶神统治。最终，搅乳海成了成功的创业传奇。

几千年来，这三大主神的创业故事，一直在印度流传，也正是有了这三位主神，印度人的世界才显得如此欢乐多样，又如此空灵忧伤。他们也许认为：如果宇宙终将毁灭，不如跟随湿婆起舞。

跨界恋爱的后果

世界广大,同时含有人界、神界、冥界,有在家人,有出家人,也有无家可归的人。众生诸神,本来都是井水不犯河水,银河不犯黄河。偶有跨界恋爱者,多半没有好结果,这也是历史的定论。不过,神与人、僧与俗、人与鬼,这些跨界恋爱,有时错在神仙,有时错在凡人,有时又算不清账,毕竟"情不知所起,一往而深"。

秀恩爱的牛郎织女

在空间上,人类与神明处于本质上的隔离状态。但在七夕节这一天,人与神终于相会。七夕节的来源也有多种版本,常见的说法,归责于牛郎的一次"犯罪",看见七仙女下凡洗澡,便偷了织女的衣服,直到织女答应嫁给他再归还衣物。后来才发生了玉帝召回织女,王母娘娘拔金钗成银河的一幕。这出版本,错都在牛郎身上,玉帝和王母为了神界与人界不因通婚而造成混乱,才不得不拆散牛郎与织女。

但是,根据南朝殷芸《小说》里的说法,错全在织女身上。原来，这位玉帝的女儿由于太过勤快，全身心投入工作，只知织布，无暇打扮自己，俨然是一位只知工作、不知生活的职业女性。玉帝实在爱女心切，不忍女儿终身难嫁，便把她许配给银河对岸的牛郎星。

但是，自从嫁给了牛郎，织女又变了一个人似的，摇身一变成为家庭主妇，终日忙于恋爱和家务。因为织女无心织布，荒废了事业，这让玉帝他老人家又不高兴了，他想了想，也没别的办法，就直接召回织女，从银河对岸回到此岸，每年只能在七夕与牛郎相会。他们的恩爱巅峰便是七夕时，乌鹊搭成的桥跨越了浩瀚无边的银河，让有情人终于见面。因为二人踩着乌鹊，渡河过桥，乌鹊于是秃顶，情人因而相会。

这出版本，虽然从头到尾都是玉帝在背后指使，但是又把错归到了织女的身上。错就错在，织女无法协调好生活与工作的关系。

然而，尽管过程坎坷，赚了一代代人的眼泪，也难以阻挡当事人秀恩爱。每年的七夕节，不都是人类站在地上，仰望天上的他们秀恩爱吗？

呼应天上的相会，人间也有了秀恩爱的种种玩意。牛郎织女的传说早在西周便有，春秋时已经普及，而七夕乞巧的民俗，却是从汉代才开始流传。原本张扬神人恋爱的传说，变为表彰妇德的节日。

如何表彰妇德？乞巧节，便通过一根针来实现。有的比赛穿针的速度，有的比赛穿七孔针，有的对月穿针，有的在碗里投针看影子是否成图。凡是取胜，便是取巧。"巧"便是古人对妇女的最高赞美。

至此,七夕节已从银河那头的遥远传说,落实为极具烟火气,却又不至于烂俗,还留有些许灵巧的大众节日。

诱惑佛祖堂弟的摩登伽女

唐代翻译的《楞严经》是一部颇有美誉的佛经,明清之际的人们曾说"自从一读楞严后,不看人间糟粕书!"。

阿难是释迦牟尼的堂弟,后来皈依成了佛祖的十大弟子之一,以博学多闻出名,很多佛经就是由他口述整理而成的。佛经里常出现"如是我闻",背后转述佛祖说法的人便是阿难。

但即便是在佛前贴身侍奉的阿难,遇到美色诱惑时,也会暴露男人的本性。这事跟摩登伽女钵吉蒂有关。摩登伽女一点也不"摩登",她属于贱民阶层,终生不能与上层阶级通婚,更不用说嫁给阿难这种皇室出身的僧人了。

在一次外出化缘的时候,阿难路过摩登伽女的家,摩登伽女见阿难法相庄严、面目清秀、气质文雅,遂生起邪念,想勾引眼前的这位出家人。她请母亲帮助,用幻术迷惑阿难,一步步引进内室。正当阿难快要犯戒时,佛祖其实早有感应,派了文殊师利菩萨前来帮忙,宣说楞严咒。阿难及时醒悟,被带到佛前忏悔。

阿难说:"佛祖,请原谅我。虽然我多闻多记,但没有修行实证,遇到事情还是被迷惑了。"

佛祖回答:"多闻的阿难,虽然博学,但是还要多修行。"

当然,摩登伽女也被带到了佛前,她自己也赶忙辩解:"佛祖,我太爱阿难了，我想嫁给他。"

佛祖问她："摩登伽女，你究竟爱阿难的什么？你每天跟着阿难，又引诱他进你家。你可知道阿难是出家人？"

摩登伽女为爱醉狂，毫不示弱："佛祖，我爱阿难的眼睛，爱阿难的嘴巴，爱阿难的耳朵，总之，我爱阿难的一切。佛祖，请成全我。"

佛祖听到这里，平静地说："摩登伽女啊，你可知道人的眼睛里有泪水，嘴巴里有唾沫，耳朵里有耳垢，身体里有屎尿。一个人尚且如此肮脏，要是结婚有了孩子，孩子来到世上还得继续生老病死，如此因缘循环，没有尽头。难道你也爱这些吗？"

摩登伽女听了，恍然大悟，原来自己深爱的阿难，不过是人的一种表象，自己以前从来没看到表象深处的苦难轮回。如今觉醒，摩登伽女深受震撼，皈依佛祖。

这便是《楞严经》开篇的故事，经文本身当然是为了宣扬佛法。但摩登伽女无论如何都不能被说成勾引出家人的荡妇，她对爱情的全身心投入，跟她后来听闻佛法后的完全投入，一样都是可贵的。毕竟是佛法，摩登伽女事件的结局还算圆满，各自成佛，不亦快哉。

女追男的冥婚

不同于天上神仙、佛家子弟和凡人的恋爱，在冥界的恋爱常出现冥婚的现象，而且常常是女追男。如此一来，跨界恋爱更是惊神泣鬼。

三国时期,曹丕写了一部《列异传》,里面提到有位叫作谈生的老男人。已经四十岁的谈生,还没有结过婚,终日以读书为生活重心。有一回,从室外忽然走进来一位十五六岁的年轻女子。谈生大吃一惊,仔细端详眼前的女子。只见她面容姣好、穿着华丽,一看就知道是大户人家出身。谈生还在发懵,女子倒是先开口说话:"我见你日夜饱读诗书,愿意与你结为夫妇,永结同心。"谈生更加懵了,毕竟从来没有婚恋经验,又听见女子继续说:"只是我跟别人不一样,千万不要用烛火照我,等三年以后,才可以用烛火照我。"谈生想都没想,点头答应。

　　他们结婚两年,还生了一个儿子。谈生实在忍不住,等夫人晚上睡着后,拿出烛火,看看究竟为何不能照夫人。烛光一亮,可了不得,只见他夫人腰部以上是正常的人身,腰部以下都是枯骨。谈生又吓蒙了,激动地喊了出来。他夫人被吵醒了,发现了谈生手中的烛火,生气地说:"我早就跟你说过,不要用烛火照我,只要等三年。现在还差一年,你就忍不住了,实在太辜负我了,我们就此恩断义绝吧!"

　　谈生追悔莫及,但也没有任何办法。他夫人说:"虽然我跟你恩断义绝,但念及我的儿子还小,你如果生活拮据,那也没办法照顾好我儿子。你跟我来,我送你一些东西。"说完,她带谈生进了一座华丽的殿堂,里面摆满了宝物和器具。只见那女子把一件华贵的珠袍送给谈生,让他去典卖换钱。在谈生临走前,还割下谈生的一块衣角,留了下来。

　　谈生拿着珠袍,来到街市上典卖。当地的睢阳王家看到后,花巨款买了下来。睢阳王发现竟然是自己女儿的衣服,以为是盗墓人干的坏事，就去拷问谈生。谈生如实相告，睢阳王根本不相信他的话。只好带着谈生，前往女儿的墓地查看。来到墓地后，发现完好如初，根本没有盗墓的痕迹，打开坟墓一看，发现棺材下面还有一块衣角，正是谈生身上的。还发现谈生的儿子，长得就像自己女儿。睢阳王恍然大悟，于是把珠袍还给谈生，承认他是自己的女婿。

这类女鬼追男人的报道，在古代并不少见。六朝时的志怪，明清时的小说，都津津乐道这类人设和故事。不过，倒是不多见男鬼追良家妇女的报道，若有则大犯人间伦理禁忌。女追男，也不常见成功的范例。要不是这类男性性格不好、身体残缺或者科举不中，大多在人间还是有个圆满婚姻的。当然，古人还是愿意为孤身下葬的妙龄女子，为半生不婚的青壮年安排合适的婚姻。男有分，女有归，人与鬼各走各路，是谓大同。

人类在秀恩爱这件事上，能超出神仙的地方并不多。毕竟，神仙秀恩爱的方法超绝、形式多样，而且境界高到人所不能及。当然，人类可欣慰的是，神仙的恋爱通常没有什么好结果。

有得必有失，人类没有秀恩爱的超绝技能，却也能收获神仙渴慕的"白头偕老，共赴黄泉"。

地狱往事

地狱见过无数人，却没有人见过地狱。这主要归功于地狱尽头的那碗孟婆汤。因为有了这碗汤，凡人投胎转世，一般都不会记得地狱往事，还有上辈子的爱恨情仇。

不过，也有一种例外，就是死而复生者。他们从地狱游历了一遭，最后因为种种原因，没有喝下孟婆汤，就直接返回阳间，自然也就躲过了记忆的全盘格式化。只有这种人，还能对地狱的见闻历历在目。

根据清代文人袁枚的说法，常州有位热心做善事的人，叫作钟悟，生活过得并不如意，最后抑郁而终。在去世之前，他特地嘱咐夫人不要把他入殓，因为他还咽不下这口气，觉得到了阴间，一定会去跟阎王爷喊冤，凭什么好人生前不如意又短命呢？说不定阎王明察秋毫，冤民也会善有善报。好在阴间还有主持公道的大王，让在阳间受委屈的人，得到补偿。三天过后，钟悟果真复活了。醒来后，钟悟一五一十地把地狱里的经历说了出来。这些死而复活的人，用亲身经历为老百姓普及关于地狱的常识。地狱很复杂，但也跟人间一样，死后的世界并非随意想象。

地狱是个大集团

活人看不见的地狱,在人间却有办事处,总部在重庆丰都,也就是鬼城,分部就是各地东岳庙、城隍庙。

阎罗王这个名字其实是佛教里的说法,原先中国人死后都要去泰山神东岳大帝那里报到,就是在东岳庙里坐着的那位。

佛教流行起来后,在人间和阴间的影响力都越来越大,人们也就把东岳庙里的那位叫成了阎罗王、阎王爷。东岳大帝也没生气,自个儿就变成了阎罗王。东岳庙的领导,就这样成了阎罗王。除此以外,多事的活人们,还给阎罗王加了很多下级的主管和员工,还有女性员工——孟婆,最终成了一个大型地下集团。

地狱的最高领导便是阎罗王,阎罗王的直接下属,相当于公司的各大主管,即十殿阎王,分别主管地狱里的十个办公室,这十个办公室,根据《阎王经》里的办公纪要,是如下分工的。

地狱第一殿,殿长:秦广王蒋,主管人类生死时间

地狱第二殿,殿长:楚江王厉,主管刑事案件

地狱第三殿,殿长:宋帝王余,主管不尊老爱幼

地狱第四殿,殿长:五官王吕,主管偷税漏税

地狱第五殿,殿长:阎罗王包,主管报仇雪恨

地狱第六殿,殿长:卞城王毕,主管怨天尤地

地狱第七殿,殿长:泰山王董,主管偷盗尸体、谋财害命

地狱第八殿,殿长:都市王黄,主管不孝顺父母

地狱第九殿,殿长:平等王陆,主管杀人放火

地狱第十殿,殿长:转轮王薛,主管核罪判刑

　　地狱里的十个办公室,各司其职,业务基本囊括人间一切罪过。特别是第十殿,职务最重,需要汇总前九殿的判案,做出终审,要么判刑投胎为畜生,要么交给孟婆喝孟婆汤,再投胎阳间,重新做人。

　　十殿阎王的分工,基本在唐代确立。因为唐代有十个道,也就是全国有十个大行政区,地狱里也相应出现了十大办公室。唐代以后,到了宋代,地上的领土减少了,地底下的部门也相应有所精简,演变为四大阎王。

　　宋代的地狱减员裁人,却也增加了新员工。在四大阎王里,有三位是宋朝有名的官员,包括寇准、范仲淹和包拯,再加一个隋朝的韩擒虎。因为发达的商品经济,宋朝不仅夜生活丰富,地狱生活也不萧条。人间过得好了,地狱里的阎罗王办案也清明很多。

　　包拯生前清廉,断案公正。去世以后,老百姓传着传着,就把他当作了阎王爷,单向宣布由包拯主管阴间,这也反映出人民群众对于美好地狱的由衷向往吧。谁不想让先人们到了阴间也能受到公平对待呢?

　　早在北魏,还真有经书这样记载,说是某某和尚死后七日又活过来了,是因为经过阎王爷检查,没发现什么大碍,就送回了人间。而到了宋代,由包青天主管的地狱,想必会更加清明公平吧。老百姓图的不就是公平正义嘛!

地狱里的老伙计

地狱里最可爱的角色是牛头马面,最恐怖的是黑白无常,最无情的是孟婆。

中国人的本土文化里,本来很少地狱生活,更没有牛头马面这样的怪物。佛教传进来后,不但带来了阎罗王,也送来了牛头马面。这对老搭档主要负责押送亡魂事宜,把人从人间带到阴间,又在崔判官判案后带到孟婆处喝汤,都有的他们忙。

另一对老搭档——黑白无常,则主要听从阎王爷的安排,负责到人间勾魂,然后带回地狱,充分扮演了"鬼使神差"的一半作用。

地狱里最无情的角色应该是孟婆。孟婆前身是汉代有名的单身女性,年轻时常做善事,晚年进山修炼,死后成为孟婆,主管人类的遗忘。

孟婆汤的味道很冲很刺鼻,集合了八种味道,有酸、甜、苦、辣、咸、涩、腥、冲,直接打翻味蕾的前世记忆。孟婆汤的发明者——孟婆,利用忘川水熬制中草药,让人喝了好忘记前世因缘,来世重新做人。

地狱里最让人回味无穷的,大概就是这碗孟婆汤,它让人遗忘。人类的痛苦,多数因为心灵的纠葛和回忆的重担,大概上天也不想让人太辛苦,专门设立了遗忘这道关卡。喝了,也便过去了。

判官的交情

　　除了阎王爷和老伙计们，地狱里还有个关键职位，就是首席助理——判官。判官是帮助阎罗王的，手里握有生死簿，掌管着人类的生死命数。在民间传说中，一般叫作崔判官。到了《聊斋志异》里，同等角色的判官叫作陆判。这位陆判在人间有个好哥们，叫作朱尔旦。他俩的结缘，源自朱尔旦的一次酒局赌博。

　　朱尔旦是个书生，读书用功，但还没考取功名。有一回，他的狐朋狗友怂恿他说："朱尔旦，你不是因为性格豪爽大胆出名吗？敢不敢深更半夜去十王殿，去搬那个陆判过来。你真要敢搬的话，我们就请你喝酒。"

　　朱尔旦听了，心里默想，这顿酒喝定了，有什么不敢的。不一会儿，就把判官雕像给搬进来了。大家一看这阵仗，吓蒙了。朱尔旦笑了笑，有模有样地摆起了酒局，一边对着判官像说："大宗师请多见谅，这回临时请您出门喝酒，要是不嫌弃的话，下次您就去我家里喝。"说完，就把判官像搬回了十王殿。

　　没想到隔天晚上，等朱尔旦进房睡觉时，陆判掀开帘子，探头进来。这下把朱尔旦吓得半死，忙问陆判自己是不是已经死了。陆判安慰他，笑着说："别紧张，昨晚你不是邀请我来你家里做客吗？我这就准时赴会，你倒好，怎么还在睡呢？"朱尔旦听后，喏喏称是，就在家里摆起了酒局，跟陆判喝上了。于是，他们就成了好朋友。

　　朱尔旦与陆判的交情，日胜一日，有时竟然还睡在同一张床上。有一回，朱尔旦睡着觉，朦胧中感到疼痛，醒后竟然发现自己的胸膛被剖开了，陆判正在整理肠胃。朱尔旦吓得惊呆了，又气又慌张，骂道："我对你那么好，你竟然要杀我！这是为什么？"陆判听了，不急不忙地说："别紧张，我看你写八股文不流畅，应该是心窍堵塞了，我刚好在地狱找到一个聪明的心脏，这就给你安上去，日后一定文思敏捷。"

朱尔旦听了，将信将疑，在手术中又慢慢昏睡过去。隔天醒来，发现胸膛上还留着一道伤疤，不过毫无大碍。朱尔旦还发现，此后写八股文，有如神助，文思泉涌。可见，这位陆判非常可靠，值得来往。

在蒲松龄笔下，妖魔鬼怪皆可为友，可见幽冥世界之亲近烟火、通融感情，完全不像古埃及幽冥里那法度严苛的死神们。中国人有情，足以从幽冥世界看出。

不过，游历地狱、死而复生、阎王求情、陆判交游，这样的事并不常见，地狱的转世流程照旧运转，该投胎为牲畜还是人类，各有各的命。在进入下辈子之前，一碗孟婆汤，辛酸苦辣、干脆利落，一饮而尽，前尘清零，新生重启。

中元节的狂欢基因

素以鬼而闻名人间的中元节，主调沉重哀婉，背后却拥有被人遗忘的欢乐基因。人类忘记了，并不代表它不存在。

中元节本来不是鬼节，虽然早在汉代便有了雏形，不过那时的中元节，跟"鬼"没多大关系，跟"地"的关系倒是密切。

阴历七月十五，差不多也就是阳历八月中旬，第一季早稻和春小麦相继成熟，每家每户进了新米，就要感恩大地的哺育，用新米、猪蹄、酒还有其他食物来祭祀，中元节由是成形。中元节的伊始，便是对大地的礼敬。除了大地，物候气象也是关键。此时正是由夏转秋之际，先秦已经有专门的秋祭。不过，此时还非今日流行的中元节，只能说每年阴历七月十五的祭祀，古已有之，后来又有了新因素的融入，特别是它的狂欢基因。

地官的赦罪

及至道教形成后，有了更加系统的理论。古人才慢慢知道，大地也有它的上司，有位专门的神明管理大地，他就是地官。

在宇宙最高主宰玉皇大帝之下，有三位分管具体事务的高级官员，他们主要管理天界、地界、水界，官衔分别为天官、地官、水官，合称三官大帝。

这三位高级官员管的范围都不一样，而且每年都要过生日。天官的主要职责是赏赐福气，生日便是正月十五元宵节，也称为上元节。地官负责赦免罪孽，生日在七月十五，便是中元节。水官喜欢排忧解难，生日在十月十五，亦即下元节。

根据两本道教经典《太上洞玄灵宝业报因缘经》《太上三元赐福赦罪解厄消灾延生保命妙经》的详细报道，家住在北都宫中的地官大人，同时也被叫作"中元七炁赦罪地官""洞灵清虚大帝""青灵帝君"，主宰三界十方九地，掌管五岳八极四维，主要职责是考核男女老少的灾祸和福气等人生问题。每年七月十五，地官大人都会率领成千上万的神仙、侍卫和士兵，千军万马奔腾浩荡下人间，考核人们的福祸和赦罪等问题。

老百姓们在这一天自然要恭敬等候，职业道士还会参与帮忙。由于人类无法肉眼看见仙界人马，道长们就把背后无形的故事表演出来，变成了人们肉眼可见的法事，一代代传承。

《太乙救苦天尊接引浮生法事》透露，道长们在这一天，就会扮成太乙救苦天尊，正坐台上。其他扮成仙界人员，恭候两侧。只见那太乙救苦天尊用宝剑敲打三次，象征着破除地狱的大门，放无数鬼魂离开地狱，到外边天地自由活动。然后，太乙救苦天尊开始念诵经文，为鬼魂说法。原本在两侧侍候的众仙弟子，开始在台上蹦蹦跳跳，象征着游离的鬼魂。过一会以后，太乙救苦天尊起身，站在台上，用柳枝条洒水。这象征着超度游魂，让它们获得救赎。

于是，在道长们的带领下，中元节成了一个转危为安、脱苦得乐的日子。

地狱的解脱

原本祭祀大地的中元节，何时变成了我们今日熟知的鬼节？这要从佛教入华说起。

佛教自汉代进入中原地区以后，也把一些新的观念融入了中华文化，比如"十八层地狱"的观念。地狱系统的进口，连带着阎罗王、魔鬼、饿鬼、孤魂野鬼一起进口到中土。

在佛教进入以前，《礼记》的说法是"魂气归天，形魄归地"。汉人传统上认为人死后，会前往那个叫作"黄泉""阴间"的地下世界，那便是人死后形魄集中居住的聚居地。

佛教在汉代传进来以后，给中国人普及了更成体系的地狱观念，人死后到地狱报道，根据业报接受不同的吃苦待遇。

当然，佛法的确慈悲，即便是在地狱里吃苦的鬼魂，它们也有权利出来享受短暂休假。每年的七月十五，在佛教里便是鬼魂离开地狱，出来放风、探亲、休假的时间。最开始，这得感谢目犍连尊者。

目犍连尊者是佛陀门下的弟子，他的母亲在生前为富不仁，又滥杀牲畜，每天吃肉，死后自然去了地狱，还获得了饿鬼道的待遇，经常饥渴难耐。目犍连尊者在神通中发现老母亲的生活艰难，特地去送饭，不料饭刚碰到嘴巴，就化成烟雾消散于无形。尊者当然很伤心,于心不忍,就跑到佛陀跟前,咨询解救母亲的办法。

佛祖听了尊者的诉苦以后,仔细跟尊者分析。根据佛教的观念,饿鬼道的待遇是出于因缘报应的客观规律,单凭个人力量很难改变。除非到了七月十五这天,刚好是出家人的"解夏日",也就是出家人结束夏天阶段的修行,出关休息聚会的时候。在这天,师父们结束闭关,心情放松、时间充裕,顺便反省检讨自己的错过。"撞日不如择日",这天正好可以召集大德高僧,为堕入饿鬼道的老母亲念经祈福。

目犍连尊者听后照办,邀请高僧大德在这天集中祈福,还专门放了几个大盆,用来盛装宴请与会高僧的水果和食物。最后,目犍连尊者的亡母终于顺利解脱。七月十五,于是成了佛教的盂兰盆节。在梵语里,盂兰盆的意思便是解救倒悬的鬼魂。在这天,祖先的亡魂有了安妥,高僧大德得到供养,人、鬼、僧俱开颜,可谓一举三得。

鬼道与人道

人有人道,鬼有鬼道。只有在清明节、中元节等节日,主角才从人轮到了鬼。不过,人有群分、物以类聚,鬼也有分别。清明节主要是祭祖,每家每户都有先辈,定期祭祀,供养食物乃至宝马别墅(这当然已是现代人的特别关爱了)。中元节当然也怀念先祖,但更兼容并包,会考虑没有专人祭祀的鬼。从个人的小家顾及别人家,不得不说是更广阔的人道了。

如果说，定居在阴曹地府的鬼魂，虽然日子辛苦，还不至于饱受居无定所的劳累。那么，飘无定所的孤魂野鬼，虽然免去了地狱的刑罚，但孤独游荡，又无子孙惦念，做鬼生活也毫无欢乐可言。

《聊斋志异》里有位著名的孤魂野鬼，叫作公孙九娘。主人公的故事并非瞎编胡造，而是来自"于七之乱"。当时清兵滥杀无辜，山东境内横尸遍野，俨如地狱，公孙九娘便是当时被杀而成冤魂的。九娘偶遇前往济南城办事的莱阳生，与之产生一段情缘，嘱咐他收拾自己的尸骨，葬回祖地。但没想到，等莱阳生到了以后，才后知后觉——乱坟岗上野草丛生，根本就找不到九娘的尸骨，于是悻悻返回。公孙九娘对此无法原谅，即便做过几日夫妻，但一气之下再也不与他见面。

像公孙九娘这样的孤魂野鬼，最大的愿望可能就是拥有自己的合法住宅和良好的居住环境，最好莫过于回归故乡祖地，享受子孙亲戚的定期祭祀。中国人叶落归根的传统向来如此，鬼也不例外。

除了这类因为大屠杀而冤死的鬼以外，其他的孤魂野鬼，更多的是因意外掉进水里的，落入虎口狼胃的，误入深山老林的。佛家放焰口[1]时便有文章细数，那些命丧异乡的清官、尸首不全的将士、难产双亡的母子、香消玉殒的宫女，甚至那些天庭无名、地府难容的修道人，都有可能成为孤魂。总之，孤魂野鬼生前职业

1　放焰口是佛教和道教的超度仪式，为的是救助饿鬼。"焰口"指的是地狱里口吐火焰的饿鬼。

不一,来源多样,遍布士农工商僧道。举凡因天灾人祸而意外身亡,并且无人收尸、无人祭祀的,皆有极大概率成为孤魂野鬼。

为了解救这些孤魂野鬼,中元节变成了各路和尚道士的主场。中元节把这群孤魂野鬼也纳入关怀计划,专门为它们这个特殊群体发明了一些习俗,比如放河灯,任其漂荡,引领掉进水中的怨鬼,从幽暗进入光明。又如烧街衣,捎给游荡在街角巷陌的游魂,让它们也能御寒。

当然,老百姓也不管佛道两家的理论,也不管中元节和盂兰盆节的不同渊源,过着过着就混作一团。反正在这一天,主角都是鬼魂,人类都是配角,不管佛祖的信徒,还是老君的门下,都会在这天帮助落难的鬼魂,找回安定和欢乐。

灶王爷的年度述职报告

谈灶王爷,要从鲁迅先生谈起。

1926年2月,鲁迅在《国民新报》的副刊发表了《送灶日漫笔》:"坐听着远远近近的爆竹声,知道灶君先生们都在陆续上天,向玉皇大帝讲他的东家的坏话去了,但是他大概终于没有讲,否则,中国人一定比现在要更倒楣。"

鲁迅提到的"灶君先生",就是俗话说的灶神、灶王爷。即使在今天的部分边远农村地区,也还有很多人家的灶台上贴着灶王爷。更不用说在古代中国,几乎每家每户都会供奉这尊神明。灶王爷,可以说是跟老百姓的日常生活距离最近,也是影响最大的神明了。因为,灶王爷直接就管人们的吃饭问题。有灶台的地方,就有灶王爷。

不过,为什么鲁迅提到灶王爷讲坏话呢?讲什么坏话?谁家的神明那么缺德?老百姓又要怎样"对付"这个神明?不妨来考证这件事背后的灶神信仰。

灶王爷的来头

几乎每家每户都有灶台,有灶台就有灶王爷。灶台可以说是一个家庭的核心之一,吃饭问题是首要的生存问题。灶王爷就是守护这个首要生存问题的神明,直接管到人的肚子。

祭灶的民俗,起源于远古时期先民对灶台的敬重。在远古,火的发现与使用,可是一件具有历史转折作用的大事。它使人类走出了茹毛饮血的时代,迈进了文明时代。用火烧灶不易,老百姓自然非常敬畏和珍惜,灶神信仰在这样的背景里逐渐形成。

不过,远古时期的人们,通常从神话思维来理解这件事。所以对于灶王爷的来源,有相当丰富的说法。有说灶神的前身是黄帝,也有说是炎帝,还有说是颛顼的儿子。在《礼记》《淮南子》里,就有好几种天差地别的说法。虽然种种说法不一,但这些灶王爷的原型都是"帝级"大人物,可见分量极为重要。

虽然灶王爷的来源没有固定说法,但不管什么来头,他总有一身豪华的装备和家当。我们经常可以在"纸马"上看到灶王爷。"纸马"就是绘制神像的纸,祭灶时会用来焚烧。在纸马上,原来灶王爷也有老婆,就是灶王奶奶,又叫灶神奶。两边分别站着侍奉的童子,前方有灶火烧着,有时还有白马趴着。这匹白马,就是腊月二十三或二十四那天,灶王爷升天向玉皇大帝述职时的交通工具。侍童前面,有时会站着文武两位财神,或者厕神、井神和门神。这些神明共同构成了一家子的守护体系,在冥冥中保卫着全家的起居日用。

在纸马上,有时也会有对联——"上天言好事,回府降吉祥",说出了老百姓对灶王爷的由衷期待。不少地方的《祭灶歌》也唱出了人们对灶王爷又爱又恨的心声。

宁波的《祭灶歌》如此唱道:

> 又到腊月二十三,老灶爷爷要上天。
>
> 剪好草,拌香料,壮马喂得咴咴叫。
>
> 走大道,过小桥,一路顺风平安到。
>
> 别忘人间糖瓜甜,玉皇面前添好言。
>
> 多说好,不说坏,五谷杂粮多多带。
>
> 大胖小子抱个来,家家敬仰人人爱。
>
> 祭灶果,供小菜,除夕夜晚迎您来。
>
> 多施恩,别作怪,老少早晚把您拜。

宁波的《祭灶歌》看起来言浅易懂,连孩子都能学唱。类似的还有福建长乐的《祭灶歌》:

> 尾梨[1]尖尖,灶君上天。
>
> 灶君上天言好事,灶妈下地保护侬。
>
> 庇佑侬爹有钱赚,庇佑侬奶福寿长。
>
> 庇佑侬哥娶哥嫂,庇佑侬弟讨弟人[2]。

1　方言,指荸荠。

2　方言,指弟媳。

相比而言,四川的《祭灶歌》却显得非常泼辣:

这个时岁愁又愁,想敬灶神没刀头[1]。
年年敬你鸡肉酒,你不灵应敬个球!

不管是敬畏灶王爷,还是嘲骂灶王爷,可见在老百姓的心目中,灶王爷的分量是很重的,足以影响一家人的生活质量。当然,他也是最难伺候的。这些《祭灶歌》里提到了"玉皇面前添好言""灶君上天言好事",都指的是灶王爷上天打小报告的事。在民间,大家都如此传言,到底是怎么回事?

为什么灶王爷会打小报告

鲁迅说灶王爷爱打小报告,这事并非他个人编造。自古以来,民间社会就广泛流传着灶王爷的这个传说。

在汉代,郑玄在《礼记正义》提到灶神"居人间,司察小过,作谴告者也"。在晋代,有位著名的道长葛洪,也提到了这件事。在他的"成仙大全"《抱朴子》里,有一篇《微旨》,里边说:"月晦之夜,灶神亦上天白人罪状。"可见,至少在汉代,人们就知道了灶王爷有告状的"不良习惯"。

有趣的是,在道教里也有个类似说法。道教认为,人体内有"三尸"——上尸、中尸、下尸,这个"尸"不是尸体的意思,而是主

1　方言,指腊肉。

管身体的魂魄,也称作"三尸神""三彭"或者"三虫",分别住在上丹田、中丹田、下丹田。每当人们熟睡时,三尸神就会升天去报告人们的功过罪恶。

其实,不管是人体内的三尸神上天告状,还是家里的灶王爷升天打小报告,都反映出古人对自我和宇宙的理解。天、地、人并不是互相独立分离的,而是息息相关、互相影响的。

话说回来,不管关于灶王爷的说法有多五花八门,但都有相同的地方,那就是这些说法恰恰都体现了人们对灶王爷的畏惧心理和重视程度——大家都不敢怠慢灶王爷。同在一个屋檐下的其他神明,比如门神、厕神、井神,都还得不到这种待遇呢。只有灶王爷让人又爱又怕,爱的是他能保佑一家人的吃饭问题,怕的是他向玉皇大帝告状,导致全家人陷入灾祸,最后吃不饱饭。

毕竟,就连孔子都说:"与其媚于奥,宁媚于灶。"灶王爷对老百姓的重要影响,可见一斑。为了对付这位不好惹的灶王爷,人们想出五花八门的办法,但归根结底,还是从俘获灶王爷的胃开始。

如何应对爱打小报告的灶王爷

为了应付灶王爷爱打小报告这事,老百姓通常会在他升天之前,开始祭灶,讨好灶王爷,好使他上天后多说好话或者干脆闭嘴。

每年腊月二十三到二十四,就是灶王爷升天述职的日子,也是人间的祭灶节。通常,这两天开始祭灶,灶王爷吃完了以后上天述职，隔天打道回府。这两天都要摆放好祭品。

在古代，不同朝代用来讨好灶王爷的礼物，都是不一样的。

在北宋，老百姓用酒和水果来对付。北宋的《东京梦华录》记载："都人至夜请僧道看经，备酒果送神，烧合家替代钱纸，帖灶马于灶上。以酒糟涂抹灶门，谓之'醉司命'。"灌醉灶王爷，让他升天后没法正常说话，可以说这种办法相当高明。

到了南宋，随着商业的繁荣与发展，人们的饮食也更加多样，用来"对付"或者"讨好"灶王爷的食物也更多了。

南宋诗人范成大事无巨细地写了一个南宋人家，在腊月二十四这天，准备了满桌好酒好菜，好好招待灶王爷，让他吃好喝好，最好还能醉醺醺地去天庭，这样的话，打小报告的几率就大大降低了。

范成大在《祭灶诗》里说：

　　古传腊月二十四，灶君朝天欲言事。云车风马小留连，家有杯盘丰典祀。猪头烂热双鱼鲜，豆沙甘松粉饵圆。男儿酌献女儿避，酹酒烧钱灶君喜。婢子斗争君莫闻，猫犬触秽君莫嗔。送君醉饱登天门，杓长杓短勿复云，乞取利市归来分。

范成大在诗中提到的"豆沙甘松粉饵圆"，这些食物通常很粘牙。在明代也差不多，人们讨好灶王爷的礼物有糖、黍、饼、枣、糕、胡桃、栗、沙豆。（刘侗《帝京景物略》）还有其他文献记载，老百姓会做饧、粉团、米饵等，反正都是想让灶王爷吃了这些祭品以后,嘴巴和牙齿被黏住,到了玉皇大帝面前,自然说不出话来。

因此,在民间社会,老百姓还流传这样一首民歌:"腊月二十三,灶君爷爷您上天,嘴里吃了糖饧板,玉皇面前免开言,回到咱家过大年,有米有面有衣穿。"这种半说好话半带威胁的民歌,可以说唱出了老百姓幽默甚至狡黠的心态。人与神竟然如此和谐地生活在同一个屋檐下,也算是人间的趣味吧。

我们也不知道,当看到赶来述职却说不出话的灶王爷时,玉皇大帝到底是怒气冲天,还是哭笑不得? 很有可能,玉皇大帝因此喜笑颜开,赐福给地上的人家,让灶王爷下凡继续守护这群聪明可爱的老百姓。

辑三　成圣内幕

西王母瑶池放歌，

青鸟殷勤探看，

爱恨情仇不分神人。

耶利米圣城哀哭，

犹太民族被掳，

先知后辈皆流眼泪。

"洋气"的妈祖

在文化中国的时空里,陆地上有五花八门的神明,水上也有很多神明。

管河流的,有河伯、水君、水母、李冰父子。管大海的,有伏波神、南海观世音、妈祖。此外,还有一些"落寞海神",可能一般人不太熟悉。《山海经》里记载了南海神不廷胡余、西海神弇兹,今天很少人知道这些神明。

《元史》曾亲切地称呼观世音菩萨为"南海大士",称呼妈祖为"南海女神",听上去非常"洋气"。其中,观世音菩萨算是海陆两栖的神明,真正影响力排第一的水上神明还要数妈祖。

在那么多神通广大的神明里,为什么只有妈祖在海上最有名、影响力最大,甚至引领了中国东南沿海一带的神明界?

当然,除了因为妈祖长得好、心地好等原因以外,更是因为在她的背后,也寄托着一段历史演进的辉煌。

妈祖的进击

妈祖原本是个人，不过是个带有"特异功能"的人。传说她俗名林默，小名叫作默娘。之所以叫作"默"，据说是因为她生下来后就不哭闹，有些地方志里还说她带有祥光和体香，显得大有来头。

林默娘出生在福建莆田的湄洲岛。在岛上，林家是个官宦之家，林默娘的父亲是林愿，往前数上九代，先祖是唐代的州刺史。

相传，在林默娘小时候，发生了这么一件事。有一次，林默娘闭眼睛很久，以至于吓到了她的父母亲。他们赶紧叫醒默娘，不料默娘却大哭起来，她说差一点就能救兄弟的命。原来，她闭眼正是因为元神离身，在海上搭救遭遇风暴的兄弟。正当生死危亡的关键时刻，眼看默娘快救下兄弟时，突然被父母亲叫醒了。然而，她父母不明内情，留下林默娘在屋中独坐，双双离开闺阁。不久后，兄弟的死讯传来，林氏双亲这才恍然大悟，林家都知道了默娘的特异功能。

类似这样的神话故事，在民间流传很多，版本也是各种各样。但这些只能体现妈祖在小范围里的小名气，还不能与后来跨越国界的大名气相比。

林默娘在世上只生活了二十八年，有传说是在湄山飞升的，也有说在一次救助落难海船时，伤到了自己性命。林默娘离开人世的传闻版本很多，但自此以后，她开始了神奇的进击之旅。

在林默娘去世后，湄洲当地人先是盖了一座庙纪念她，人们开始尊称她为妈祖。后来,宋徽宗赐下"顺济庙额",过了三十多年,又受到了宋高宗的册封,被封为"灵惠夫人"。

此后,虽然每过几百年就改朝换代,但是朝廷一发不可收拾,动不动就喜欢册封妈祖,各种头衔名号五花八门。到了元朝,妈祖被封为天妃。到了清朝康熙年间,又被封为圣母、天后,这已经达到册封女神的最高等级,康熙给妈祖颁发的奖状上赫然写着——"护国庇民妙灵昭应弘仁普济天妃""护国庇民妙灵昭应仁慈天后"。最夸张的还是咸丰年间的封号,已经达到了无以复加的地步:"护国庇民妙灵昭应弘仁普济福佑群生诚感咸孚显神赞顺垂慈笃祜安澜利运泽覃海宇恬波宣惠道流衍庆靖洋锡祉恩周德溥卫漕保泰振武绥疆天后之神"。

林默娘从人变为妈祖,总计三十六次册封,经过夫人、妃、天妃、后、天后等"连跳",在上千年的历史演变中,又加入了"千里眼""顺风耳"等神话元素,最终成为今天我们所看到的神通广大的妈祖。此时的妈祖,已经不是"妈祖娘娘",而是"天上圣母"。

是海神,也是战神

《天妃显圣录》里记载了不少妈祖亲自参与救助灾民、抵御外敌的丰功伟绩。

1183 年,也就是宋孝宗淳熙十年,妈祖北上温州、台州,助战抵御草寇,获得胜利,捧回一个荣誉尊号"灵慈昭应崇福善利夫人"。1205 年,妈祖又助威宋军,在紫金山抵御金军,获得加封"显卫"二字。1208 年,抵御草寇周六四。1237 年,去钱塘江帮助筑堤。1259年，帮助俘获海盗集团陈长五兄弟。1405年，在广州大星洋救了下西洋的郑和船队。嘉靖年间，托梦御史，除掉严嵩。

到了清朝，妈祖的参战记录继续保持。最有名的一次，莫过于发生在康熙年间的澎湖海战。

"康熙二十二年六月内，将军侯奉命征剿台湾。澎湖系台湾中道之冲，萑苻窃踞，出没要津，难以径渡。侯于是整奋大师，严饬号令。士卒舟中，咸谓恍见神妃如在左右，遂皆贾勇前进。敌大发火炮，我舟中亦发大炮，喊声震天，烟雾迷海。战舰衔尾而进，左冲右突，凛凛神威震慑，一战而杀伤彼众，并淹没者不计其数。其头目尚踞别屿，我舟放炮攻击，遂伏小舟而遁。澎湖自是肃清。先是，未克澎湖之时，署左营千总刘春梦天妃告之曰：'二十一日必得澎湖，七月可得台湾'。果于二十二日澎湖克捷，其应如响。又是日方进战之顷，平海乡人入天妃宫，咸见天妃衣袍透湿，其左右二神将两手起泡，观者如市。及报是日澎湖得捷，方知此时即神灵阴中默助之功。将军侯因大感神力默相，奏请敕封，并议加封。奉旨：神妃已经敕封，即差礼部郎中雅虎等赍御香、御帛到湄，诣庙致祭。时将军侯到湄陪祭，见佛殿僧房尚未克竣，随即捐金二百两凑起。"（《天妃显圣录》第203—204节）

康熙二十二年，也就是1683年，施琅率领军队攻打台湾郑氏政权。妈祖托梦军中将领说"二十一日必得澎湖，七月可得台湾"。于是，施琅广为散布妈祖托梦。士兵们还看见了妈祖显圣，军心大振，夺得胜利。后来，施琅报告朝廷，给妈祖加封，于是就有了之前提到的天花板级尊号："护国庇民妙灵昭应仁慈天后"。

《天妃显圣录》里记载了大量有关妈祖的神迹奇事，包括窥井得符、机上救亲、化草救商、挂席泛槎、铁马渡江、收伏晏公、伏高里鬼、奉旨锁龙,在湄山飞升成圣以后,妈祖的助攻从莆田一带扩展到江浙,又相继发生了圣泉救疫、温台剿寇、平大奚寇、紫金山助战,最后到施琅攻台等事件。

打仗,可不单单是人类的事情,神明也会来参加。更何况,发生在海上的战争,比陆地战争更难有胜算的把握,充满了各种不确定性。妈祖,就在这样的背景里,从湄洲岛上的一位女子,变成了庇佑当地百姓出海航行的海上女神,最后又变成了参与大型战争、冲锋陷阵、倍受嘉奖的海上战神。

当然,如果你在海上遇到危险,请记住一定要喊"妈祖",而不是"天妃"。清代学者赵翼有一部读书笔记——《陔余丛考》,他这样评论:"台湾往来,神迹尤著。土人呼神为'妈祖'。倘遇风浪危急,呼'妈祖',则神披发而来,其效立应。若呼'天妃',则神必冠帔而至,恐稽时刻。"意思就是说,海上渔民遇到大风大浪,喊妈祖妈祖就到,林默娘一番素颜、马上赶到。要是隆重地喊一声"天妃",林默娘可能就得仔细打扮一番、戴着凤冠、穿着华服出场,等她赶到时,恐怕为时已晚了。虽然这在今天看来很像一个段子,但也很能反映古人对妈祖那种亲爱又敬畏的心态。

海洋移民的乡愁

在华人向海外移民、发展海洋贸易的过程中,妈祖也是不可或缺的重要角色,扮演着凝聚人心、整合社群、安慰乡愁的角色。

在施琅攻台前,郑氏政权和台湾民间以信奉"玄天上帝"为主流。施琅和清政府夺取台湾以后，为了收复民心，一方面在台湾大力推广妈祖信仰，毕竟在施琅他们看来，是妈祖站在了清军一边，另一方面，清政府鼓励福建百姓向台湾移民、拓荒垦殖。

许多福建移民到了台湾以后，都会带上故乡的妈祖信仰。而在台湾的妈祖信众，也重视从湄洲岛祖庙分灵敬奉。在台湾的妈祖，有各种有趣的称呼，可谓争奇斗艳，有"开台妈"（即首位来台的妈祖）、"大甲妈"（即在台中大甲镇澜宫供奉的妈祖），另外还有更加亲昵的称呼：妈祖婆、婆仔、姑婆祖等。

除了我国台湾，在我国香港、新加坡、日本、韩国、印尼，乃至美国、加拿大，很多华人聚居的地方都有妈祖庙。妈祖信仰，已经成为海外华人与中国大陆的文化纽带，传递着海上中国的代代乡愁。

妈祖由人变神，是地方文人、民间信仰和朝廷政治不断参与、共同塑造的。妈祖由地方信仰演变为国家级信仰，是朝廷不断册封，以及妈祖不断参与国家大事的结果。与此同时，被整个国家不断"赋能"的妈祖，也"不负众望"，率领人们征服大海。这些最终都共同构成了中华文化里最具海洋气息的妈祖文化。这样说来，妈祖真的足够"洋气"。

观音菩萨"变性"记

观音菩萨,大概是中国观众最熟悉的"女神"之一。只要看过《西游记》,都能记住观音菩萨的长相。但对于观音菩萨的身世,只怕多数人都是印象模糊或者认知缺失。这事不难,可以先从观音菩萨的身份证说起。

中国人最熟悉的佛教"女神"

观音菩萨身份证上的正式名字很长——叫作"大慈大悲救苦救难观世音菩萨",有时也叫作"大慈大悲救苦救难广大灵感观世音菩萨"。前面一串文字都是修饰语,用法类似"住在约克郡长桥村乐于助人的乔治先生"。像明末的嘉靖皇帝就称自己是"九天弘教普济生灵掌阴阳功过大道思仁紫极仙翁一阳真人元虚圆应开化伏魔忠孝帝君"。

凡人大概都担不起这样的名号,只有神明和皇帝可以,只要能显示其无上功德,不管取多长的名字都行。不过,到底叫起来麻烦,老百姓们还是简称"观音"为好。

人有户籍,神明亦有道场,观音菩萨又是来自何方的神圣?佛教在印度老家,大家朝圣的一般是供养佛祖的道场,比如四大圣地:佛祖出生地方——蓝毗尼园,悟道的地方——菩提伽耶,首次讲法的地方——鹿野苑,涅槃的地方——拘尸那揭罗。但在中国,大家朝圣的是四大名山——文殊菩萨的五台山、观音菩萨的普陀山、地藏菩萨的九华山、普贤菩萨的峨眉山,都是很有名的道场,每年都有大量的朝圣信众和游客前往。

说到底,因为菩萨信仰在中国的影响力实在太大。在民间社会,不夸张地说,菩萨的影响力可能并不下于佛祖。

其实,在佛教传入中国早期,人们只供奉佛祖而已。但在历史进程中,菩萨的影响力却越来越大,这事还得从菩萨由男变女开始说起。

观音菩萨如何由男变女

从男神到女神,观音菩萨的性别和长相,到底由谁说了算?鉴于菩萨的性别是一个严肃问题,这件事必须搞清楚。

"菩萨"在梵文里的发音是"菩提萨埵",简称"菩萨",意思是觉悟的有情众生。当佛祖传扬佛法忙不过来时,就需要有专业人士来帮忙协助解救众生,所以就有了菩萨。

如果把佛教比喻成一个创业团队的话,佛祖当然就是创始人和CEO,菩萨就是总监级别的角色。不过,这个总监职位人员不少。相传在佛祖的法会上就有八万名菩萨,其中"首席总监"级别的菩萨大概有十几位。

在佛教的印度老家,菩萨清一色是男性。佛经里经常用"善男子""勇猛大丈夫"这样的词语来称呼菩萨,用现在的话说,"善男子"就是品行和相貌都很美好的男子,通俗地称呼菩萨为"美男子",也不为过。

即使移居到东土,"美男子"观音菩萨在南北朝之前,通常还是男性形象。

唐代之前在中国流传的菩萨形象,也都散发着浓浓的男人味——胡渣、肌肉、厚嘴唇、高鼻梁,大概是当时佛教徒心目中的菩萨模样。这些样子今天还可以从敦煌壁画里看到。

到了唐代,菩萨由男变女,此后女相延续至今。唐代的道宣和尚曾在《释氏要览》里提到了后来画风的改变:"造像梵像,宋齐间皆唇厚鼻隆,目长颐丰,挺然丈夫相。自唐以来,笔工皆端严柔弱似妓女之貌,故今人夸宫娃如菩萨。"

在唐代,观音形象开始由男转女。《普门品》、观音传说与塑像的广泛流传,使得菩萨信仰深深融入当时的市井生活和家居日用。此外,还有一点原因就是妙善公主传说的流传。

妙善本是西峪国妙庄王的三女儿,生性良善,喜爱修仙生活,因为父亲早早将她许配给邻国的太子,妙善为逃婚躲进白雀寺。她的国王父亲一气之下烧了寺庙,所幸妙善被人带到香山。后来,国王生了重病,妙善亲自献上眼和手作为药引。国王因而忏悔,妙善当场佛光普照,此后便是我们至今见的观音形象。

宋代的说唱文学《香山宝卷》、明代的白话小说《南海观音全传》,都记载了妙善成为观音菩萨的传说。这些书籍通常用白话写作,易于传唱,在民间的普及度很高。一传十、十传百,老百姓自然容易接受观音的女性形象。更何况，作为女性的观音，更能体现救苦救难的慈悲心。

不但如此，观音菩萨的原型换做了妙善，印度老家也变成了普陀山。那个时候，人们不再觉得观音菩萨住在印度最南边的角上——莫科林岬角的补怛珞珈山。观音就是妙善公主，道场就在普陀山。

一位观音，多种面相

在《西游记》里，当孙悟空和取经团队闹翻时，常常跑到观音菩萨那里诉苦，观音简直就是悟空的心理医师和顾问。

观音菩萨给我们的印象，一般都是佛光普照，长得雍容华贵，穿着长长的薄薄的白衣，手里托着净瓶，瓶中插着两三根柳枝。出场时总是踩着莲花和白云，说话时还有点空灵的回音。

不过，这还只是大众传媒里的形象。在佛经里，菩萨还有更多样的面貌。

在密宗里有七位菩萨，里边还有一位长着马头、有三张脸和八个手臂的菩萨。在汉传佛教里，一般说法是观音菩萨，至少有三十二种面貌。《法华经》有这么一句话："三十二应身观音"。《楞严经》也说观音有三十二种变身，应对三十二种特殊状况。《普门品》则说观音有三十三种形象。

一般读者耳熟能详的观音菩萨，有送子观音（抱着孩子的）、白衣观音（穿白衣服的）、鱼篮观音（提着鱼篮的）、净瓶观音（拿着净瓶、瓶中插着杨柳的）等等。

在民间社会，还有一些稍微有点"奇葩"的观音雕像。有位叫作"蛤蜊观音"，就是披着蛤蜊外壳的观音。一看外表，就知道来自海边，是为着保佑渔民。

相传，唐文宗爱吃蛤蜊，官员们为此剥削渔民，大肆进贡。有一次，御厨们发现了一只怎么撬也撬不开的蛤蜊，都觉得稀奇，就献给皇帝。到了皇帝面前，这只蛤蜊才缓缓打开，里面竟然出来一尊观音。唐文宗被吓到了，这才醒悟，知道进贡得罪了观音菩萨，就命令官员赶紧停止进贡。于是，一尊"蛤蜊观音"就这样新添进中国的观音榜单里。

还有个叫作"游戏观音"的，可不是为了保佑爱打游戏的小学生，而是说这尊观音像，非常自由自在，很放松、很亲切，并不是端着不能亲近的模样，而是能及时帮助人们。

同样，"鱼篮观音"也不是卖鱼的，而是说观音度化渔民的故事。有意思的是，很多观音都是坐姿或站姿，唯独这位"鱼篮观音"却是正在走路的姿态，双脚一前一后，提着鱼篮，好像就在街市上行走，随时普度众生。

的确，"鱼篮观音"工作非常尽职，为了宣扬佛法甚至不惜以结婚为代价。相传，"鱼篮观音"曾到某个沿海地区的小渔村宣扬佛法。因为长相美丽，引来一群单身渔民的围观，纷纷表示爱意。"鱼篮观音"不紧不慢地说："你们那么多人，但我只有一个，总不能每个人都嫁吧？不然，我教你们读佛经，谁要是能背出来，我就嫁给谁。"于是，观音教给他们《普门品》。隔天，有一半人能背出。于是，观音又教这一半人念《金刚经》，因为难度问题，隔天只有三四个人才能完整背出来。观音再次教他们《法华经》，最后只有一位叫作马郎的渔民能够顺利背诵。可是观音毕竟是神圣人物，不可能有婚丧嫁娶。在成婚那天，新娘观音无故死去，尸体快速腐烂。新郎一头雾水，继而看破红尘，终日念诵当初学会的《普门品》《金刚经》和《法华经》。观音看了非常感动，化身去把实情告诉马郎。马郎听后觉悟，把自家茅房改成佛堂，最终皈依佛门。这便是鱼篮观音与一群渔民的故事。看来，观音为了普度众生，真是想尽办法，用不同的人设和外貌，贴近不同的群体。

总体观之，这些观音的外貌特征不一样，体现的使命和功能也不一样。不同阶层的人有不同的需要，相应地，观音也就显出不同的面相来。

如何辨认四大菩萨

除了观音菩萨，还有其他几位著名的菩萨。这些菩萨，都在善男信女的打扮下，纷纷在东土安家，四大道场陆续出现，四大菩萨安居乐业。

新的问题又来了——古有八万菩萨迷乱眼，今有四大菩萨坐道场。如何有效辨认出长得差不多的菩萨，这是一个问题。

为此，此处特有以菩萨的体态、坐骑、道具等特点集合而成的菩萨名片，请仔细端详，以免进错道场、拜错菩萨。

五台山文殊菩萨

原名"文殊师利"，意思是吉祥美妙

体态特征：脸特别大。手持宝剑、书卷或花鬘不定

性格：以智慧出名

名言：五字真言——"阿啰跛者曩"

坐骑爱宠：青狮

峨眉山普贤菩萨

原名"三曼多跋陀罗"，意思是普天同庆

体态特征：戴着一顶很大的五佛冠，手持如意

性格：以实践出名

坐骑爱宠：六根象牙的大白象

普陀山观音菩萨

原名"大慈大悲救苦救难观世音菩萨"

体态特征：长相特别好看，爱穿白衣服、手托净瓶

性格：以慈悲出名

名言：六字真言、六字大明咒——"唵嘛呢呗咪吽"

主管范围：全天下都管，特别是求孩子的

坐骑爱宠：骑过大象、狮子、水牛、东海蛟龙，也踩过莲花、白云

道具：莲花、净瓶、柳枝、念珠、竹叶

九华山地藏菩萨

原名"乞叉低蘗沙"，意思是大地之神

体态特征：左手持锡杖，右手拿宝珠

性格：以使命感出名

名言："地狱不空，誓不成佛，众生度尽，方证菩提"

主管范围：阴间

坐骑爱宠：也是狮子，不过叫作"谛听"，拥有读心术、查户口等超级功能。别忘了，这只叫作"谛听"的狮子曾经成功辨认出孙悟空和六耳猕猴

如果经由上述说明，仍然无法辨认的话，那实在只能诚心阿弥陀佛了。其实，菩萨形象如此纷繁复杂，恰恰反映了人类与神明之间的互动关系。

一方面，菩萨的本土化和女性化，正好体现出中国老百姓对外来宗教的强大改造力。毕竟，连性别都能变，还有什么是不能变的呢？

另一方面，人类将自身的心灵期待和生活需求，投射到信仰里，反映到观音的塑像、图像等物质载体上，这些载体又会反过来回应人类的期待，形成了一种彼此互动的关系。贵为菩萨，也可以送子、提鱼篮、进蛤蜊。

正是在这种互动关系里，各种各样的人类精神文化和民俗现象层出不穷，成为老百姓生活里一代代延续的心灵寄托。

西王母的约会史

西王母，就是住在西昆仑的王母娘娘，她向来是催生经典神话的幕后主使。

如果没有她赐给后羿的两颗不老药，就没有嫦娥偷吃，飞升奔月，住进广寒宫的传说。如果没有她的蟠桃盛会，孙悟空也就不会偷吃蟠桃，大闹天宫。天蓬元帅也不会喝醉酒，去调戏嫦娥，又转世错投猪胎，最后成了猪八戒。如果没有她那支金钗变成的银河，也就没有牛郎织女的鹊桥相会……

多少人、兽、仙，因为她而改变了命运。多少经典神话，因为她而诞生，成了老少皆知的笑谈。不过，贵为天庭女神的她，自己却是命途多舛、人生不顺，尤其是她的感情问题。

《山海经》里的"母老虎"

最早出现在人类文字记忆里的西王母，是在《山海经》里。但是，《山海经》却根本没把西王母当作人来写。

在那个时候，西王母还是半人半兽的模样，拥有豹子般的纤长尾巴、老虎般的锋利牙齿，头发蓬松四散，戴一顶羽毛冠冕，平时住在山洞里，常常在山谷里咆哮。这幅"母老虎"一般的野性形象，让诸多考古者推测，西王母大概就是西域某处大型原始部落的女领导。

西王母的领地就在昆仑山一带，主要职务是负责管理上天用来惩罚人间的各种灾难和凶星。作为天帝的女儿，西王母的人间驻地颇为豪华，排场也很讲究。每当她准备吃饭时，总有三只青鸟为她觅食。出门办事，或约会或见人，也是青鸟开路。此事让后世的李商隐写诗时也一直惦记着——"青鸟殷勤为探看"。作为西王母的贴身使者、情书信使，甚至送外卖快递人员，青鸟的贴身服务，让西王母显得尤为尊贵。当然，西王母还是像"母老虎"一般凌厉，给人一种阴风阵阵的印象。

《山海经》里的西王母如此凌厉，在同是成书于战国时期的《穆天子传》中，西王母却摇身一变，成了与周穆王酬酢甚欢的女神。

未竟情思：西王母和周穆王

作为中国史上最早的旅行大师，比西汉张骞出使西域早八百年，周穆王就来了一次西行漫记。

或许是对西王母倾心已久，或许也是为了西巡寻求结盟，或许还是为了用东土的丝绸换取西土的特产，周穆王去见西王母的初衷，众说纷纭。但可以肯定的是，两汉两晋时期的文人更愿意相信，除了政治结盟以外，周穆王和西王母之间应该还存在着爱恋情愫，后来这个故事也成了"凡人求仙""英雄寻美"的一种渊源。

　　周穆王与西王母之间的暖暖情愫，似乎有史可稽，可作为上古的爱情故事。《穆天子传》卷三记载："乙丑，天子觞西王母于瑶池之上。西王母为天子谣，曰：'白云在天，山陵自出。道里悠远，山川间之。将子无死，尚能复来？'天子答之，曰：'予归东土，和治诸夏。万民平均，吾顾见汝。比及三年，将复而野。'西王母又为天子吟曰：'比徂西土，爰居其野。虎豹为群，于鹊与处。嘉命不迁，我惟帝女，彼何世民，又将去子。吹笙鼓簧，中心翔翔。世民之子，唯天之望。'天子遂驱升于弇山，乃纪丌迹于弇山之石，而树之槐。眉曰：西王母之山。"

　　当时，周穆王坐着八匹马拉动的大车，从京城出发，浩浩荡荡，向西而行。他翻山越岭，历经九个多月，跋涉一万多里，终于来到西王母所在的昆仑山。周穆王带来了东土的白圭玄璧、织花丝带等，作为礼物送给西王母。接着，他们在瑶池一同出席了盛大的宴会。正当他们在席上喝酒，醉意微醺之际，西王母诗兴大发，伴着笙鼓的乐音，唱了一首短歌，后世名曰《白云谣》：

　　　　天上飘着白云，山陵隆起阴影。你我之间，路途遥远，山川相隔。愿君活百岁，何日能再来？

　　听完这位西方贵人的短歌，周穆王若有所思，心中淌着暖流，他接着唱道：

待我回到东土，和谐治理诸夏，等到百姓富裕，我会再来见你。不用等三年，我就会再来。

西王母听了，心中感动，先前离别的忧伤，仿佛得到了些许安慰。她这样应和：

自从我来到西土，和虎豹喜鹊同处。因为我是天帝之女，守土有责，不能移居。听吧，那笙和鼓的声音，我的心也随之飞翔。你是天下的君王，也是上天的期望。

显然，西王母借景抒情，心中有不能明说的无限情愫，让笙箫鼓声代为言说。当然，智慧如周穆王，一定也理解西王母半遮半掩的那番话。"好事者"如两晋时的郭璞，就曾猜测他俩的隐微关系，还专门在《山海经图赞》里提及"天帝之女，蓬发虎颜。穆王执贽，赋诗交欢，韵外之事，难以具言"。看来，这件大事给了后世的文学家足够的想象空间。

在一唱一和之后，酒罢歌停，周穆王辞别西王母，返回东土。临走之前，周穆王特地坐车登上弇山，也就是崦嵫山，在山上种下了槐树，还竖立石碑，石碑上刻着"西王母之山"。从此，槐树年年开花，石碑巍然耸立，周穆王却再也没有重返西土。同年，西王母回访过周穆王，不过没有留下详细的记载。

周穆王与西王母之间是否存在真情，我们不得而知。对先民悠远故事的附会，向来是人类的本能。汉代两晋的游仙诗，常将周穆王巡游类比为求仙求爱之旅。但是文学的想象，尚不能替代真情的发生。所能确知的,就是周穆王急着返回东土,除了惦念诸夏百姓,体弱多病的盛姬也让出门在外的周穆王朝思夜想。他这次急着回去,一定也渴望见他的爱人盛姬。

周穆王的离去,已成定局。西王母的情愫,何能安慰?到了汉代,西王母亲自穿越时空,主动去见了汉武帝。

不老信物:西王母和汉武帝

东汉历史学家班固的《汉武故事》,就记载了西王母会见汉武帝的故事。有一天,西王母派使者告诉汉武帝,七月七号会来造访。汉武帝听了既是战兢又是惊喜,历世历代传说里的天界女神,如今终于可一睹芳容。于是,汉武帝吩咐把皇宫里的角角落落都打扫干净,还点起了九华灯,精心布置了一番。

等到元封元年七月七号那天,西王母真的如约而至。当时,汉武帝正在承华殿吃饭,中午时分,忽然看到青鸟纷纷从西边飞来,集合在殿前。汉武帝见此状,就问东方朔发生了什么事。东方朔说:"陛下,这是西王母的探路使者青鸟,看来傍晚的时候,西王母就会大驾光临,现在应该尽早打扫,等候西王母。如此盛会,事不宜迟。"

汉武帝听完,赶紧吩咐宫女们布置帷帐,点起兜渠国进献的兜末香,并把宫门也涂上了香,香气散发数百里,当时关中地区正在经历一场疫病,死亡的人很多。自从那天闻到了兜末香,病人们都纷纷康愈。

当天晚上,虽然万里无云,却隐约可听到雷声,整面天空都发紫。原来是西王母降临了！且看西王母乘坐紫色的大车，车两旁仙女列队随行，两只御用青鸟在西王母身边侍奉。西王母走出车后，汉武帝上前迎接，邀请她进殿坐席。

进了宫殿，西王母拿出自家的仙桃送给汉武帝，说："这是蟠桃园出产的仙桃，是太上之药，吃了以后能长生不老。"西王母总共带了七个蟠桃，自己吃了两个，剩下五个给汉武帝。汉武帝吃了以后，留下桃核，交给身边侍卫。西王母见状好奇，说："您留下桃核做什么？"汉武帝笑着说："这个仙桃真是太美味了，我打算种在御花园里。"听到汉武帝这番话，西王母笑了，她说："这蟠桃三千年才会长出一个，中夏大地土壤稀薄，比不上天界，是长不出来的。"汉武帝听了以后，这才作罢。西王母与汉武帝交谈不久，就离开汉宫，返回昆仑山。

这次的会面意义重大，完全改变了西王母在人间典籍里的形象，让她从母老虎一般的野兽之神，改头换面为雍容华贵的女神。不过，西王母再次与帝王相会，来去匆匆，除了言谈间的关心以及表达情意的蟠桃以外，并未留下真正的爱恋故事。西王母的感情问题，依然没有得到妥善解决。

终成眷属：西王母和玉皇大帝

自打汉代的相会事件以后，典籍里的西王母，就一直保持着天界女神的形象。到了唐代，西王母更是成了仙界的女皇帝，但凡有女性成仙，到了天界，一般都要先拜访西王母，然后才能去拜见元始天尊。

东华帝君,也就是东王公、木公,住在东荒山,原型从伏羲等太阳神演变而来,主管考核神仙等级。所有升天的人,男性要先去东王公处、女性要去西王母处,登记备案、接受评级,然后才能去见元始天尊。

老百姓经常传说东王公和西王母是夫妇,一东一西、一阳一阴,刚好配对。不过,这种对偶的附会,大概是后来的做法。西王母参与人间的事务,比东王公更早更丰富。东王公在其后出现,然后就被配对,大概也是出于民俗阴阳协调的思维方式。

还有一种更常见的说法,就是西王母是玉皇大帝的夫人。西王母究竟什么时候跟玉帝结的婚?

反正在周代时,当穆王与西王母会面之际,西王母身边并没有出现伴侣。可能有两种状况,要么当时西王母统治的地域是母系社会,一切以女主为权力中心,而男主角戏份极少。要么,当时的西王母还是单身。此时,老百姓也不知道如何给她安排一位合适的伴侣。

西王母的另一半——玉皇大帝,他们一起作为夫妇出现时,还要等道教产生以后,典籍里开始让他们配对出现。和玉皇大帝联姻后的西王母,成了我们熟知的"王母娘娘",主管天庭的妇女界,以及宴会事宜,身份证上的正式名字也改为"上圣白玉龟台九灵太真无极圣母瑶池大圣西王金母无上清灵元君统御群仙大天尊"。

此时的王母娘娘,经营着偌大的蟠桃园,喜欢每年举办蟠桃盛会,也经常过问仙女下凡之事。嫦娥和织女的故事就此展开,吴刚和牛郎的悲剧随之亮相,悟空的大闹天宫从此肇始。总之,在以后的神话文学里，王母娘娘常以"破坏者"的形象出来，默默背负着天庭的委屈，承担着华夏神话的发动源头。

　　一部西王母的约会史，也就是她由兽而人、由人而神，乃至天庭第一夫人的历史。西王母曾经相约的帝王们早已作古，而她依旧躲在嫦娥、悟空、织女的背后发笑呢。

孔子成神记

他是周游列国的游士，是丧家犬一般的落魄文人，是在杏坛讲学、有弟子三千的老师，也是享受皇家祭祀的"至圣先师"，更是那个在所谓"南文昌，北孔子"里，与文昌帝君齐名、主管知识界的文神。从庙堂到民间，集合了人、圣、神的多重面貌，他就是孔子。

可爱的丧家犬

孔子本是可爱的，后世的帝王将相们，把孔子精心打扮一番，反而不可爱了。五四运动要打倒的孔家店里，一个也不是孔子真身，全是替身，是孔子徒孙们手塑的雕像。

孔子的可爱，从他身处困境时的自嘲最能看出。有一回，孔子到了郑国，跟弟子们走散了，就独自站在城门下。子贡很着急，向人到处打听有没有看到孔子。郑国人说："你说的是不是站在东门的那个人，额头像尧，脖子像皋陶，肩膀像子产，但是下半身还没到大禹的三寸。总之，看上去就像丧家犬。"子贡抓住这条线索，急忙赶往东门。赶到后发现孔子果然在那里。见到孔子后，子贡就把刚才郑国人的话如实相告。孔子听了大笑，说："他说我的外貌，还不是很像，说我是丧家犬，那真是说对了！"

这就是孔子，虽然深陷困境，也还不忘自嘲。不单孔子是可爱的，先秦时代的诸子们也是可爱的，即便吵架时也不例外。看看孔子的反对派们，墨子说孔子"诈伪"，庄子批孔子"笨拙"，列子则讽刺孔子学问不如辩日的两小儿。或批评、或揶揄，总之都是平等的对话，孔子毫无神化的迹象。

孔子一生都在走"成人"的路，"成人"就是成为君子，君子成人之美。但他可能怎么也想不到，生前不语怪力乱神，身后自己反倒成了神。只是，这尊神像上镀满了帝王恩赐的金箔，刻着儒生文饰的教条，让旁人不敢揭穿罢了。

不过，历史泱泱，还是有几张堵不住的大嘴巴。明代狂人李贽，平生素以反礼教出名，随身携带批判的武器，经常棒喝那些满嘴仁义、满腹娼妓的道学家们。在他的《焚书》里，讲过一个有趣的故事。

> 有一道学，高屐大履，长袖阔带，纲常之冠，人伦之衣，拾纸墨之一二，窃唇吻之三四，自谓真仲尼之徒焉。时遇刘谐。刘谐者，聪明士，见而哂曰："是未知我仲尼兄也。"其人勃然作色而起曰："'天不生仲尼，万古如长夜'。子何人者，敢呼仲尼而兄之？"刘谐曰："怪得羲皇以上圣人尽日燃纸烛而行也！"其人默然自止。然安知其言之至哉！（《焚书·赞刘谐》）

湖北籍才子刘谐，遇到了一位满口三纲五常、身穿长袖阔带的资深道学先生，刘谐笑着说："您还不知道我是仲尼的哥哥吧？"道学先生一听就火冒三丈，赶紧说："'天不生仲尼，万古如长夜'，你是谁？竟敢说你是仲尼哥哥？"刘谐回应道："难怪伏羲之前的圣人，都是整天靠烧纸照明的。"道学先生听了哑口无言。

如果站在李贽、刘谐的反礼教立场，任何人听了这则故事都会跟着笑话道学先生。要是站在孔子的支持者队伍里，可能情况就不同一般了。

至于孔子的支持者，他的三千子弟、七十二贤人自不必说，就是隔了好多代的公孙羊对祖师爷也非常虔诚。司马迁在《孔子世家》的最后点评，还是一表"高山仰止，景行行止"的五体投地。不过，那时的画风已经变了，出现了远比司马迁更为夸张的支持者。

一位孔子，多个版本

孔子是个人，这点应该没人怀疑。即便在民国时，有位以"疑古"著称的学者——顾颉刚先生，他曾经怀疑过大禹是个虫，但还不至于怀疑孔子不是人。但是，在古代，孔子不仅仅是个人，也是个神，或者说是个带有神力的非凡之人。

可爱的孔子，打开了后人的想象力。只是一个家庭出身的问题，就让很多人纠结了。

史家如司马迁，虽敬仰孔子，却也不避讳孔子的身世，他就说孔子乃"野合而生"。"野合"有不少意思，字面意思露骨，说的是"野外交合"。当然，也有其他儒生专门注解说，孔子父亲叔梁纥是士大夫阶级，母亲颜征在是平民阶级，两者社会地位差得太多，此桩婚姻，不合礼也不合理，是为"野合"。

还有人说，那是因为孔子的父亲叔梁纥七十二岁时娶了颜征在，年龄差距太大，不合礼也不合理。更何况，叔梁纥此前就生了九个女儿，还有一个瘸腿的儿子。此之谓"野合"。

不过，我们现代人还是不能低估先秦时的自由风气，根据《周礼》透露，那时"仲春之月，令会男女，于是时也，奔者不禁，若无故不用令者，罚之。司男女之无夫家者而会之。"先秦的法律专门安排节日，让男女约会，不遵守还得被罚款。由此来看"野合"的第一种解释虽不合理，却也有点合情了。

孔子的家世成谜，特别对于汉代而言，更是谜中谜。司马迁的《史记·孔子世家》，从孔子的贫贱童年，说到哀荣备至的身后，整体还算平实。对于孔子的家庭出身问题，还有其他更夸张的版本。

汉代的《春秋纬》，这样说孔子的来历：

　　孔子母颜氏征在游太冢之陂，睡梦，黑帝使请与己交，语曰："女乳必于空桑之中。"觉则若感，生丘于空桑。

大意是说孔子的母亲颜征在有一次做梦，梦到了黑帝，然后就巫山云雨，醒来后不久，生下了孔子。这样魔幻的说法，在汉代可是蔚然成风。对于孔子的长相，更是魔幻。《春秋演孔图》这样描述孔子的：

孔子长十尺，海口尼首，方面，月角日准，河目龙颡，斗唇昌颜，均颐辅喉，骈齿龙形，龟脊虎掌，胼胁修肱，参膺圩顶，山脐林背，翼臂注头，阜胁堤眉，地足谷窍，雷声泽腹，修上趋下，末偻后耳，面如蒙俱，手垂过膝，耳垂珠庭，眉十二采，目六十四理，立如凤峙，坐如龙蹲，手握天文，足履度字，望之如朴，就之如升，视若营四海，躬履谦让。腰大十围，胸应矩，舌理七重，钧文在掌，胸文曰：制作定世符运。

《演孔图》说孔子身长十尺，《史记》说孔子身长九尺六寸，换算过来大概是今天的两米二左右，跟姚明有的一比。奇人常有奇貌，这并不奇怪。可真要像《演孔图》说的那样，也只有《山海经》里的奇人可与之媲美了。

这类的魔幻孔子，在汉代并不少见，可以说蔚然成风。究其根源，就是当时颇为风行的"谶纬"之说。

一语成谶也成瘾

所谓"谶纬"，就是"谶书"和"纬书"的合称。"谶书"就是占卜、预言一类的书，"纬书"就是用来解释儒家经典的说明书。

儒家的"经"本来谈的是历史和人事，全是勾勒人间显见的事务。不过，这大概无以补足人世间的复杂性。还有幽暗的那一面，尚待知识的落实。"纬"就此兴起，给原先直白明了的话添加了神秘色彩，给那些经典添上了灵秘的注脚，打开一个个幽暗的文化空间。

"谶纬"在西汉、东汉时期非常流行,引领这股潮流的便是齐鲁一带方士化的儒家,他们用各种神话传说、阴阳五行、天人感应来解释儒家经典。最终,成功论证了孔子的神圣性,当然也论证了皇权的合法性。

现在人们常说"一语成谶",意思是——哎呀,何曾想到,那时他的无心之话,最后竟然成为预言应验了。现在说起这个成语的感情,颇有些唏嘘感慨而带有悔意。但在汉代,人们"成谶"上瘾,巴不得什么事都以谶观之。

"谶纬"比"经典"更隐秘,也更直观。比如说,孔子历经苦难、用行舍藏,以诗书礼乐教化子弟,最后成才的也没几个,没挽救过来的昏君倒是不少。这样的人生简历,想必听得进去的凡人不多。还不如谶纬一番,直接就说孔子是黑帝之子,出生不凡,来到人间拯救列国,最后逝世,返回天界,位列仙班,成了使"万古长夜"重放光明的至圣先师。这样比较下来,当然还是谶纬的效果好。至于那是不是孔夫子的本意,已经无关紧要,紧要的是当下的人。

孔子成神的背后

在西汉以前,孔子通常是个人。西汉以后,孔子的神力渐长。孔子由人变神这件事的转折点,发生在汉朝建立后。

秦始皇统一六国,建立了史无前例的大一统帝国。但是好景不长,仅仅过了十五年就花完了寿命,土崩瓦解。汉代刚开始建立时，包括皇帝、大臣和老百姓，大家都在琢磨，这个新朝能走多远？会不会也像秦朝那样，传个一两代就没了？

在汉代建立以后，发生了一件事，引起了刘邦的警惕。

> 高帝悉去秦苛仪法，为简易。群臣饮酒争功，醉或妄呼，拔剑击柱，高帝患之。（司马迁《史记·刘敬叔孙通列传》）

根据《史记》记载，在刘邦打败项羽以后，也把秦朝那些苛捐杂税、严刑酷法顺便都给改革了。为此，一群开国功臣们喝酒庆功，争相喝酒吹牛抢功劳，甚至在喝醉后，拔出剑击打柱子。总之，一群大臣的眼里没有尊卑等级。刘邦看了以后，很担心。这群跟他打天下的大臣，现在都这样了，以后这皇位还能坐得稳吗？

这一切，都被一个叫叔孙通的人看在眼里。叔孙通是个儒生，分别跟过秦二世胡亥、项梁、楚怀王、项羽和刘邦，学问渊博，头脑和四肢也很灵活，"跑路"很快。

叔孙通一眼看出了刘邦的担忧，就上书献策。他想参考古代的礼法，重建一整套"朝仪"和宗庙祭祀的制度。"朝仪"就是皇帝上朝时，仪仗队和大臣们的欢迎仪式。总之就是通过这些仪式，把皇帝的权威抬得高高的，把官员臣子的地位都放得很低，这样一来，君君臣臣的尊卑秩序就凸显出来了。

就这样，叔孙通恢复了儒家。要知道，儒家在秦朝可是被禁止的，要是没有叔孙通等一帮人的努力，儒家也有可能跟其他诸子百家一样，慢慢消失了。

叔孙通开了个头，成了"汉家儒宗"。接下去，陆贾、贾谊、董仲舒等人，都陆续加入这个行列。

这里必须讲一讲董仲舒这位关键人物，要是没有他的推动，估计孔子成神这件事，就少了一次最有力度的顺水推舟。

董仲舒，在汉景帝时当选为公羊博士。这个博士不是现在说的博士文凭，而是汉代专门讲授经典的官职。公羊博士就是讲授《春秋公羊传》的博士官。公羊学有个核心思想，就是"尊王攘夷""微言大义"，强调中央的权威，对那些造反的诸侯和家臣各种奚落和批评。

董仲舒不但如此，还把皇帝的权威神圣化。他在《春秋繁露》里说"天子受命于天，天下受命于天子。"意思就是说，汉朝从秦朝那里取得政权，是因为秦朝造孽太多，天灾人祸不断，连老天爷也看不下去。汉朝皇帝的权威，来自上天的认可，皇帝就是天的代言人，所以全天下老百姓都要听皇帝的。当发生天灾时，说明人间活动得罪了上天。作为老百姓的代表，皇帝也要带头做自我批评，这就是"罪己诏"。总之，董仲舒的这一番操作，直接把皇帝的合法性与上天挂钩。谁要是动摇了皇帝的地位，也就是直接得罪了老天爷。这么一来，老百姓自然不敢怠慢。

经过几代儒家的努力，汉武帝"独尊儒术"、设立太学，终于承认了儒家的正统地位。虽然"天人感应"的理论很能为权力的来源问题进行合理化论证，但也有玩过火的状况。比如，董仲舒就曾玩过了头。

有一回，董仲舒听到高祖刘邦的陵墓突然冒出火星子，他预感大事不妙，认为朝廷得罪上天，应该好好认罪。于是，他赶忙在家写了《灾异之记》。还没完成这篇文章，就被别人看到了，呈给汉武帝。汉武帝对这篇文章拿不准，就召集来儒生们，问写的有没有道理。结果，董仲舒的学生吕步舒，也不知道这是他老师写的，直接说这篇文章大逆不道，竟敢趁着祖庙失火、小题大做。汉武帝听了以后非常生气，结果查出来就是董仲舒写的，就把董仲舒给关了。后来，汉武帝念及董仲舒是儒学大家，又把他放出来了。由此看来，谶纬也有失算的时候。董仲舒和他的学生，经过此事，应该哭笑不得。

不过，这样的事故并未影响汉代谶纬的流行，毕竟连皇帝也时不时听取下今文经学的博士们讲讲谶纬。汉代的儒家，靠着谶纬学，既抬高了皇帝的地位，也抬高了自己的地位。孔子从诸子百家中脱颖而出，最终封圣，成了知识分子界地位最高的圣人。

当年汉高祖路过孔子家时就曾祭祀过，后来，汉武帝第一个出来为孔子封圣，唐太宗又第一个把孔子封为"至圣先师"。当然，从汉到唐，孔子虽然不断封圣，但他的学说还非一统天下的教科书。直到朱熹注释的四书面世，被列为官方教科书，孔子的思想才真正被视为读书人的金科玉律，统治后世八百余年。到了明清一代，祭孔更是成了国家大典。祭孔的主角当然是皇帝，配角便是儒生、祭官和大臣。从此，孔子的神圣性也和皇帝的神圣性绑在一起，知识和政治也绑在一起。读书人归孔子管，官员归皇帝管，读书人学而优则仕，当官了又给皇帝管。到头来，一切都归皇帝管。

而孔子，早就不再是那个郑国城门外的丧家犬了。

张天师的升天计划

升天是一件人生大事。大地之上，战乱时民不聊生、饿殍遍地，和平时纸醉金迷、歌舞升平，都不如天上自由翱翔、长生不老，来得更自在快乐。中国古代，不但建功立业的秦皇汉武想升天，诗酒作伴的李白杜甫也想成仙，无数方士游仙隐居荒山野岭，盼的就是白日飞升。可见，这是一件多么吸引人的大事。

为此，东汉的知名道士张道陵，制定了详尽的升天计划。

张道陵升天之前

张道陵出身东汉沛国丰县（今江苏徐州丰县）的农村地区，祖上不凡，据说是汉代开国大臣张良的第八代。跟许多传奇之人类似，张道陵出生时亦有吉兆。他母亲就曾梦见魁星下凡，伸手递来一朵散发浓香的奇花，萦绕梁间的香气久久不能散开，他母亲闻着香气，感孕生子，一代伟人就此诞生。

据说，张道陵打小就遍读诸子，长大后做过太学生，中过贤良方正，但志不在升官发财。当他二十五岁时，就辞去了江州的官职,到北邙山修炼三年,直到有一天,一头白虎衔着《黄帝九鼎丹法》送给张道陵。这些年来,他不忘初心,始终在炼丹成仙的"不归路"上前进。即便皇帝多次征召,对仕途也不感兴趣,最终选择隐居四川鹄鸣山。山居期间,张道陵花了三年时间专心炼丹,还炼成了飞天、分身、隐形等技能,顺带写了二十四篇文章,详细分析和报告了各种技能要领。

不过,张道陵当时还不想直接升天,所以只吃下半颗仙丹,足够他在人间健康生活。即便是半颗仙丹,此时他的功力也已达到炉火纯青的境界,甚至还得到太上老君的钦点,集中歼灭了久居四川盆地的六大魔王恶鬼。

不过,除了个人的成仙升天以外,张道陵还没忘记身边的凡人们,想拉着大家一起成仙。可别忘了,张天师为此还不肯吃完整颗仙丹呢。丹已炼成,身边能够陪飞的人,只有一个叫作王长的弟子。一个陪飞不够,三人作伴最佳,这可如何是好?

如何挑选同路人

为了选拔能够胜任升天使命的同路人,张道陵制定了详细的策略。根据《神仙传》和《太平广记》的报道,有位叫赵升的来拜访张道陵,张道陵见此人功力深厚、相貌不凡,应该是块好材料,如果经历一番磨炼,或可成才。张道陵心想:"那就设下七道关卡,如果他能顺利闯关,就把成仙的秘方交给他吧。"

于是,张道陵首先叫弟子出门,把赵升挡在门外,连续骂了他四十多天。赵升一开始有点吃惊,诧异于神人张道陵的门下怎么还会有如此粗鲁的待客方式。不过，等他静心下来，认为自己清白无畏，干脆就在门外的野地坐了下来，风餐露宿一个多月。终于，弟子骂累了，张道陵看着也于心不忍，就打开大门，让赵升进来了。当然，这仅仅是个开始。

第二回合，张道陵使出了美女关，第三回合是金钱关，第四回合派出老虎，第五回合让布店老板诬蔑其偷盗，第六回合派乞丐前去乞讨。赵升非但没有被美女和金元宝诱惑，也没有被老虎吓住，面对老板的误会和乞丐的悲惨，干脆脱下自己身上的衣服，全数奉送。闯关至此，赵升的处事作为让幕后导演张道陵颇为满意。

前面数次交锋，还没有身家性命之虞，直到第七回合，简直是要命之举。张道陵带众弟子到悬崖边，指着崖边的一棵瘦桃树，说："为师现在想吃桃子，你们当中哪个能把那里的桃子摘下来，我就把升天秘方传给那个人。"三百位弟子吓得不敢上前，只有赵升胆大，坚信张道陵仙力高超，既然如此吩咐，必定不会轻易让人失足坠崖。没多想就跳到桃树上，摘下两百多个桃子，一个个抛到地上。摘桃完毕，只见张道陵伸出两三丈的长臂，把赵升拉了上来。

等享用完桃子以后，张道陵擦了擦嘴角，不紧不慢地说："赵升还没摘到最大的桃子，那就换我跳下去吧。"话音刚落，张道陵就跳下悬崖，毫无声响，不见人影。弟子们都以为出事故了，便抱团痛哭。只有赵升和另一弟子王长没有掉眼泪，说："既然师父跳下悬崖，我们活着也没意义啊。"说完，两人就一起携手跳崖。没想到，他们刚跳下去，就跳到了一座台上，台前就坐着张道陵，笑眯眯地看着他俩。张道陵点点头,开始传授升天秘诀。没过几天,三个人一起白日飞升,留下数百弟子在地上吃惊远眺。

要升天,先交五斗米

张道陵生前名气遍传四川,越来越多的人前来求教,张门子弟一时达到数万人。张道陵大手一挥,把这数万人加以组织,编排为二十四个组别,对应二十四节气,称之为"二十四治"。治,相当于每个地方的道教中心,每个治的领导叫作祭酒,信徒叫作鬼仆,入会要交五斗米。所以,张道陵率领的这支道教队伍,也称作"五斗米道"。

那时已是东汉末年,时世动荡,不但许多老百姓去信道教,诸多知识分子也纷纷响应。到两晋时期,已出现王羲之这样的名门大家也皈依道教的例子。山水诗人谢灵运,因家人就是五斗米道的铁杆粉丝,在谢灵运小时候就把他送到杜治抚养,长大后才接回来。此外,五斗米道还有义舍,让过路群众可以免费吃到食物。不过要记住,请适量取用,如果暴饮暴食或者浪费粮食,就会惹上灾病。

因为过度取用义舍里的食物而生病,算是不道德的不义之病,无药可救,除非好好忏悔。五斗米道对此还专门设立了忏悔室,叫作"静室"。这个静室自然很安静整洁,病人进去后要写三份忏悔信,分别给天官、地官、水官,写完以后还得跟着祭酒大人读《老子》,体会创教初心。然后,等候身体康复。康复了,说明神仙已经赦免罪过,没康复说明还不够虔诚,要继续忏悔赎罪。这种循环论证法，在当时行之有效，相信的人越信越深。而且义舍的出现，在多灾多难、衣食难保的动乱年代，相当容易得人心。因此，五斗米道的队伍和名声逐渐扩大，后备人员也越来越充足。

张天师的家族基因

张道陵已然白日飞升，据说位列四大仙班之首，只在太上老君之下。在人间，随着张氏家族一代代接下天师的职位，张道陵作为首任天师的封号始终不动摇。

为了保证升天计划的继续执行，张道陵在起飞之前，特地嘱咐"非我宗亲不能传"。他儿子张衡信守承诺，接过道教的衣钵，继续传播道教，直到他交给他的儿子，也就是张道陵的孙子张鲁。张鲁的儿子张盛，就是那位把道教搬到江西龙虎山的人。就这样，道教在张氏家族里，代代相传，传了六十四代。不论外界怎么变化，张道陵创立的五斗米道，核心人员始终保持不变，必须是他的后代或者张氏宗亲，遵守着"父死子继、兄终弟及"的继承规律。

看看古今中外，一家多代都是教主，这种盛况并不多见。许多知名人士成为教主之前，家人向来是反对派。耶稣小时候在犹太人的会堂念经，招致母亲玛利亚的责问，耶稣反问："还有什么事大过我天上父亲的吗？"玛利亚无语以对。佛祖从离家出走，到菩提树下开悟，在此期间，皇族家人多次寻找，想要佛祖回去继续当王子。南朝的梁武帝出家心切，四次舍身献给寺庙，把自己的财产都捐给寺庙，他的家人和大臣们又众筹赎回皇帝。看来，要不是家人的反对，这些圣人大德的人生道路会走得更顺利。但反过来想想，正是因为这些家人的衬托，才可彰显超凡入圣的非凡意志。

当然，最好就像张天师家族，基因里就流淌着成仙升天四个字。如果不是张家人，都不能接下天师的高位。唯一可与之媲美的，大概就是孔氏家族，衍圣公传了三十一代，即便改朝换代，也依然享受着历代皇帝的册封。张天师家族也不例外，从皇帝那儿接受的封号也不少。

看来，不论是张家还是孔家，之所以传承千年，不仅仅因为仙气充沛，或者基因独特，更因为背后还有朝廷的加持。仔细想想，太上老君不也有个大后台——玉皇大帝吗？

陈抟老祖的睡觉学

　　成仙之人需要努力修行，火候不到时，还得强迫自己禁欲少吃。从来没听说哪个人睡觉也能成仙的，除了陈抟老祖。

　　陈抟素以睡功了得闻名于修行界，且看十四世纪《太华希夷志》的报道，陈抟有一首《喜睡歌》是这样唱的：

> 吾爱睡，吾爱睡，
> 不铺毯，不盖被。
> 片石枕头，蓑衣铺地，
> 大地为床，蓝天作被。
> 飞云驰电鬼神惊，
> 吾当此时正安睡。
> 闲思张良，闷想范蠡，
> 休言孟德，说甚刘备。
> 三四君子，只是争些闲气。
> 怎比俺于深山林中，白云堆里，
> 展开眉头，解放肚皮，且宜高睡。

那管它玉兔东升,红轮西坠。

睡,睡,睡。

陈抟老祖不仅自己爱睡,还鼓励别人多睡,甚至还专门写了
一首《励睡诗》:

常人无所重,惟睡乃为重。

举世皆为息,魂离神不动。

觉来无所知,贪求心愈浓。

堪笑尘中人,不知梦是梦。

至人本无梦,其梦本游仙。

真人本无睡,睡则浮云烟。

炉里近为药,壶中别有天。

欲知睡梦里,人间第一玄。

虽然陈抟老祖的诗歌,句式排山倒海,气势磅礴广阔,充分论
证了睡觉的合理性、必要性与合法性,但陈抟老祖可不是大睡
虫。别看他双眼紧闭,人家默默做的事非常多——存思、坐忘、吐纳、
胎息、服气、辟谷。睡觉,是一门学问,也是一种修行方式。按陈
抟的话来说,这是"人间第一玄"的大事。

爱睡觉的大师

能被称为"老祖"的大人物并不多,除了元始天尊的师父钧鸿

老祖、老祖天师张道陵、纯阳老祖吕洞宾以外,还有这位陈抟老祖。

陈抟,字"图南",号"扶摇子",整个名、字、号都搬自《庄子》的第一篇《逍遥游》。名字虽然如此潇洒,但陈抟出生以后,一直没办法开口说话,直到四五岁。有一天,陈抟在外玩耍,突然被一位山村妇人带进山林深处,给他喂了奶,陈抟才开口说话。那位妇人还给陈抟留下一本《周易》,陈抟从此以后开始钻研《周易》。长大后,陈抟没有考中进士,就开始放浪,出门游学,遍访名山大川,拜会隐士大德。后来有很多达官贵人,乃至皇帝派人来请陈抟出山,他都是闭门谢客,自个儿在家中睡觉,有时一睡就是好几个月。

不过,"睡仙"也有清醒时。待到陈抟不睡觉时,往往展现出高瞻远瞩。五代末年的周世宗、北宋初年的宋太宗,都对爱睡觉的陈抟颇为敬重,多次召这位在世的大师进宫。不过,陈抟却劝他们不要多过问这些修行内幕,而是要做好政治家该做的事。

有一次,实在不好意思继续拒绝宋太宗的邀约,陈抟打算进京住一阵子。不过,陈抟提了一个要求,请皇室准备一个安静的小房间,方便他自己休息。宋太宗非常高兴,就为大师准备了一个房间,还亲自赐名"建隆观"。没想到,陈抟住进建隆观以后,竟然睡了将近一个月,睡醒后直接告辞回家。宋太宗见状,惊为天人,又给大师赐了一个新名号,叫作"希夷先生"。

清醒时的经世才华,睡觉时的修行功夫,这一动一静的对照,入世与出世的比较,更能看出"睡仙"陈抟执意修行的决心。

为什么陈抟老祖如此喜欢睡觉，以至睡到连帝都的官都不想当了呢？

睡觉见功夫

在《天龙八部》里，曾出现过"龟息功"，就是能屏住呼吸、停止心跳，保持一段时间，而能安然无恙。萧峰和慕容复就曾用过"龟息之法"，阿紫也使过这招骗了段正淳。

不过，龟息功只能保持较短时间的呼吸中止，陈抟老祖的睡觉学，却能一睡就上百日。所以，要想知道一个人的修行功夫，不要看他说了什么，而是要看他能不能呼吸，能不能睡好觉。对于睡觉学的集大成者，陈抟就摸索出了睡觉的多种方法。

有一天，陈抟的弟子不慎失眠，怎么睡也睡不着，便在隔天跑去请教老师。

弟子问："老师，睡觉是不是也有方法？"

陈抟老祖看了看弟子的黑眼圈，然后说："当然有方法。一般人睡觉，都是眼睛先睡，然后心才睡。我睡觉，却是心先睡，然后眼睛才睡。"

弟子听了若有所思，陈抟老祖继续说："一般人睡后醒来，都是心先醒，然后眼睛才醒。我醒来，都是眼睛先醒，然后心才醒。只有你的心醒以后，你才能看见人间。如果你的心一直睡着，你就既看不到人间，也看不到心，了无挂碍。"

这位弟子听着师父这么一说，感觉有点糊涂，就问师父："睡觉时，心也睡着了。但是醒来后，心怎么没醒来呢？"

问到了点子上，陈抟老祖见眼前这位弟子是可造之才，就继续说道："一般人都是看似清醒，实则在做迷梦。而我的话，即便做梦时，元神也是清醒的。不管醒来和睡去，都没有差别。"

听了大师的说法，弟子更加迷惑了，连忙问："我也想学习抵达'无心'的境界，要怎么做呢？"

陈抟说："面对外物，不要放任自己的心。面对自己的心，也不要放任外物。如此而已。"说完，陈抟便离开，进了自己的房间，呼呼大睡了。

弟子留在原地，一脸茫然，还在琢磨刚才师父说的话。

据说，陈抟睡觉时，脉搏还很有规律。有一次趁着陈抟还在熟睡，他的一位朋友竟然在记录他的脉搏，密密麻麻记了整整一大张纸。有人就问陈抟的那位朋友，说"你在干吗"，那位友人说："这可是陈抟的'混沌谱'呀！"

陈抟老祖之所以那么容易入睡、擅长睡觉，大概是因为他独家掌握了多种睡眠法。据说，陈抟的看家睡法，多达几十种。

根据《天仙道戒须知》的记录，有一种睡法便是陈抟老祖的专利，叫作"希夷睡"。当你朝左睡的话，就要弯曲左臂，张开左掌的大拇指和食指，用左掌抵住脑袋，把左耳放在大拇指和食指中间。背部要挺直，左大腿弯曲，贴到腹部，右大腿弯曲，放在左脚旁边。右手心放在肚脐眼上。此时，整个人的心思要集中在肚脐眼上。然后，想象自己的身体，如同水晶一般光明，好像睡在一片平静的水面之上，而身上的被褥就像蛋壳，自己就安然躺卧在鸡蛋里面。于是，睡觉时也能炼"睡丹"，醒来后又能炼外丹。

据说正是掌握了这种睡法，陈抟经常一睡就是好多天。睡觉对他而言,已经成为一种熟练的修行养生方法。最终,陈抟活了一百一十八岁(也有人说他活了一百九十多岁),并在峨眉山羽化成仙。

"睡觉天团"的形成

陈抟老祖曾经长期隐居华山,并以此为基地,在修行的同时培养了很多弟子。陈抟老祖和他的传人,后被称为"老华山派"。之所以称之为"老",是为了区别我们所熟知《射雕英雄传》里的华山派。后面这个华山派,也叫"全真华山派",是全真七子创立的。

"老华山派"作为睡仙开创的天团,经历了十七代掌门人,有十八门绝技,其中就有"睡功术"。这个天团在吃的方面,也有颇多讲究,比如不能吃狗肉和牛肉,还强调不能吃大雁和乌鱼的肉。就是这样,凭着千年品质保证与传承,老华山派从华山发展到了港台和东南亚地区。

陈抟老祖除了睡觉功夫了得,还著作等身,形成了系统的睡觉理论,甚至影响了后来的一大批儒家名人,比如程颢、朱熹、陆九渊等。宋明理学的形成,跟陈抟老祖的一些理论很有关系。

比方说,宋明理学的创始人之一周敦颐对《周易》的研究,就来自陈抟老祖的启发。周敦颐把陈抟老祖对太极图的研究首次引进儒家。

与周敦颐齐名的"北宋五子"之一邵雍主张静修,这也是陈抟老祖的影响。虽然邵雍不是资深的睡觉大师,但也主张静养,还专门创作了一首《安乐窝歌》。只见他如此唱道:"叹人生,容易老,终不如盖一座,安乐窝……喝一杯茶,乐陶陶,我真把愁山推倒了!"

　　跟陈抟老祖一样,邵雍也曾多次被皇帝征召进宫,但喜欢待在安乐窝的邵雍,都以借口婉拒了。在这一点上,这位理学大师,确实得到了陈抟老祖的真传。

犹太先知的臭脾气

犹太民族不仅盛产大富翁，也盛产先知，特别是脾气不好的先知。

所谓先知，人如其名，就是往往跑在凡人前面，预先告知未来发展方向的特殊人种，同时又会专门奚落君王和老百姓，批评他们纸醉金迷。如果当时群众的眼光跟不上先知的水准，往往会造成两者的误解、摩擦甚至冲突。终而造成"先知批评群众，群众驱逐先知"这样的你斗我争模式。这事在犹太人的历史里并不少见。

不过，群众毕竟只是一群凡人，乐于享受现实生活，婚丧嫁娶足以安顿身心。先知就很不一样了，他们一方面是上帝挑选出来的大使级人物，负责传达天国的资讯，并在精神上引导、教化上帝的子民。但他们毕竟也是人，是犹太民族的一分子，受到自家习俗和文化系统的约束。比如，他们经常骂君王，给自己带来了杀身之祸。正是因为这些关系，最后造就先知们的另类生活。

三千多年前的"扒粪运动"

"扒粪运动"本是二十世纪美国新闻界的一次舆论运动,当时多位新闻记者纷纷开始揭短,前后发了两千多篇新闻稿,曝光了各种不公平的暗黑之事。

其实,在距今两千五百年到两千九百多年前,犹太民族里陆续涌现出了一大批先知,《圣经》提及有名有姓的便至少有五十五位。

这群先知,以揭短、唱衰、批评本民族为主业,前赴后继上千年,致力于不断揭开自家黑幕。最后,产生了三本先知书、十二本小先知书,以及大量散布在其他书里的先知故事,影响力延至今日。

后来,经常准确预言灾难的先知,在犹太人心目中的地位也越来越高,成了可以与君王、祭司相提并论的第三方权威。整个犹太人社会,君主负责政治和军事,祭司负责宗教事务,先知负责监督,为上帝传话,又给人们揭短。可以说,先知就是古代犹太民族的第三方监督机构。

虽然先知往往是手无寸铁的个人,但因为上帝亲自撑腰,加之准确率极高的预言,便在群众里拥有了很大的舆论影响力和道德向心力。特别是当犹太人国破家亡,被掳到国外当奴隶时,君王和祭司的权力早已沦陷,甚至连圣殿也被拆了,犹太人群龙无首,又离开他们祖上签订契约的耶和华神,转向别的神。

就在此时此刻,先知们通常会站出来说话,直接批评犹太人的一切遭遇都是咎由自取,应该赶紧向耶和华认罪,离弃一切别的偶像和神,毕竟犹太人的伟大祖先代表——摩西曾经和耶和华签订了契约。现在,背约人和失信者都是犹太人,自然就遇到了没有耶和华保护时的各种天灾人祸。

从职业相似度而言,这群先知应该算是人类历史上职业化最早的时事评论家,每当他们开口批评,基本上都直接骂到最高领袖的头上,甚至还嘲讽自己民族受到的报应。

在这方面,就涌现出不少杰出代表。大先知以赛亚细数耶路撒冷的六大灾难,以西结诅咒圣城血流遍地、骂犹太人变成渣滓。当然,小先知们也不弱,个个怒发冲冠,约珥、俄巴底亚、弥迦、哈巴谷向犹太民族提前告知将来的审判。

这场由五十多位先知前赴后继,掀起的犹太人版"扒粪运动",持续了数千年。先知们留下的文献也成了在《圣经》里颇具分量的"先知文学"。

火暴脾气 vs 流泪体质

先知地位那么高,却不意味着他们就是尽善尽美的人。尤其在性格这方面,很多先知是很有特点的。大先知以利亚,脾气火暴,骂人就骂到王后头上,因而顺理成章地遭到死亡威胁。

被誉为"烈火先知"的以利亚,生活于两千九百多年前,是先知队伍里的头面人物。之所以尊号里带火,是因为他确曾亲眼看见过耶和华降下的火焰,而且他的性格也很火暴,动不动就跑到君主和群众面前,直接指出对方做错的地方,让对方颇为难堪。

那时，整个以色列民族分成了南北两个国家，南边的叫作犹大国，信奉耶和华。北边的叫作以色列国，因为王后的影响，转信一个叫作巴力的神明。以利亚本人是耶和华的追随者，但又身处北国，看着王室和老百姓纷纷去信别的神，简直怒不可遏。以利亚直接跑到王后面前，破口大骂："你们这样做，是要招来耶和华的愤怒，他会降下旱灾、饥荒和瘟疫！"果不其然，往后三年，北国以色列接连大旱。王后更不满以利亚，发出追杀令，以利亚后来又现身，为耶和华重新筑祭坛，让耶和华降火显示神迹。后来，以利亚被上帝藏了起来，据说升天了，总之顺利逃过追杀。

先知的性格能进出烈火，也能淌下泪水。"流泪先知"耶利米，以唱哀歌为主业，留下四部经卷。耶利米之所以经常掉眼泪，是因为他身处犹太民族史上最黑暗的时代之一。

那时，南方的犹大国，国内崇拜偶像，国外又要面对虎视眈眈的巴比伦王国。在敌军入侵之前，耶利米就预言犹太人会在巴比伦做奴隶七十年，从而被国王和老百姓厌恶，甚至被殴打并坐牢。最终，耶利米目睹了巴比伦王国的军队，浩浩荡荡进入圣城，占领耶路撒冷，犹太人亡国，多数人被掳到巴比伦做奴隶，史称"巴比伦之囚"。因为巴比伦的国王尊重耶利米，他得以留在耶路撒冷。过了多年，犹太人暴动，纷纷逃往埃及，耶利米也跟着逃了过去，最后死在埃及。

耶利米还算幸运，尚能留在耶路撒冷，而犹大国的王室和多数老百姓却被迫移居巴比伦。根据《诗篇》的说法，大家"坐在巴比伦的河边，一想起锡安就哭了"。在巴比伦期间，有一位新的先知出来尽职了，他叫以西结，也常在河边教导老百姓，预言他们一定会重返耶路撒冷。当然,他还是不忘本职工作,继续揭露本民族的黑暗腐朽,提倡即便在异国他乡,也要继续认罪,等待上帝息怒。

神迹和死讯

除了作为天职的批评工作,先知的特色还有异能禀赋。特别是每当以色列人危机深重时,也是先知活跃度最高、行使神迹最多的时候。

比如,大先知以利亚活在人间的时候,前前后后一共行了八件神迹。他的接班人以利沙,虽然生性沉默寡言,但做出的神迹却比老师多出一倍,达到了十六件。以利亚的神迹,一般是天降大火或者大雨这类自然现象,以利沙的神迹则要丰富得多——苦水变甜、斧头浮水、喂饱百人、多次治好瞎眼等等,而且不少神迹都很像九百多年以后耶稣所做的事。

但凡有神力的人,出生不凡,死亡方式也不平凡。成仙者白日飞升,成佛者涅槃坐化,再不济者如孔夫子,属于人类正常死亡范畴,但毕竟是周公传人、鲁国圣贤,去世时也是天有异象。即便如凡人,虽不能妄求"长生不老",但也能追求"寿终正寝""无疾而终"这样的美好愿望,引以为死亡的高级境界。偏偏这群被上帝厚爱的先知,常常难有好结果。

先知生前神迹多,收到的死亡威胁也多,他们的离世方式也各具特色。大先知以利亚,据说在《圣经》中的历史地位,就介于摩西和施洗者约翰之间。虽然以利亚收到了王后的死亡威胁,但是被耶和华隐藏了起来，最后升天而去，成为《圣经》里少数活着就飞上天堂的人。这样的离世方式，在《圣经》里也只有三个人，除了以利亚，还有以诺（造方舟的诺亚的祖先），以及耶稣。由此可见以利亚的分量之重。

即便像以利亚这样重量级的先知，尚且收到死亡威胁，其他分量较轻的先知，受到的糟糕待遇更不见得少了，甚至发生了非正常死亡。根据不完全且有争议的考据，以赛亚可能是被锯死的，耶利米可能在埃及避难期间被石头打死。使徒保罗后来总结，这群先知"被石头打死，被锯锯死，受试探，被刀杀，披着绵羊、山羊的皮各处奔跑"，"在旷野、山岭、山洞、地穴飘流无定，本是世界不配有的人"。

当然，话说回来，每当先知涌现的时候，一般都是犹太人遭到悲惨境遇的时候。而越是环境恶劣，这群先知越是尽职尽责，不惜代价来揭短和批评。拥有这样一群臭脾气的先知，不知犹太人是喜还是忧？

萨满：歇斯底里的中介

　　"萨满"是一门非常古老的中介职业。这个词语源自通古斯语和印第安语，原来指的是北方那些有智慧和神力的人，后来指那些跳大神的人。这位古老的中介，是天神与人类沟通的桥梁，专门从事医病、驱魔、预言等工作。

　　萨满的分布非常广，已经形成一个"萨满文化圈"，主要分布在天气比较冷的亚洲、美洲和欧洲的北部地区，特别是西伯利亚地区。在中国，通常属于通古斯语系的民族，多多少少都存在萨满现象，有些民族诸如鲜卑、突厥、契丹、女真都信仰萨满教。在阿尔泰语系里，至少有十九个民族深受影响，比如维吾尔族、哈萨克族、乌孜别克族、蒙古族、满族等。在朝鲜半岛，很多民俗文化里还有萨满的影子。

　　那些深受萨满影响的民族，有些曾经统治过中华大地，是显赫一时的皇族，比如蒙古人建立的元朝、满人建立的清朝。所以，很多我们熟悉的东西，其实背后都有萨满的影子。简单说，那么多清宫剧中，别看是满人的日常起居或者庆典仪式，其实源头还得从萨满说起。

从《还珠格格》说起

在《还珠格格》里,香妃过度思念蒙丹,因爱成病。于是,尔康、小燕子等人专门设计一出好戏,让蒙丹扮演萨满巫师进宫表演,与香妃见面。在这场萨满舞会上,娘娘、皇后纷纷问起这段萨满舞的含义。晴格格还特地解释,法师们的可怕面具,并不是鬼,而是为了吓唬鬼。最后,不戴面具的蒙丹出现了,象征着萨满里的最高权威——天神,出场驱逐魔鬼。靠着假扮萨满法师,蒙丹成功混入宫中,不但见到了香妃,还博得皇太后和娘娘们的赞赏。不过,当蒙丹再度以萨满法师的身份进宫时,遇到了容嬷嬷,小燕子急中生智,假装附体,吓坏了容嬷嬷。

不过,琼瑶奶奶或者导演在此可能出了小差错。照理说,皇后和娘娘们应该不会不清楚萨满的含义,乾隆年间还专门发行了《钦定满洲祭神祭天典礼》,足足六卷本,详细解说萨满祭祀的步骤。清朝皇室如此看重萨满,因为这是他们祖先的传统,而这又得从远古的一个神话说起。

萨满的创世神话

类似许多民族的创世神话,天地最开始时,尽是一片混沌。在满人的传说里,关于开天辟地的故事,非常多样。这些传说中有一个版本,就说大地原是一片冰川,了无生机。天神见此状,想了一个办法,让母鹰展翅飞过太阳,用羽毛盛装火焰和光芒,然后飞到大地上。大地的冰就此融化,树木生长,野兽和人类都开始出现,繁衍生息。不过,母鹰在天上飞翔时,因为劳累过度,一不小心,藏在羽毛里的烈焰掉落到大地上,瞬间大地上大火弥漫。母鹰赶紧扇动翅膀,想扑灭大火,可是火势越来越大。接着,它飞到远处,用鹰爪抓了一大堆土,想盖过大火。如此来回往复,母鹰体力不支,最终累死,掉落大海。最后,母鹰的魂化为萨满。

之所以将鹰和萨满等同,是因为在满人心中,鹰上天入地,是沟通天与地的使者,而萨满就像鹰一般,沟通神与人。

至于满人的祖先,则发源于长白山。根据《钦定满洲源流考》的记载,在长白山的东边有个湖,叫作布勒瑚里湖。传说有一天,三位天女在湖中洗澡。这三位天女,分别叫作恩古伦、正古伦、佛库伦。突然,有一只漂亮的神鹊飞过来,只见它衔着一颗红色的小果子,放在佛库伦的衣服上。佛库伦看见后,看见果子红得发亮,就放进嘴巴里含着,一不小心,竟然吞了下去。

没过多久,佛库伦发现自己怀孕了,后来生下了一个小男孩。稀奇的是,这个小男孩刚生出来就面貌老成,能说会道。事已至此,天女决定留在人间,好好将这个在单亲家庭里出生的孩子抚养成人。

等到孩子长大,有了独立生存的能力,天女就把孩子的身世一五一十地说了出来,还给他取名叫做爱新觉罗。然后跟孩子说:"孩子,你出身不凡,长大后一定能治国平天下。"说完,天女给孩子做了一只小船,把孩子放进船里,顺流漂下。天女跟孩子告别:"孩儿,走吧,沿着这条河,到船停的地方,会有人来接你的。"然后,天女推走小船,自己也直接飞回天上娘家。果然,船漂到一个地方就停了下来，爱新觉罗上岸，折了柳枝和野蒿当作坐具，等待人们前来找他。

在这附近，有个地方叫作鄂谟辉，正好有三个家族正在为争夺盟主地位而大打出手。刚好这天，其中有个家族的人到河边取水，看到了坐在河边的爱新觉罗，一看这个小孩的样貌，以为非同寻常，就赶忙回城里告诉大家。

没过多久，很多人成群结队来河边围观，爱新觉罗也不害怕，对人们说："我叫爱新觉罗，是天女生下的孩子，来到这里，是为了平定你们的纷争。"人们听到此话，竟然没有一点嘲笑，毕竟眼前的这个孩子长相超凡、样貌老成，且说话有理，不是一般人，肯定是有神明相助的人。更关键的是，鄂谟辉城的人也苦于纷争不断，再这样争下去也不是个办法，不如干脆听这个男孩的，试试新办法。于是，三个大家族就把爱新觉罗请回家中，推举他成为新的共主。

对于神话而言，最重要的不是所谓真假问题，这无关科学的裁定，而是一种原始思维。在满族缘起的传说里，可以清楚看见满人的宇宙观。祖先是神明与自然所生，万物有灵是满人乃至萨满崇拜的普遍基础。只有处理好各种神明、精灵与人类的关系，人类才能生活得更好。奈何一山一水，一桌一椅，皆有精灵。精灵如此多样，引无数萨满竟施法。为此，萨满发明了一系列法术，来确保人类的安全。

"北极歇斯底里"

　　《水浒传》里有"十八般武艺"，"矛锤弓弩铳，鞭锏剑链挝，斧钺并戈戟，牌棒与枪杈。"每个兵器应用于不同场合。萨满的世界，既然是精灵层出不穷的世界，那么法术也必然多样，可称之为"十九般法术"，包括拘魂、治病、搬运、求雨、驱邪等。萨满法师拥有请神的能力，通常在仪式中，一手拿鼓，一手敲击。有时请来了鹰神，就模仿老鹰的动作，盘桓飞翔。有时请来了虎神，就模仿老虎，双手做出虎爪的样子。

　　不要看萨满的动作如此"野性"，它的特点就是疯疯癫癫，好像得了癫痫症，所以曾被俄国专家称作"北极歇斯底里"。不过，后来也有其他专家，比如美国著名学者伊利亚德说，那可不是疯癫，而是一种迷魂术——人家在跟神明亲密接触呢。

　　萨满本身没有组织，也没有教义，谁被附体有了超能力，谁就能代言萨满。因此，要成为萨满合格的代言人，不讲究文凭，也不用找关系，完全看实力和本事。哪怕是某个山村里的老婆婆，大字不识一个，只要可以帮人治病，依旧能得到老百姓的承认。老百姓的认可，其实并不是承认法师本人，而是承认他背后的超能力。

　　在皇家，萨满就显得更加高大上了。清朝皇室的官方文件《钦定满洲祭神祭天典礼》对萨满的仪式步骤有过系统总结。在紫禁城内，有个专门上演萨满的地方，那便是坤宁宫。我们根据《还珠格格》电视剧里的印象，以为坤宁宫是皇后住的地方，事实上,那是紫禁城里专门举行萨满仪式的地方。在清朝,那种全国性的祭典,通常是到天坛、地坛、太庙等地举行,汉族官员也会来参加。但那种只属于满族皇家自身的民族性祭祀,就只在坤宁宫,由萨满巫师主持举行。

爱新觉罗家族要祭祀的神明也是五花八门,除了佛祖、观音、关公这些跨民族神明以外,还有满族自己的神明,比如最高神叫作天神,没有形象,只用一根神竿作为象征。此外,皇帝骑的马,也会被当作马神来祭祀。而这恰恰就是萨满散布在北方民族日常生活里的明证。离开了萨满,就难以理解清朝皇室和满族民间的风俗文化。

辑四　修仙套路

雅典柏拉图爱辩论，
第欧根尼晒太阳，
吃饭走路俱见真道。
中东圣西蒙登石柱，
丹霞禅师卧桥头，
睡觉穿衣皆破我执。

佛系青年的吃饭问题

佛系青年，大概是这个时代里少有的酸至静美的词语。酸是酸在其反讽，佛系青年低欲望、厌拼搏、喜宅居，一句口头禅"随便"，击退向他们围拢的焦虑。在这鼓励奋斗的社会里，自然成了时代落伍者的代称。酸到极致，便成静美，与世无争，过自己的小日子，去他们的大口号，我心安处即天堂。

佛系青年，有狭义、广义之分。狭义的佛系青年，是指那些低欲望、随遇而安的年轻人。广义的佛系青年，包括比丘、比丘尼、居士。不过，广义的佛系青年有时却并不佛系，作为出家人的他们，偏偏就不好好吃饭，不好好念佛，偏偏起了我执与己见。

吃不吃素，这是一个问题

在一般人的印象中，得道高僧一定是吃素的，而无肉不吃、无酒不欢的，一定是花和尚、假和尚、恶和尚。

其实，在佛教的源地印度，出家人外出乞食，老百姓给什么就吃什么。有时候，难免有人施舍肉食，出家人也要顺势而为，感恩享用。那时的佛教，甚至还鼓励大家多吃祭祀用的肉，以免为了吃肉再去额外杀害动物。当然，后来印度的佛教也有吃素的念头，主要还是因为印度最有权势的婆罗门就爱吃素，为了提高自身的竞争优势，佛教也不得不逐渐转向吃素。

佛教传到中国的头五百年，并不特别讲究到底能不能吃肉。如果要吃肉的话，顶多就吃"三净肉"。所谓"三净"，就是"眼不见杀"（自己没看见被杀的动物），"耳不闻杀"（自己没听到被杀动物的惨叫声），"不为己杀"（不是专门为自己而被杀的动物）。在这三种情况下的肉食，都可以放心吃。其实按照这种说法，普通市民生活里遇到的肉食也不会太超出这些范围。按照这个标准，普通市民也可以算是佛系青年。

在汉传佛教的"下游地区"，比如日本佛教，也不纠结到底能不能吃肉。他们不但酒照喝、肉照吃，连娶老婆这等事也不落下，生了孩子以后还可以继承寺庙产权。可见，吃肉还是吃素，并不是信佛的绝对标准。

中国的佛教，之所以那么讲究吃素，转折点是在南北朝。南朝梁国出了中国史上第一位佛教皇帝——梁武帝萧衍。梁武帝对佛教非常入迷，不但四次出家，把自己的财产都捐给寺庙，前前后后让大臣和朝廷总共众筹了四亿钱，才肯从寺庙赎身。

除了给寺庙直接增收以外，梁武帝还亲自起草《断酒肉文》，首次提出了出家人要全素食，还不能吃葱姜大蒜等五辛食物，甚至还论证了，万一吃肉喝酒，就会导致四十六种修行障碍，一百一十六种恶果。更关键的是，梁武帝可是皇帝，天子已发话，何人敢不遵守？靠着官方力量，中国佛教全盘转向素食，成为一种新的传统。

倔强的酒肉和尚

南朝以后,吃素固然已经成为中国佛教的传统。但是,谁也阻挡不了人类对于肉食的天然热爱。即便在素食佛教里,酒肉和尚依旧在倔强生长。

我们熟知的那些知名和尚,呈现出两极分布的状态。要么是得道高僧,像三藏法师、六祖慧能,舍身求法、素衣度日。要么就是花和尚、假和尚、恶和尚,个个酒肉不离身。比如《水浒传》里的鲁智深、《西游记》里的猪八戒、《天龙八部》里的鸠摩智,还有疯和尚济公,"酒肉穿肠过,佛祖心中坐"。

鲁智深本是关西的莽汉,出家以后,非但继续吃肉喝酒,甚至把狗肉塞进出家人口中,还醉闹五台山、火烧瓦罐寺,简直就是欺佛祖、骂观音。在生擒方腊以后,不愿入朝为官,最后进了杭州六和寺,听着浙江潮圆寂。鲁智深是赤条条的好汉,吃肉喝酒,全无挂碍,已是非凡。

疯疯癫癫的济公,也是酒肉和尚的一种典型。身为堂堂禅宗第五十祖,照样酒肉。每当吃喝完毕,则爱写酒肉诗。"醉昏昏,偏有清头;忙碌碌,的无拘束。"对于济公来说,喝酒吃肉根本不是问题。碗底饮尽,尽头便是禅宗。

六祖惠能的徒弟曾问他,学禅人可以喝酒吃肉吗?惠能回答:"吃了,是你的禄。不吃,是你的福。"惠能很高明地避开了"吃或不吃"这样的二元对立,突破了执念,回到问题本质上。吃了就是身体得饱足,但也会造成对食物的依赖心。但是不吃的话呢,素心常净,保持善念,福报会更大。这就是禅宗的风格。

这样看来,花和尚的修行之路,反而成了大多数世俗中人可以走、也走得下去的一条路了。张恨水就说,对于凡胎而言,还不如不走高僧的路,改走鲁智深的路。除了花和尚这条路,其他的修行法门,要么太累,要么太饿。只有禅宗对吃饭的看法和做法,贴合人性里对酒肉的天然喜好,又教人克制,保持适中自然,还有点长久操作的可能性。

这些典型的酒肉和尚,即便满肚子油腻,最终还是成佛了。不得不说,佛祖依然是最后的赢家。

淘米烧饭也是佛学

虽说酒肉和尚个个都让时人赞叹,他们的故事亦传于后世,然而并不是所有和尚都与酒肉沾边。与此沾边的,要么成了高僧,要么入了魔道,多数出家人还是遵守吃饭规矩的。即便在号称"呵佛骂祖"的禅宗内部,也主张起居坐卧随处皆可修行,就连淘米烧饭也不例外。

有位著名的高僧,叫作雪峰禅师,他年轻的时候是个"饭头",也就是在寺里负责烧饭的。有一次,雪峰和尚正在专心致志地淘米,用水筛洗。他的师父洞山禅师正好路过,打算考验下雪峰和尚,他问:"你这是在淘米,还是淘沙?"雪峰和尚听了,不紧不慢地说:"米和沙一起淘去。"洞山禅师一听,好家伙,修行不浅,便继续为难:"米和沙一起淘去,那大家吃什么?"雪峰和尚听了以后,一声不吭,直接把洗米的盆子打翻了。洞山禅师见状,也没被吓到,继续问:"你这是为了去掉烦恼,还是为了证得菩提?"雪峰和尚听了,说:"烦恼就是菩提!"说到这里,师徒俩都一声不响,心照不宣,对彼此的修行功力心知肚明。这就是典型的禅宗 Style。

除了淘米,雪峰禅师的食物佛学还体现在一片菜叶上。

有一回,雪峰和尚在洗菜,一不小心,一片小小的菜叶掉进溪水里,流走了。雪峰和尚也沿着溪流,从山上追到了山下,终于追到了这片小菜叶。路过的村民看到了也很惊讶,一个烧饭的师傅,竟然为了一片菜叶那么认真。

凡事就怕认真。年轻时的雪峰和尚是这样,年长后的雪峰禅师也是这样,他经常出门云游四方,也不忘挑着炊具和饭勺,坚持不要饭,也不麻烦别人。

其实,原先在印度的原始佛教是不做饭的,全靠沿街乞讨,或者靠皇家的赏赐。而且,基本上"过午不食",下午和晚上都不吃饭。

但是,在佛教中国化以后,特别是禅宗诞生之后,提倡"一日不作,一日不食",连最基本的吃饭问题一律独立解决,不劳烦老百姓。在禅寺里,还专门设置了烧饭机构——"典座寮"。有时出门在外云游,禅师也自带干粮。更有甚者,像雪峰禅师那样,亲自带着炊具和饭勺上路。

专吃剩饭的高僧

吃饭事小道理大,淘米洗菜尽是佛法。尤有甚者,吃到了极致,就专吃剩饭。

根据《高僧传》的记载，唐代有位叫作"懒残和尚"的出家人。这位懒残和尚，平时主要负责在斋堂收拾碗筷、打扫卫生，经常一个人吃别人剩下的饭菜。凡是别的和尚不愿干的脏活、重活，他都揽了下来。经常搞得自己全身上下没一处干净的，都是油腻腻、脏兮兮。不过，懒残和尚又经常在半夜诵经，非常虔诚。这样一个外表油腻、内心虔诚的佛系青年，在整部《高僧传》里，也就只有这一位。

不过，这庙里还有一个不简单的人。他就是李泌，日后的宰相。年轻时的李泌在庙里寄居了二十年，专心读书。有一天，他听到了别人又在背后议论懒残和尚，他就起了好奇心，打算去见识见识。

到了半夜，别的和尚都睡了，寂静无人，只有懒残和尚的诵经声。李泌就等在门外边。懒残和尚看到了，就直接骂他："你来干什么！好好的不睡觉，来这里干什么?!"骂完接着念经，念了一阵，见人没走，又继续骂。

懒残和尚絮絮叨叨了一阵，大概是累了，就拿出身边的芋头吃了起来。芋头就在身边烤着，旁边堆满了干牛粪。懒残吃完芋头，双手在身上擦了擦，便对着门外的人说："进来吧。"

李泌听到后，赶忙进去。门外可是冬天，此时北风呼呼，一进禅堂就暖和了很多。李泌见到了懒残和尚，懒残顺手把还没吃完的芋头举起来，示意李泌接过去吃。李泌看到了吃了一半的芋头，好像还沾着牛粪，懒残的手和衣服都脏兮兮的，嘴角还沾着芋头和口水。但李泌实在是太崇敬眼前这位高僧了，就接下芋头吃了起来。还没等李泌吃完，懒残和尚哈哈大笑起来，说："孺子可教也!"懒残和尚跟李泌讲了很多,教他做人做事要忍耐,将来必定能做十年宰相。

果真,未来的李泌还真做了十年宰相。当然,这是后话了。

这位专吃剩饭的懒残和尚,虽然看上去很脏,却是底色十足的高僧。那一只吃剩下的芋头,便是他教给世人的佛法。真正的高僧,大隐隐于市,甚至隐于寺庙,连寺庙里的人都看不出来。盖因他们的行为怪诞,无法被一般人所理解。懒残和尚吃剩饭、剥芋头、沾牛粪,丝毫不影响他专心诵经念佛,已经到了随时随地都能修行的境界。

就算是剩饭,也有佛法。

修行者的穿衣哲学

穿衣打扮是一门学问。即便纯粹坦荡如神仙，也要在穿衣打扮上花功夫。想当年，西王母会见汉武帝时，一出场便亮明了衣装。她头戴太真晨婴的冠冕，身穿青绫长褂、黄锦对襟连腰长衣，脚穿雕着凤纹的鞋子。只有这番豪华气派、非凡天姿，才能镇得住汉武大帝的场子。

这种穿戴属于女神级别，并非人人皆可如此。回到人间，看看林黛玉初见王熙凤时，林黛玉可是从头到脚仔细打量了一番，王熙凤"头上戴着金丝八宝攒珠髻，绾着朝阳五凤挂珠钗，项上戴着赤金盘螭璎珞圈，裙边系着豆绿宫绦，双衡比目玫瑰佩，身上穿着缕金百蝶穿花大红洋缎窄褃袄，外罩五彩刻丝石青银鼠褂，下着翡翠撒花洋绉裙。"一连串的词语，初读起来便觉金光闪闪，简直把王熙凤华丽张扬的个性展现出来。

当然，这些还是贵族之家，老百姓的穿戴又是另一番讲究了。其实，不同的朝代对于老百姓的穿戴都有着不同的规定。明朝洪武年间，不种田的人连斗笠都不能戴，平民老百姓的衣服不能是黄色的，商人不能穿绸和纱的衣料，只得穿绢和布的料子。种种规定,都是将衣服视为阶层的象征——是什么人,你就穿什么衣服。

除了庶民社会,在那些山林江湖寺庙里的人士,穿衣又有别样讲究。同样在明代,修禅的要穿茶褐色的僧衣,讲经的要穿蓝色的僧衣,律宗的和尚则要穿黑色的僧衣。

男性还好办,女性的讲究更繁杂,尤其对于出家的女性而言。

修女怎么穿

在喜剧《修女也疯狂》里,原本在酒吧驻场的歌手德劳瑞斯,因为避难躲进了修道院,用摇滚的方式演唱福音歌曲,带着身穿黑袍的修女们一起跳舞。当种种现代的时尚元素,通过传统古典的修女生活再度呈现出来时,便颠覆了人们对修女保守甚至落后的刻板印象。这幅冲击感极强的画面,想必给很多人留下深刻印象。

一身黑袍的修女,望之俨然。在一般人看来,黑袍意味着隔绝和禁欲。其实,并非所有修女都是穿黑袍,更非所有穿黑袍的修女都是保守而刻板之辈。在十一到十四世纪的欧洲,出现了"女性修道运动"。在那个时候,贵族女性离开家庭进入修道院成了一种时尚。

这群有知识也有教养的修女,在修道院里既要修行,又要自己种地,还要亲自抄写圣经,传承典籍,总之要做很多活。修女穿的衣服通常是亚麻的,需要自己织,颜色一般是白色或灰色。进入修道院,先有一年的实习期。实习期间的候选修女,穿的不太一样。就像《修女也疯狂》里的那位害羞小女生，她就是还在实习的候选修女，穿着背心裙，头上只有一块小黑布，一看便是实习生的打扮。

等到实习期满以后，候选修女就可以成为正式的修女，她们就要身穿修女的衣服，头戴黑色或白色的面纱，包住头部。之所以包住头部，是因为圣经说，女人的头是男人，男人的头是上帝。女人包住头部，是为了显示顺服男人的立场。

除此以外，不同的修道院，会有不同的穿衣风格，这也会反映出它们所在地域的服饰文化。

圣衣会，亦即加尔默罗修会，这里的修女里边要穿白衣服，外面披上咖啡色的大袍，头上还得系一条黑色头巾。之所以这样穿，是因为传说十三世纪时，圣母玛利亚曾在一位修士梦中显现，并赠送一件咖啡色圣衣。这件圣衣，前后是长方形的两块布连成，没有袖子，需披在白色里衣之外。

赠送圣衣之后，圣母谆谆教导："凡敬爱圣母，并穿这件衣服的，未来即使掉进炼狱里，我也会救他上天堂。"说完，圣母就回天堂了。收到这份巨礼的修士感激涕零，连忙开会宣布这件大事，加尔默罗的修士们纷纷穿上了咖啡色圣衣。

在特蕾莎嬷嬷创建的印度仁爱会，修女穿的却不是黑袍，而是深蓝色的外袍，头上要系一条纯白色的头巾。特蕾莎嬷嬷便经常以一身蓝白相间的修女服出现。

之所以是这些颜色搭配，是因为蓝色象征纯洁，代表着圣母玛利亚的眼睛；白色则象征纯粹的真理；三条蓝边，象征着修会的三个原则——贫穷、服从、守贞。每位修女每年只能从修会领到三套衣服,每年只能换洗这三套,这也意味着自愿贫穷。

修女是非常独特的信仰群体,虽然她们小心翼翼地保护着自己的身体和心思,但身外的衣服却又一直在透露讯息。

穿对衣服的运气

"人靠衣装,马靠鞍",虽然这话没错,但忽略了衣服的相对独立性。服饰本身就是人的风格与性格,穿什么衣服、怎么穿衣服,都在默默体现一个人的整体人格。穿衣问题,更是一个跨越东西方的问题。西方的修女既然如此讲究,东方的比丘尼也不遑多让。

比丘尼和比丘在礼佛、听经等重要场合,通常要穿海青,也就是一种圆领方襟、袖子很宽,带有汉唐风格的袍子。根据派别的不同,披在海青外面的袈裟是不同颜色的。

穿对海青曾经给一位知名禅师带来好运。根据未经证实的传说,中国史上第一位"菩萨皇帝"梁武帝,虽然自个儿曾经四次出家,但郗徽皇后却没有信佛。梁武帝非常敬重志公禅师,把他封为国师。但郗徽皇后素来与禅师不和,一心想着什么时候捉弄一下志公禅师。

有一天,皇后请客,请志公禅师赴宴。原来皇后准备了一盆肉包子,到时让禅师难堪。志公禅师也猜到了皇后可能会用肉食害他,就吩咐弟子赶紧拿几个素包子过来,放进海青的袖口里。到时候,再拿出来替换皇后的肉包子。

果不其然,皇后赏了肉包子。志公禅师从袖口里偷偷拿出素包子,换掉了肉包子,津津有味地品尝了起来。皇后并未发现,只看到国师正在吃她赏赐的肉包子,心中大笑:"志公,你也有今天!破了荤戒,看你怎么办!"

事后,皇后赶忙向梁武帝报告此事,希望梁武帝赶紧辞退志公。等到梁武帝向志公禅师问起这件事时,志公禅师从海青的袖口里拿出了那只被替换的肉包子。

要是没有这件宽袍大袖的海青,恐怕志公禅师的法身不保,梁武帝的佛教国家因而中殂,"南朝四百八十寺"的壮景为之改观,中国佛教史有极大概率被改写。穿对了衣服,也便改写了历史。

不穿衣服的禅机

修女的衣服有讲究,佛家的海青也有学问,不穿衣服更见禅机。

根据禅宗《五灯会元》的报道,唐代的温州有位尼姑叫作玄机,在大日山的石窟里静坐修行,已经有好一段日子了。有一天,玄机坐禅时,突然有个念头,她想:"佛法广大无边,像我这样远离人世,独自躲到大山深处修行,是不是真的参透佛法了呢?不如去找人帮我的修行把把脉。"

于是,玄机下了山,去拜访雪峰禅师。雪峰禅师见一位比丘尼来拜访,便问:"你从哪里来?"

玄机说:"我从大日山来。"

雪峰禅师问:"大日山,出太阳了吗?"

玄机一听，心想："果然是老禅师，问起话来也是充满禅意。"于是，玄机打算揶揄一番，便机灵地答道："太阳出来的话，雪峰就融化了。"

雪峰禅师听了，心里一笑，看来眼前的这位尼姑，心思还挺活络，但是真的学会佛法了吗？雪峰接着问："那你怎么称呼？"

"我叫玄机"。

雪峰抓住她的名字，紧接着说："玄机，玄机，好名字，每天织机能织出多少布？"

玄机听了，也不退让，回答："寸丝不挂！"这个回答巧妙机敏，玄机心中不免得意起来。说完，便弯腰鞠躬，潇洒转身离开。

正准备出门时，雪峰禅师来了一句："喂，袈裟角拖地了。"

玄机听了，赶忙转身看袈裟。

雪峰禅师大笑："好一个'寸丝不挂'！"

"寸丝不挂"的公案就此诞生。佛家讲究心无挂碍，但对外在着装又甚为看重，可见工夫还没到家。

佛者见佛，俗人见人。比丘尼的这身衣袍，当然并不会让大多数异性感兴趣。不多见的例外，便是在《笑傲江湖》里，采花大盗田伯光即便看到了身穿宽大缁衣的小尼姑仪琳，也仍然心生爱意。不得不说，在有情人的眼里，僧服再庄重，也能看出爱情来。

出家人的恋爱症状

　　佛学虽然精微广大,但对于出家人的恋爱问题谈及甚少,不失为一种遗憾。为了一窥广大佛门的情感问题,投身浩如烟海的典籍和资讯,从中打捞一些精粹,姑且为今所用。

　　没错,和凡人一样,出家人也会谈恋爱。出家人的恋爱同样也分为两种——主动型和被动型,像著名的一休和尚,便是主动型恋爱的典范。

一休的夕阳恋

　　《一休和尚》里的小一休,曾经逗乐了几代人。然而,他的原型,一休宗纯大师,来头可不小。一休宗纯大师是日本三大名僧之一,也是皇族的后代。他的生父是后小松天皇,生母也是贵族。因为皇室内部斗争问题,一休从小就被迫离开皇家,进入京都的寺庙跟师父们学习。就是这样一位出身高贵、从小出家的大师,却在四十三岁那年,爱上了一位女子。在祖师爷大灯国师的逝世纪念法会上,他竟然领着这位女子一同出现。当别的师父还在禅堂里诵经,庄重肃穆地举办纪念活动之际,一休大师却怎么也坐不住了。在众目睽睽之下,他领着女子直接进了自己的房间,别的和尚大概都敢怒不敢言。自那以后,还留下了一首传世的艳诗:"开山宿忌听讽经,经咒逆耳众僧声。云雨风流事终后,梦闺私语笑慈明。"

一休大师是什么人呢?除了他高贵的世俗身份,他更是自称"狂云子",极为厌恶当时佛界的假仁假义,也厌恶政治圈的尔虞我诈,认为还不如与情人恋爱来得最为真诚。

七十八岁时,一休已是暮年,又来了一次深刻的夕阳恋。他爱上了一位盲人歌手,名字叫作森。一休越老越愤青,看谁都不顺眼,唯独对这位盲人歌女专情。有诗为证:"鸾舆盲女共春游,郁郁胸襟好慰愁。放眼众生皆轻贱,爱看森也美风流。"

不是所有和尚都像一休这样出身不凡、自带光环,身边纵使有人不满,也不会直接批评一休。更何况,一休夕阳恋的理由充足,还有一套圆满自足的理论背书。

多数出家人还是属于默默无闻的那类人,甚至是社会底层的失败者,他们的恋爱问题如何解决呢?这里,我们可以参考下虚竹小师父的恋爱经验。

虚竹的恋爱经验

虚竹在灵鹫宫救了天山童姥以后,被天山童姥的情敌李秋水追杀,他俩就躲进西夏王宫的冰窖。为了把虚竹当作传人,天山童姥一心想让虚竹破戒,最后把赤身裸体的梦姑带到虚竹旁边,终于让虚竹破了色戒。几年以后,虚竹陪着段誉,应聘西夏的驸马,未料与梦姑重逢,发觉她原来是西夏的公主。虚竹和梦姑重逢以后,决定成亲,相伴终生。

虚竹在破色戒之前,其实早已破了荤戒和酒戒。阿紫曾经在虚竹吃面时偷换了鸡汤和肥肉,导致虚竹破了荤戒。跟天山童姥躲在西夏王宫的冰窖时,虚竹又被强迫喝酒吃肉。和好兄弟萧峰、段誉在少林寺大战时,又喝了酒。一来二往,直到破了色戒以后,虚竹真正冲破了顾忌和枷锁,进入了红尘与人间。

金庸老先生安排的这一出剧情,以虚竹的破戒贯穿,其中主动和被动相交织,最终以虚竹和梦姑的成亲结束。

若对虚竹破戒这个现象,略加分析,可以发现此事并非虚竹一人所能把控。要不是阿紫的提弄,虚竹不会吃肉,破了荤戒。要不是天山童姥的主动撮合,虚竹也无缘见到赤身的梦姑,更不可能与西夏公主成亲。梦姑与虚竹相处三天三夜,这样的环境里,不能苛求虚竹还能持戒自守。总之,这样数算下来,虚竹的破戒原因,外部环境所占的比重远超过虚竹的个人因素。

总结下来,虚竹的恋爱经验,就是两个字——"破戒",并且是不断地破戒。这种奇葩人生际遇,其实亦非常人所能及。虚竹虽然出身卑微,但是遇到的贵人特别多,基本囊括逍遥派的各大领袖级人物,而且在名师的点拨、自身的努力下,功力长进极为迅速,终成具有武林影响力的大人物。

既然虚竹的被动型恋爱无法成为寻常人的参考,那么,如此苦寻出家人的感情经验与恋爱症状,岂不白费?

出家人的恋爱如何是好

在家的居士,除了一心向佛,受过三皈依和五戒,其他都跟世人的生活差不多。三皈依就是皈依佛法僧,五戒也就是不杀生、不偷盗、不邪淫、不妄语、不饮酒,比出家人的十戒少了一半。

在家居士尚且好办,出家人的恋爱如何是好?当一位出家人不好好出家,一定其来有自。

明代高僧莲池大师在《竹窗随笔》里提到了出家人的四种状态。最上等是出家如出家者,意思是出家就完全像个出家人,严守戒律、清心修佛。其次是在家如出家者,就是说有些人因为种种条件不合适,就做个在家居士,以出世的心入世,但行好事,不问前程,这种人也可以成为活菩萨。第三等,就是在家如在家者,就是既然做不到前两者的高尚境界,不如就活得洒脱一些,干脆做个坦坦白白、心地善良的俗人。第四等最低下,就是出家如在家者,身在寺庙心在世界,这样的人最危险,极容易走火入魔。

以此观之,"出家人也谈恋爱",这种不守规矩的生活状态,极有可能堕落为"出家如在家者"。不过,像一休大师这般有名望的人,谈恋爱的成本一定高过常人,之所以如此做,必有蹊跷。

对于主动型恋爱而言,毋庸置疑,恋爱者一定是真爱。像一休大师这样在寺院和社会上都有名望的人,爱上一个地位卑微的盲人歌女,在常人看来,既赔了名声,又损了地位,肯定是亏本的事。但是,真爱不问成本。

首先,一休大师连皇子都不当了,一心在佛门。当年,听到一声乌鸦叫,悟得万事皆空,人生在世,不过是一段在现世与来世之间的短暂休息时分,因而改名"一休"。如此可见一休向佛的真诚。不过,照理说,一休师承华叟大师,是大灯国师的传人,在佛界也属于名门望族。一休既不要世俗的皇子身份,也不要佛门的大师身份,跑去和女子谈恋爱了。

一休大师的恋爱,完全在于他放弃各种名声的羁绊,在于对真爱的绝对投入。虽说此间相关议论,不过是坊间或文艺界盛传附会的逸闻,即便有什么花边新闻,也不过是个例或虚构的文艺。他们谈的恋爱都出于肺腑,毕竟像一休大师、仓央嘉措、苏曼殊这样的情僧,少之又少。

当然,佛教里也不都是一个样,南传佛教就对谈恋爱这事比较宽容,南传佛教也就是上座部佛教、小乘佛教,是佛教离开印度以后,经过斯里兰卡,影响到东南亚的佛教派别。南传佛教允许夫妇之间或其他正当的情爱,而汉传佛教认为凡是情爱,都是落入因缘的牢笼,显得更加悲观。

另外,还有一个值得重视的问题,就是小沙弥的初恋如何是好?

小沙弥通常指那些七岁到二十岁之间的出家男生,这些出家男生已经受过十戒,包括不杀生、不偷盗等。但他们还没有受过具足戒,也就是更严格的诫命。受过具足戒以后,才能真正进入寺庙的正式编制——比丘;而没受具足戒的,就还是实习生或者在家居士。

在寺法大全《摩诃僧祇律》第二十九卷,沙弥被分成了三个阶段,不同阶段的沙弥有着不同的生活方式。

七到十三岁的小沙弥，处于童年向少年过渡的阶段，心理学上叫作少年期。佛学里用了一个比喻性的说法，称这个阶段的小和尚为"驱乌沙弥"，也就是可以学习驱赶乌鸦了。大概在古代的山寺里，常有乌鸦飞来啄食，这个阶段的小沙弥经常接到师父的命令，去赶那些啄食佛前供品的乌鸦。

　　赶着赶着，长到十四岁，小沙弥身体就开始发育了。他们渐渐长高，也逐渐适应出家人的起居作息、念经坐禅。从十四岁到十九岁，这个阶段叫作"应法沙弥"，也就是适应了佛法僧团的生活方式，成了寺庙的预备军。

　　十九岁、二十岁以后，小沙弥虽然还处于青春期，但已经是大人模样。只要没犯过大错，就能受具足戒，成为正式的出家人——比丘，从此开始遵守几百条不等的戒律。当然，如果还没受戒，那就叫作"名字沙弥"。

　　七到二十岁，正是一个人从少年走向青年的成长阶段，其中伴随着让人又爱又恼的青春悸动。这个时期，少年的生理、心理开始发育，整个人的小宇宙都在小鹿乱蹦。偶尔恋爱，那也是很正常的。即使在佛门里，也不能违抗这种自然规律。

　　当和尚不易，做小和尚也不易，身处青春期的小和尚更加不易。试问各位大德，小沙弥的初恋如何是好？

沙漠修道士的行为艺术

修道，向来不是一本正经的重蹈覆辙，靠的是天马行空的天才想象，靠的是疯狂忘我的热情、旁若无人的专注。非如此，不能与道沾边。从葛洪、陶弘景、王重阳，到卡西安、安东尼奥、圣方济各，东西方的修道人，均无出此理。修道，如此庄严，如此有情，又如此艺术。

在一般人的印象中，修道士总是身披黑袍，沉默不语，整日待在阴沉的修道院里。其实，这种修道生活主要到中世纪才形成，更早之前，修道士不是这种形象，而更像是我们眼中的"行为艺术家"。

爱闯沙漠的修道士

修道的前提是要集中注意力，不被生活琐事所困扰。因此，修道士对自我和周边环境的要求都非常严格。在这方面，不得不提到吃苦耐劳的圣安东尼。

圣安东尼，三世纪的埃及人，出身富农家庭，十八岁时父母双亡，与小妹相依为命。因为看到《圣经》里耶稣讲的一句话："不要为生命忧虑吃什么，喝什么；为身体忧虑穿什么。生命不胜于饮食吗？身体不胜于衣裳吗？"又听耶稣说："来，跟从我。"圣安东尼就变卖祖传三百亩良田，财产分给穷人，安置好小妹，然后离开家庭、远走沙漠，后来成为西方修道传统的创始人。

圣安东尼修道非常拼命，对自己的身体要求也很严格。那时候还没有后来我们熟知的那种修道院。所以一开始，圣安东尼先住进了一个墓洞。这座墓洞里的尸体早已化灰，只有白骨累累，还偶有老鼠横窜。不过，空间大小正好合适，更无人打扰，非常适合静修。圣安东尼一开始也不习惯，毕竟原本家里丰裕有余，现在独居在墓洞，与死人朝夕相伴。圣安东尼就这样开始了他的修道，直到后来被附近村庄的人们知晓，很多人前来议论指点，他不得不搬离墓洞，转而渡过尼罗河，走入沙漠深处，如此修道，一待就是二十多年。

受到圣安东尼的感召，这二十多年，大量修士，或三三两两，或独自一人，主动前往沙漠修道。虽然来的都是修道士，但毕竟还是人，也要吃喝拉撒。人一多，环境势必变得吵闹，纠纷也难以避免。圣安东尼又起了搬家的念头，打算再次搬往红海附近。于是，他搬到更远更安静的沙漠，一直住到一百零五岁终老。

为什么圣安东尼那么喜欢沙漠，而且越搬越远？因为荒凉的沙漠是修道的绝佳环境。相较而言，东亚的道士和僧侣，大多隐居山林，虽也环境复杂、虫兽出没，但至少不缺水少粮，尤其名山大川，香火不断，吃喝不愁。在沙漠地带修道，尤其考验个人的心志。首要的大问题，就是考验人的体力和耐力。沙漠昼夜温差大，白天酷热，夜晚寒冷，在野外洞穴里修道，修的首先是身体的能耐。其次，水和粮食也是问题。圣贤如安东尼，尽量降低食物要求，只吃少量面包、水和盐巴。修道士大多数时间是坐姿，动作量不大，热量消耗也较低，但就算是最少的食物需求，仍需靠外人帮忙运来，也不是完全能"躲进墓穴成一统"的。

爱爬柱子的修道士

除了爱进沙漠，有些修道士还爱爬柱子。

德国作家君特·格拉斯年轻时曾写过一首未完成的长诗，讲述柱顶圣徒奥斯卡·马特莱特的故事，这个名字后来也成了《铁皮鼓》的主人公。其实人物的原型就是爱爬柱子的修道士圣西蒙。

公元五世纪，叙利亚有一位修道士叫作圣西蒙，大概是人类有史以来第一位主动爬上柱子修行的人。而且，一坐就是三十七年。

在爬柱子之前，圣西蒙曾云游路过某村，因为天气炎热，口干舌燥，到处找水喝。过不久，一位蒙面村妇路过，见到圣西蒙先生嘴唇干燥、神情倦怠，便好心问他是否口渴。圣西蒙喏喏，得蒙饮水，甘之如饴。圣西蒙见村妇蒙面（其时，中东部分地区尚不流行妇女蒙面），便问为何。村妇回答，脸面有恙。圣西蒙挥手，村妇即愈。此事一传十，十传百，越来越多的人尾随围观，请求圣西蒙治病，更有甚者，只求瞻望一眼，别无他求。

众人围观之下的圣西蒙无法安然修道。他既无法像圣安东尼一样遁入沙漠深处,也无法说服群众放弃围观。无可奈何之下,为了能继续修道,只好自造石柱。

造柱子是体力活,圣西蒙喊来石匠帮忙,一开始只造了十英尺高的柱子,坐上去以后发现离地面太近、天堂太远。圣西蒙不满意,接着造了十六英尺、十九英尺,最后的柱子高达将近六十英尺。

圣西蒙坐在柱顶,俯瞰大地,看芸芸众生时而路过仰望,时而聚集纷纷议论。此事最开始引起巨大轰动,四方乡邻,怀着尊敬赞叹的态度前来围观。但随着时间流逝,年复一年坐在柱顶的圣西蒙,再也引不起大家的好奇心。于是,他终于满意。

只见圣西蒙长舒一口气,目光平视之处,皆凌空茫茫,只有飞鸟偶尔路过,叽叽喳喳叫了几声,就飞走了。圣西蒙终于可以沉浸在专心修道的小宇宙里,没有人打扰,没有事烦心,既可默观红尘众生百态,又可自由冥想灵魂与上帝合一。只是,吃饭和如厕成了一个大问题,这件事困扰着圣人。

吃饭问题好解决,圣西蒙也需要进食,从柱顶放一根绳子下来,让柱子底下的人送来面包和水。有时连面包也没有,只有一些盐巴和水,以维持最低的生存需要。此外,如厕问题也是个大难题,不得不让他亲自下石柱上厕所。圣西蒙就这样坐在石柱上修炼了近四十年,直到六十九岁去世。后来,他被人们传颂为"柱顶圣徒"。

圣西蒙自己造石柱修道的做法,成了当时的时尚潮流,修道士们都觉得很酷,竞相模仿。一时之间,石柱在叙利亚一带纷纷竖立,修道士们走出修道院,爬上石柱冥思默想。

有些修道士还发现，其实不用自己造石柱，那样又费时又费钱。他们在希腊的山区里，发现了天然的巨石柱，耸立在一片山林里，这可是修道的绝佳去处。于是，纷纷在这些石柱上建造修道院，像是希腊梅特欧拉的天空之城，便是柱顶修道院的典型代表作。

然而，自造石柱需要资金，发现梅特欧拉的巨石柱需要机缘，并非所有修道士都能做得到的。为此，有些修道士就想了其他五花八门的做法，竞相斗起时髦的修道方法。

修道士的拼命方式

在基督教的历史上，曾经出现过三种颜色的修道方式。红色修道，即早期基督徒在罗马帝国期间，或在斗兽场肉搏野兽，或钉十字架，以血和死亡来修道。绿色修道，即以严格的戒律约束身体，注重辛苦劳作。白色修道，即变卖一切家产，周济穷人。

待在修道院里全职修道，这事要到公元 325 年才正式开始。此前，大多是一个人或几个人组团修道，比较分散，而且修道的行为艺术五花八门，甚至显得颇为怪诞。

既有独闯沙漠的，也有爱爬柱子的，还有喜欢吊在悬崖上的，这些形形色色的奇葩方式，只为克制自己的欲念。不过，这些不守常规的行为，也给基督教的名声造成一定困扰。圈内的人多数能看懂其含义，这些行为甚至能激发很多人的倾慕。那涌入沙漠的数万修士便是明证。不过，人一多，事情也多，鱼龙混杂肯定更多。修士们也需要一种更加制度化、有保障的生活，来帮助他们维持秩序。这可不能像圣安东尼一样，一个人在沙漠里多次搬家，越走越远。单身汉好说，数万修士便需秩序。修道院的制度因而诞生。

帕科缪开风气之先，首创修道院制度，生前连续创建十间修道院。因他本是军人出身，反感个人式修道，主张团体式，并且特别讲究用军队的纪律和要求，建立高标准、高门槛的修道院生活方式。比如，每天起早先祷告，再吃饭，然后到院子里种菜，然后退回小房间里祷告，接着再聚集做礼拜。各种流程均有章可循，犯错悔改都依法遵办。帕科缪的这套做法，也成了后世修道院的模板之一。

在正儿八经的修道院以外，其实还有不少我行我素的修道士，没有被纳入麾下，也没有被招安入院，他们依旧独来独往，自行于天地之间。例如，俄罗斯盛产的"圣愚"抑或"癫僧"。像是陀思妥耶夫斯基《白痴》里的梅思金公爵，心底纯良、批判世俗、渴望殉道，然而梅思金身患癫痫，又在世俗世界一再遭遇挫折，最终成为白痴。这样的圣愚形象，多次出现在陀思妥耶夫斯基的笔下。

看来，从沙漠到城市，修道都意味着踏上一条泥泞的窄路。只不过，这条窄路上走着那些可爱又怪异的修道士。

苏菲的旋转修行法

"修行"的法门千万种，出家、打坐、断食、冥想，无一不是古今中外常见的修行方式。世上还有一种非常好玩的修行方式，那就是"旋转舞"。正所谓，苏格兰的男人穿方格裙，土耳其的男人跳旋转舞。此处的旋转舞，可不是简单的"旋转＋舞蹈"，它有着更深厚的文化意义。

旋转：另类的修行方式

旋转舞，又叫托钵僧舞蹈，2008 年被载入联合国非物质文化遗产名录。旋转舞源自伊斯兰教里的一个特殊教派——苏菲派。"苏菲"在阿拉伯语里的原意是"纯粹"或者"羊毛"，说的是那些纯粹修道、披着羊毛斗篷、苦思冥想的禁欲主义者。

苏菲派或者苏菲主义的特点就是神秘主义。在伊斯兰教的其他教派看来，真主是威严的造物主，善恶分明。信徒应该严格地遵守教法，严肃地持守信仰。

但是，苏菲派却不这么认为，他们认为真主并不是高高在上的,而是一位亲密的爱人,所以修行者可以用音乐、诗歌、舞蹈等形式向真主表达爱慕之情。

正是有这样的观念铺路,相传七百多年前,有一位叫作鲁米的大师发明了这种舞蹈,就是用不停的旋转,帮助修行者自我净化,最终与真主合一。

这源自鲁米的一次神奇经历。相传有一天,鲁米路过一位好友的黄金店,此时店里正在敲打黄金,叮叮叮叮,鲁米听到敲打金子的声音后,陷入了一种如痴如醉的状态,自然地开始旋转了。这位好友正好也是修行者,他一看就能理解,不得了,鲁米已经进入修行状态了。他就交代伙计一直敲打下去。鲁米就这样从中午转到了晚上。

旋转舞,就这样神奇地诞生了。

每个动作都有含义

别看旋转舞名曰"旋转",它可不是简单的转圈圈,其实大有门道。

在鲁米看来,整个宇宙都是真主创造的,存在着一个主轴,所有星辰天体都围绕着这个主轴旋转。身体的旋转,就像天体围绕着宇宙主轴旋转,可以帮助修行者最终与真主合一,达到灵性上的巅峰体验。

如今我们能看到的旋转舞,绝大多数已经不是宗教仪式了,而成了土耳其的民族舞蹈。如果你去土耳其旅游,看到的都是商业演出。不过,也能从中窥见旋转的魅力。一般而言,旋转舞是这么转的。

在开始旋转前，首先出场的是四位舞者(在古代，通常是道行高深的资深修道者)，他们低调地慢慢进场，坐下，然后吹笛、打鼓，唱诵经文。

乐曲悠扬婉转了十多分钟后，另外四位头戴高帽的舞者入场了，他们坐在羊皮毯子上祈祷，然后，就站起来旋转了。

舞者先把手臂弯到胸口，然后以四十五度的"文青姿势"抬头仰望天空。接着抬起右臂、右掌朝上，左臂下垂，以逆时针的方向，开始不停地旋转。从上往下看，一朵朵白色的喇叭花，在大厅里盛开。

在连续的旋转中，进入出神状态的资深修行者旋转二十分钟是小菜一碟，超过一小时的也并不少见。如此长时间的旋转，难道不会感觉头晕目眩吗？长期修炼的修行者，早已出神入化，他们的旋转自然与一般的旋转不同，如痴如醉的旋转，正是与真主相会。

既然旋转舞是一种修行方式，那么，舞者的各种姿势或者着装，都是有特殊含义的。比方说，他们身披黑色长袍入场，象征着肉体生命和尘世万物；脱去黑袍、露出白袍，象征着归向真主以及纯洁的信仰。头戴高帽，象征墓碑，意味着修行者放弃了物质追求，而去寻找灵魂的归宿。右臂朝上、左臂朝下，象征修行者将天堂的祝福带给人间。

可见，旋转舞蕴含着丰富的修行含义，每次一旋转，就相当于一次全身心投入的修行。苏菲派因此非常重视这种修行方式。在鲁米逝世后，他的后人还专门成立了一个旋转托钵僧修会，大家一起旋转,直到今天。

旋转舞、灵性诗歌与神秘主义

苏菲派不但用舞蹈来修行,也用音乐、诗歌来修行。作为圣人的鲁米也是一位大诗人。鲁米和菲尔多西、萨迪、哈菲兹,并称为波斯文学史上的"诗坛四柱",他的诗歌在中亚和欧美至今依然非常流行。

鲁米除了会跳舞,还会用精致细腻的诗句呈现一派别样的灵性世界。他一再告诫人们,如果摆脱自我的束缚,面向那冥冥中的创造者,人才能有机会窥见真理。有一首诗歌,就把这个理念表达出来了。

如果

如果你能倒空自我,

哪怕只是一次,

那奥秘中的奥秘,

就会向你打开。

那藏在宇宙外的未识之脸,

将浮现于你感知的镜面上。

摆脱自我的束缚,面向无限的创造者,这就是修行。在修行者的眼里,这个日常的世界已经变得很不一样。它不再被小情绪、小烦恼所束缚,反而呈现出有规律的运作图景,呈现出一种旷达的美。

留心

留心,每颗灰尘如何漂浮

留心,每位旅客如何抵达

留心,他们每位如何点不同的菜肴

留心,星星如何落下,太阳如何升起

百川如何汇入大海

在这首诗里,可看出鲁米的敏锐和灵性。他对世上事物的一丝一毫都有细腻的观察,世界在他的诗歌里好像又回到远古的旷达。

为什么鲁米会对日常生活有如此细腻的体验呢?其实,这也是一种神秘主义的修行方式,跟旋转舞是相通的。

在苏菲派的神秘主义者看来,世界上的事物虽然形式多样、复杂多变,但在本质上都是一体的。这个本质上的一体,就是创造者真主。作为修行者,可以通过各种修行方式,与真主合一。这些方式,既可以是传统的禁欲、诵经、祈祷,也可以是旋转、诗歌、音乐。

鲁米更是把"爱"视为信仰的核心,爱胜过了所有教义、仪式和传统。鲁米诗歌里经常把修行者和真主的关系,比喻为一对爱人的关系。他这样说:

哦，贵重的魂灵

如此热望，将净化你

哦，神圣的身体

如此热望，将消瘦你

哦，极尊贵的你

在你里面熊熊燃烧的爱火

将让尘世变天堂

　　不论是诗歌还是舞蹈，鲁米和苏菲派的修行方式，即使在今天看来，依然非常"时尚"。但是，如果你要是去土耳其旅行，最最正宗、作为修行仪式的旋转舞，恐怕很难看到了。因为在上个世纪，旋转舞被土耳其国父凯末尔禁止了。

旋转舞的消逝

　　一战前，苏菲修行者一度达到十万人，但 1925 年后，经过凯末尔的现代化改革，整个土耳其社会都走向了世俗化，苏菲派的活动场所纷纷被取缔，这个神秘教派走向了衰落。

　　旋转舞已然失去了仙气，但从这段土耳其通过国家行政力量废黜苏菲派和旋转舞的历史，可以看出土耳其在寻找自身现代性的路径。

　　1923 年，土耳其共和国成立，1924 年，奥斯曼帝国的最高统治者哈里发被驱逐出境。这个统治东西方文明交界处六百多年的大帝国，至此瓦解。

新生的土耳其共和国，在国父凯末尔的治下，全面推行世俗化政策。凯末尔通过发明新文字、引进西学，也通过废黜传统宗教，带领土耳其走向"全盘西化""脱亚入欧"的现代化路径。

1925 年，土耳其通过法案，关闭了大量修道院。旋转舞，作为修行者的宗教舞蹈，也遭到了禁止。直到 1950 年代，才允许部分恢复旋转舞，但仅限制在公共场合演出。到了 1990 年代，出于旅游和商业考量，允许旋转舞作为商业演出。所幸，这个体现苏菲神秘主义的舞蹈终究被保留了下来，成了通俗的艺术表演。

如今，若想看旋转舞，就得直奔孔亚。这个地方，历史上是塞尔柱帝国的首都，现在是土耳其的传统文化中心。当然，这里还有鲁米的陵墓，被视为苏菲派的圣地。相传，鲁米就是在 12 月 17 日离开人间的，所以每年到了 12 月，孔亚当地都会有旋转舞的表演，来纪念鲁米的成道。

成仙有风险，炼丹须谨慎

道教，从创始人、神圣经典到仪式，整个"宗教记忆"都是中国土生土长的。作为一种 Made in China 的原生宗教，自东汉开店办厂至今，已经持续经营了一千八百多年。在这条长长的生产链上，道教为中国人提供了很多原创发明产品。

根据英国科技史学家、剑桥大学李约瑟教授的《中国古代科技史》举证，在道教这家千年老店里，开创了古代中国的化学、地理学、数学、天文学等等。

当然，这些发明多是"无心插柳"的结果。为了炼丹，不小心发明了火药，同时也产生了养生术和中医。为了找到修仙的好环境，道长们不得不夜观星象、昼看风水，这就有了天文学、地理学的雏形。为了测算生辰八字，用上了珠算、心算、九宫算等十四种算法。为了救命医病，有了《黄帝内经》。当然，道教的独家法门和主要使命，还是"成仙"。

"成仙"作为一种职业

唐代的钟离权、吕洞宾师徒俩,在他们的对话录《钟吕传道集》里,将成仙分了五个档次:鬼仙、人仙、地仙、神仙、天仙。"天仙"档次最高,可以"飞行云中,神化轻举,以为天仙,亦云飞仙"。为了成仙,历代道士总结了五种方法:

1. 吃药(长生不老药)
2. 炼丹(内丹、外丹)
3. 练气、导引,舒畅气血
4. 积累功德,举行科仪
5. 建功立业,死后封神

其中,炼丹算是道长的必杀技。为了成仙,道长们也是拼尽了老命。所谓"成仙有风险,炼丹须谨慎",一个普通人或者稍微有点"道缘"的人,想要成为超凡脱俗、自带仙气的神仙,要经历什么?好歹,西天取经也有个"九九八十一难",那成仙升天究竟要闯过多少关卡?在成仙的"不归路"上,究竟有多大风险?炼丹的危险系数究竟有多高?

这先得从孙悟空的火眼金睛,还有太上老君的炼丹炉说起。

外丹：从孙悟空和太上老君说起

孙悟空为什么拥有金刚不坏之身？因为他除了吃遍王母娘娘的蟠桃园，还吃了太上老君的九转金丹，而且是整整五个葫芦！

所谓九转金丹，就是提炼过九遍的仙丹。这是太上老君手头的顶尖产品。

东晋葛洪《抱朴子·金丹》里有这样的记载：

> 一转之丹，服之三年得仙。二转之丹，服之二年得仙。三转之丹，服之一年得仙。四转之丹，服之半年得仙。五转之丹，服之百日得仙。六转之丹，服之四十日得仙。七转之丹，服之三十日得仙。八转之丹，服之十日得仙。九转之丹，服之三日得仙。

九转金丹，简直就是通往仙界的 VIP 专属门票。太上老君花了几百年，才用那座八卦炉炼出来。原本是呈给玉皇大帝的丹元大会，不料被孙悟空吃了足足五大罐。

说到八卦炉，这是炼制仙丹的必备神器，里面燃烧着六丁神火，后来翻倒就成了火焰山。但是，为什么孙悟空跳进了如此高温的八卦炉，却没有被炼成仙丹或者"猴丹"呢？

这是因为八卦炉里有八个空间，分别是乾、坎、艮、震、巽、离、坤、兑。当然，并不是每个空间里都有熊熊大火，而悟空跳进去的那个空间，恰好是没有火的地方。这个地方叫作"巽"，"巽"的意思就是"风"，这个地方专门通风，烧不到火。虽然没有明火，但有很大的烟气。于是，悟空的火眼金睛就这样被熏出来了。

炼仙丹可不是太上老君的专利，不过他的设备先进，有天庭的赞助，有兜率宫的优越环境，但人间的道长们一样也炼得很high。

炼丹是一种时尚。除了道长，像是李白、杜甫、孟浩然都曾炼过仙丹。一看李白的身份证，透散出一股浓浓的仙风道骨之气。李白，字太白，号青莲居士，又被称为"谪仙人"。他说自己是"十五游神仙，仙游未曾歇"，又常"五岳寻仙不辞远，一生好入名山游"，想着"愿随子明去，炼火烧金丹"。

这么有魅力的仙丹，到底怎么炼呢？部分手艺仍记载在经书里，像是《周易参同契》《抱朴子》等。

炼丹主要有两种办法，用火炼或者用水炼。火炼法，就是用炼丹炉，火烧原料的办法。水炼法，就是用溶液提取。火药，就出现在火炼仙丹的过程中。

要炼外丹，需要天时地利人和。所谓天时，就是要等到绝佳的时间才能启动项目。彗星出现、地震频发、洪水肆虐之时，都不宜炼丹。地利，指的是外部环境要绝佳，最好是名山大川，远离市井生活。人和，指的是炼丹的全职工作人员——道士，要有很好的身心状态。通常而言，炼丹前禁欲、洗澡，还要画符祭天等。让天、地、人、仙多方准备好，才能开始炼丹。

炼丹的过程中，由于化学物质的反应时有异常，难免发生爆炸事故。火药就此意外诞生。相传，药王孙思邈在炼丹时有个重大发现，就是如果硝石、硫磺、木炭三者混合，就会发生爆炸。这一爆,爆出了古代中国贡献给全人类的一项发明——火药。要知道,直到十三世纪,欧洲才有火药的书面记录。等到欧洲记录火药时,道长们早就跑在了前头,他们已经找到有效规避爆炸风险、更适合成仙的炼丹法——炼内丹。在唐代以后,炼内丹的潮流日盛。道长直接把自己的身体当作炼丹炉,在体内炼丹。

内丹:小宇宙如何爆发

在唐代以后,其实道长们越来越倾向炼内丹。毕竟,炼外丹、吃仙丹的危险系数实在太高,那些小白鼠皇帝们吃了仙丹后,不仅没成功,甚至加快了自然死亡进度,简直就是"被动成仙"。而且,炼外丹需要同时符合天时地利人和的前提条件,极大降低了炼丹效率和成仙进度。

于是,唐代以后,炼内丹的风潮慢慢流行起来。内丹的意思,就是把人体看作炼丹炉,把人的津液和气血当作丹药,然后在体内炼丹。根据道教的基本原理,人体和宇宙其实是一一对应的。宇宙有五行,金木水火土;人体有五脏,心肝脾肺肾;宇宙有十二时辰,每个时辰都对应着人体器官的活动时间。宇宙和人体都得遵守阴阳五行的规律,既然可以在名山大川炼外丹,那么同理也可以在人类体内的小宇宙炼内丹。

外丹有档次和疗效之分,内丹也有不同的档次。南宋有本《修仙辨惑论》的书,作者白玉蟾现身说法。他把最好的内丹,叫作"上品丹法"。"上品丹法",把身体当作铅,把心当作汞,以定力为水,以智慧为火,用十个月时间就能炼出来。这种内丹,是品质最上乘的。中等丹法，就"以气为铅，以神为汞"，要花上三年时间才能炼出来。那最下品的丹法呢，就"以精为铅，以血为汞"，要花九年时间才能成功。档次既已排定，那内丹究竟怎么炼？

首先，炒菜要好锅，生蛋要好窝，炼丹也要有个好炉。养好身体是炼内丹的前期准备，其中基本原理类似怀孕生子。只不过，炼内丹要的是清心寡欲，甚至断绝性事，准备好绝对健康的身体，然后才能孕育出带有足够仙气的圣胎。

想要好身体，就必须好好养生。根据《张三丰太极炼丹秘诀》的说法，炼丹有十个秘诀，也就是所谓的"十要"："面要常擦，目要常揩，耳要常弹，齿要常叩，背要常暖，胸要常护，腹要常摩，足要常搓，津要常咽，腰要常揉。"换句话说，也就是不久看、不久听、不久卧、不久坐，也不能过悲、太饱、大笑、多嘴等等，这些不良行为均被视为"十八伤"，是炼丹前绝对禁止的事情。

为了养生，道长们很拼命。他们发明了食物疗法和动作疗法。所谓"食物疗法"就是得吃五色食物。

哪五色？红黄绿白黑。

红色：对应心脏，像是西红柿、红枣、红豆等，可以补血、有益心脏。

黄色：类似玉米、南瓜，对脾胃有好处。

绿色：青菜，可以养肝。

白色：蛋奶米面，养肺。

黑色：木耳、芝麻，养肾。

除了吃好、睡好，还要适当运动。这就有了太极拳、五禽戏、八段锦，连呼气、吸气都有讲究。道长们给自己的呼吸编出了体操"六字诀"。

所谓"六字诀"，就是"吹、呼、嘻、呵、嘘、呬"。比如，头晕眼干可以念"嘘"字，跟着慢慢吐气，反复六次，这样吐气对肝有好处。

到这里，前期准备工作基本就位，吃好睡好练好拳，活脱脱成了"道系青年"。但养生是炼内丹的第一步，只是这项升天工程的前期准备工作，距离终点还须不懈前行。

接下去，就来到"炼精化气""炼气化神""五气朝元"等阶段。这个阶段的使命，就是把人体内的精、气、神当作原料，炼制和合为一，形成初步的内丹，然后进入养胎阶段。

再接着，经过为期九年的"炼神还虚"，内丹炼好，小宇宙终成圣胎。到此，就可以调神出壳，就像金蝉脱壳一样，道长可以脱离肉体、飞升成仙。

道长的遗产

飞升还是降落，成仙还是做人，这是一个问题。不论炼的是外丹还是内丹，要舍弃红尘富贵，总是一件超越世俗的高尚事业。

道长们为了升天拼了老命，在高风险的炼丹过程里，又意外地发现了火药、养生术、中医药、算术等等，遗产丰富。因此，炼丹术可以说是古代中国最早的民间科学，这个荣誉可是李约瑟教授钦定的。他的《中国古代科技史》有言，炼丹术源于中国，后来经过丝绸之路，传到了阿拉伯，又经由阿拉伯，传到了欧洲，最后成为欧洲近代化学的先驱。

其实，炼丹术的行为，虽然是为了升天，但它本身包含了现代科学的三大要素：化学实验、反复试验、文本记录，而且道长们甘冒风险、反复尝试，这种品性也具有科学家精神。

就是这群人，正值壮年，却抛家弃子。身为城里人，却爱躲进深山老林。明知重金属有毒，偏偏爱不释"口"。还把余生八成的时间（除了吃喝拉撒睡等必要活动所需时间外，当然也可以不吃不喝），花在了炼丹上面，主要是以下材料的化学反应上：硫磺、水银、铅、丹砂、砒霜、硝石等。他们，就是中国历史上最早的职业发明家——道长！

其实，科学和宗教的界限并不是楚河汉界那般清晰。不论科学还是宗教，都要人本着极为虔诚的信心，不停留在世俗事务上，将全身心投入自己热爱的研究对象或信仰对象。从这点虔诚心上来看，宗教和科学是相通的。

尽管如此，还是温馨提示：成仙有风险，炼丹须谨慎。

斯多葛减压法

《星际迷航》(Star Trek)大概是全世界最有名的科幻电影系列之一。在《星际迷航》里，有个很酷的角色——史波克(Spock)，他素以冷静的"局外人"著称，遇事不慌、处世冷静。

史波克之所以如此"佛系"甚至"冷血"，是因为他本来就是冷血物种——他是瓦肯人与人类通婚生出的混血儿。瓦肯人的皮肤偏绿，乃名副其实的冷血物种。不同于有七情六欲、贪嗔痴慢的人类，瓦肯人简直就是性冷淡。他们每七年才有一次性生活，平时一般不喝酒、常吃素。除了这样的生物习性外，他们的处世哲学还非常提倡克制情感，不能意气用事。在瓦肯人那里，过日子靠的是逻辑和理性，而不是直觉和情感。

其实，瓦肯人这种奇怪的种群，在地球上也存在。《星际迷航》的编剧和导演——大名鼎鼎的吉恩·罗登贝瑞，就是以斯多葛哲学家为原型来塑造瓦肯人，特别是史波克。

"佛系"的斯多葛

在罗登贝瑞甚至多数人的心目中,斯多葛就是散发着性冷淡风的智者,似乎没有什么急事可以难倒他们。哪怕受伤了,大不了就像瓦肯人一样,启动"自我催眠机制",让受伤器官和情绪自愈。

虽然,瓦肯人的"自我催眠机制"是电影情节,但是,斯多葛派还真的存在心理意义上的"自我催眠机制"。这种"自我催眠机制",便是斯多葛智者面对外部世界的一系列应对之道,也是他们保持平静和理性的秘诀。

斯多葛主义,可不是来自外星,而是流行于古希腊、罗马帝国的一种哲学和信仰流派。早在两千多年前,即公元前三世纪,古希腊哲学家芝诺创立了斯多葛学派(Stoic school)。因为芝诺经常在雅典市民广场的廊柱下讲学,所以每当希腊人指着这群神神叨叨的人时,就说"在门廊"(stoa),发音便是"斯多葛"。传着传着,地名成了这群人的代名词。类似战国时代,齐国在稷门(另一说是在稷山)招聚诸子讲学,形成"稷下学派",是一个道理。

鉴于地中海一带盛产"芝诺",创建斯多葛派的那位,是来自塞浦路斯季蒂昂的芝诺,而不是来自意大利半岛埃利亚的芝诺,埃利亚的芝诺是数学家、哲学家,比斯多葛的始祖芝诺早一百多年。还有一位芝诺,是东罗马帝国早期最有名的皇帝之一。三个同名芝诺,风马牛不相及。

塞浦路斯季蒂昂的芝诺首创的斯多葛派,在古希腊时期还比较小清新。

始祖芝诺,生平有两大爱好:吃无花果、晒日光浴。他原本做生意,一次翻船事故后,开始思考人生意义。正当三十而立,芝诺前往雅典,追随克拉泰斯研究哲学。后来离开祖庭,在廊柱开课授业,雅典城中才有"斯多葛"的叫法。芝诺讲课多,出书少,寿命长,享年九十有八。

二祖克利安西斯年近天命,才去跟芝诺学习,常常拼尽老命、忘乎所以。有一次在屋里发火,有人问他:"为什么生气?"他自嘲:"我在骂这个不争气的白头翁呢!"

三祖克律西波斯,本职长跑运动员,不但跑得远,写的书也多,据说有七百零五本。活法奇特,死法也奇特。有次看到毛驴吃无花果,便突发奇想让人给驴喝酒,然后大笑三声,卒。

斯多葛派的人死得出奇,活得却拘谨,一代比一代拘谨。到了罗马帝国,古希腊的小国寡民社会一去不复返,斯多葛的修炼风格也慢慢转变,从个人修齐演变为家国治平,诸多罗马的皇帝、元老、贵族喜欢斯多葛的伦理学,用来修身养性,进而治国理政。

罗马时代的斯多葛智者,个个出身不凡,金贵者有政论家西塞罗、皇帝马可·奥勒留、高官塞涅卡,贫寒者还有个奴隶出身的爱比克泰德。"王侯将相,宁有种乎"的箴言,在斯多葛派里体现得淋漓尽致。

斯多葛智者眼中的世界,有个最高准则——"逻各斯",意思就是神的话语或者万事万物的原理。这个"逻各斯"默默无语,但在所有事物上都发挥着影响。那么,作为人,就要理解并顺应这个"逻各斯"。

在斯多葛派看来，世界上所有事的发生，都在神的旨意里。人们接受后天教育，并不是为了去改变世界和世界上的规则、结构和系统，而是顺应世界，各就各位、各得其所。

斯多葛派眼里的最高存在过于佛系，它还有什么魅力，吸引了形形色色的古希腊、罗马人呢？

斯多葛的"心灵减压法"

奴隶出身的爱比克泰德，是晚期斯多葛派的代表人物。爱比克泰德的希腊名，原意是"额外买来的"，一语道出他的悲惨家世。他从小为奴，还是一个出了名的恶人的奴隶，自小就没少受欺负，据传还被打瘸了腿。日后，主人竟然大发善心，释放爱比克泰德，让他成了自由民。有人建议他向主人报仇雪耻，爱比克泰德却不为所动。

他认为，身为奴隶者可以心灵自由，身为奴隶主而整日为愤怒裹挟，终不自由。苏格拉底甘愿进监狱，但并未真正蹲监狱，全因他是自愿，而非被迫。真正的奴隶是心灵的奴隶，真正的自由民，也是心灵的自由民。

其实，这便是斯多葛式的自我催眠机制，也就是所谓的"心灵减压法"。斯多葛就是这样一整套系统的观念体操，它通过理性慢慢剥除层层覆盖的观念，帮助自己摆脱焦虑和苦恼，回到快乐、理性和平静的心灵状态。

综合参考马可·奥勒留、塞涅卡、爱比克泰德等人的人生经历，斯多葛的"心灵减压法"是这样运作的。

首先，当你面对烦恼时，不妨静下心来，问问自己：现在烦恼的事情，我能够控制吗？接下来有两个答案：能或者不能。如果能控制，那就直接去控制，或者想想如何去控制的办法。那你此刻还烦恼什么？如果答案是不能控制，那你还烦恼什么？事情已经超出了你的控制范围，你的烦恼是自找的，不如就顺应事情的发展吧。

爱比克泰德很喜欢讲一位斯多葛智者故事，这位智者叫作普利斯库斯，是罗马元老院的议员。因为他和当时的维斯帕先皇帝政见不合，皇帝特地派人送了口信过去，警告普利斯库斯不要出席会议。普利斯库斯却回答说："只要我还在议员岗位上，就一定会去参加。"皇帝听后大怒，警告他即便参加，也不要发言，否则结局便是死。普利斯库斯的回答非常斯多葛，他说："你做你的分内事，我做我的分内事。如果你要做的是杀死我，那么我要做的便是去赴死，但是我绝对不会吓得发抖。"这便是斯多葛。

被皇帝以死要挟的人毕竟是少数，多数人烦恼的还是生活里的事。在斯多葛智者的心目中，理性是人之为人的武器，运用理性的分析，可以顺利摆脱大部分形形色色的烦恼。俗话说"自找苦吃"，"烦恼都是自找的"。要摆脱烦恼，也要运用自己的理性，近距离看看到底什么真正在烦恼你，这个烦恼是不是在你的掌控范围内。如此问上三遍，你再心烦意乱，也会平静下来。

简言之，斯多葛的"心灵减压法"就是三个"不"——不管、不问、不顾。

不管，就是没法掌控的事，你就不要执着，干脆放手别管，因为这些事超出了你的控制范围，并不是你有能力管的。如果你不断试图控制,只能自寻烦恼。

不问,就是说做好自己的事,不要干预那些超出你自己范围的事,也不要干预别人的事,因为那些事处于他们的控制范围,关你什么事?往小了说,不要在背后说人家,你怎么知道别人就是你所说的那样?你所说的只是你看到的表象,表象是不是符合事实,还存在着其他可能性呢?最终,你说的东西,只能暴露你自身的猎奇心态和道德评判。

不顾,就是说你也不要闲着,整天躺着晒太阳,而是对于自己能够掌控的事情,就全力以赴、勇敢尝试。即使失败,也不意味着是你自己不行,而是事情成功的条件并未完全达成。你需要不顾这些风险,勇敢地再次尝试。

爱比克泰德就说:"所有世上的事情是按照什么样子发生的,我们就把什么当作我们的愿望"。如果你因为愿望没达成而苦恼,你应该问问自己,这个愿望是不是世上事物的本来面目,还是你自己痴心妄想。

斯多葛的"心灵减压法",在古罗马的一位皇帝身上,也有很好的体现。马可·奥勒留在他那本著名的《沉思录》里说:"任何事都不听从运气,除了理性之外,绝不仰仗任何东西,在急剧的痛苦中,纵然是一个孩子的夭殇,或是疾病缠身,也永不改常态。"

其实这种态度,就跟《星际迷航》的史波克一样,面对危机,心平气和。

禅宗的心灵战争

心与物、人与天、己与群、家与国，困扰人们的根本问题无非就是这些关乎自我的心灵问题。故而每逢真正的心灵解放，总是让人似有恍然彻悟之感，内心欢乐油然而生。

在人类的心灵战争史上，曾有几次深植全体人类记忆的精彩战役。佛祖在祇园开示，拈花微笑，万千阿修罗为之释然。耶稣登山说宝训，那群被犹太律法辖制的人，心底涌起加利利海的自由波涛。

禅宗就是人类心灵革命史的一次精彩战役。争战的双方，分别是教条化的佛教和欢乐活泼的年轻后生禅宗。此次战役，还波及了礼教化的儒家和后来者宋明新儒家。

一场欢乐的心灵战争

在禅宗作为一个派别参战之前，禅法已流行于中国。在一千五百多年前，达摩祖师就把禅传到了中国。但此时，禅只是一种佛学理论，尚未形成一种系统、独立的宗派门类。

在达摩抵达之前的一千年，也就是距今两千五百多年前，佛祖释迦摩尼在一次法会上，将禅传给了摩诃迦叶尊者。

据说当时，佛祖拈花，迦叶微笑，只有摩诃迦叶尊者理会佛祖心意。这次自然的、淡淡的微笑，彰显了佛理的真谛，只有真正的心灵释放，才会有如此淡然又如此丰盈的微笑。

从摩诃迦叶到达摩祖师，又传了二十八代，历经一千多年。这一千多年，传得可不容易。因为禅宗传法，没有证书、没有考试，甚至连文字都没有。虽然看上去没有门槛，但其实门槛高得吓人。

禅宗传承，靠的是"佛心印心"。今天说的甜言蜜语"心心相印"，就源自"佛心印心"。恋爱中的人因长久相处的默契，彼此只需一个眼神即可读懂对方。与这个境界相类似，摩诃迦叶看到佛祖拈花，他也微微一笑，就在这微微一笑中领会了何为禅法。

看来，禅法传承仅靠意会，让看似没有门槛的禅宗，反倒最难理解。习禅的人，没法仅仅靠着削发出家、吃素拜佛而理解禅的真谛，这一切都需要靠"悟"。就像一件艺术品的诞生，靠的不是提前规划设计，也没法批量复制，而只能是艺术家靠自身慢慢心领神会。

禅法如何领会？虽然佛教里的大部分派别采用文字、塑像、绘画、仪式等方式来展示和传承佛理，但禅宗的做法显得特别奇葩，即便与其他宗教的传承模式相比，也很独特。

禅宗最特别之处，还在于它的传承不仅不局限在文字，甚至都不局限于佛教教义。禅宗喜欢用"机锋"和"公案"，以出其不意、攻其不备，而直指人心、见性成佛。甚至呵佛骂祖，全无教条束缚。换言之，相对于其他宗派，禅宗更喜欢"反着来"。

"反着来"并不是一种标榜自我叛逆和独特的姿态，而是一种方法，是为了破除人们习以为常的观念和做法，只有当人们真正清楚自己在做什么、做了什么、想做什么、怎么做等等，起心动念之后，才能真正看见本心、发现本性。

君不见，人们已经被太多事物遮蔽了自我的心性，世俗如家常琐事、物欲金权，神圣如宗教义理、文化传统，任何事物和观念，一旦成为心灵的束缚，便会让人丢失灵魂深处那个最纯粹、最真诚的自我。

禅宗，正抄起武器，冲着这场心灵战争而来。

禅宗的武器："公案"

在禅宗的军火库里，藏着一个独家专属的武器——"公案"。

所谓"公案"，就是禅师的故事，也就是禅宗的"故事教学法"。在公案里，又常有"机锋"，就是禅师的话中话，那些看似自相矛盾、答非所问的"段子"，其实能真正地令人开窍、引人顿悟。

《景德传灯录》《五灯会元》《碧岩录》等就藏着这些精彩公案。这些武器成了佛教中国化的精彩体现。中国人用自己的智慧和语言，锻造出世界级的心灵武器，参与了一场场世界级的心灵战役，完成了一次次对旧俗的颠破。

北宋的《景德传灯录》便是一部禅宗公案的大集锦，其中一个公案更是被奉为圭臬。

有人问禅师："师傅，请问修佛怎么个修法？"

禅师回答："饿了就吃，困了就睡。"

那人听了很纳闷，接着问："这有何特别，普通老百姓不都这样吗？"

禅师答道："当然不是！很多人偏偏就饿了不吃、困了不睡，吃的时候东张西望，睡的时候胡思乱想。饭都吃得不专心，还修什么佛法？！"

《景德传灯录》里的这则公案，学名简称"饥来吃饭困来眠"，向来是禅宗军火库里的经典装备，用简单的一问一答，揭开了很多人的心理纠纷。这种心理纠纷并不局限在上面的故事，很多时候，我们经常忘记自己此时此刻身处的当下，而急于向外求，本以为朝着外部世界做很多事就能获得心灵的舒缓，殊不知恰恰因此失去了本心，陷入更大的心理纠纷。

禅宗的公案，就是教我们"反着来"，回到被我们忘记的最日常行为，直接从身边的、当下的日常起居里体悟佛理。吃喝拉撒并非关键。如何理解吃喝拉撒，如何观照你正在进行的吃喝拉撒，并从中有所反思，这才是禅宗武器的用途。

类似的段子，在禅宗的典籍里还有很多。主张"不立文字"的禅宗，反倒成了经常出产经典的高产专家。《五灯会元》里面，一则公案也非常有趣。

唐代有位禅师，叫作丹霞天然。有一天，他路过洛阳的慧琳寺。天气冷，正飘着大雪，丹霞天然禅师进寺庙躲雪，打算在此过夜，却没找到可以生火的木柴。于是，丹霞天然禅师二话没说，直接把庙里的木雕佛像拿来烧了。

有人看见此举，非常震惊，赶忙喝止："阿弥陀佛，造孽啊，这个疯和尚怎会如此大逆不道？竟敢烧佛像！"

丹霞天然禅师不紧不慢地说："我这是为了烧出舍利子呢！"

旁边有人就说："这是木雕，怎么可能会烧出舍利子啊？"

接着，禅师笑着说："既然是木头，那我再烧一个吧。"

究竟烧的是佛像还是木头？围观的出家人和在家人都陷进了逻辑的悖论里，只能在一片呼呼的北风中、熊熊的火堆前，默然而立。

这则公案就是"丹霞烧木佛"，里面的道理看似荒诞，实则大有深意。在禅宗的世界里，高高在上的佛像不过是造像而已，体悟禅法悟的是佛理的精妙，而不是敬拜木头。由此可见，禅宗主张学习佛理不可执着于表象，其武器之犀利，已然达到"遇佛杀佛"的地步。

丹霞天然禅师，还有一则趣事，简直就是中国版第欧根尼。

这则公案还是发生在洛阳。有一天，丹霞禅师躺在桥上。正巧，洛阳留守郑公坐着轿子经过。丹霞禅师却理也不理，继续躺着不起身。开道的官员们问，这是怎么回事啊？丹霞禅师回了三个字"无事僧"，也就是没有事做的和尚。郑公听闻此事，惊觉这是高人，于是送来衣服和米面，将丹霞禅师供养起来。

丹霞禅师的这则趣事，完全可媲美古希腊犬儒学派的第欧根尼。第欧根尼曾经对亚历山大大帝说"不要挡住我的阳光"，足可见这位哲学家心灵自由，目空王权。丹霞禅师也一样目空官员，甚至目空佛像。禅，就是如此狂野而自由。

从唐到宋，两则公案，疗效类似，皆打破常规，出人意料。禅师的用意很野，又很简单。学佛，学的就是"破分别心"。一旦生出了分别心,就会自大自满。破了分别心,佛性自在人心。

禅宗公案与现实的反差,意外成就了生活当中的欢乐之源。也正因如此,才能无意中让人领会禅法,于恍然大悟中体悟禅法的精髓;如此才吸引越来越多的人修习,产生如此深远的影响。

禅宗的大后方

禅宗除了备有颇具杀伤力的武器,又不仅仅止于此。为了持续增强自身的战斗力,禅宗还建立了颇具实力和特色的大后方,甚至还发明了专业的规章制度。

最早从印度传到中国的佛教,僧侣们原来是不劳动的,一心打坐礼佛,到了饭点就拿个钵,出门沿路讨饭。可以说,早期佛教僧侣,经济上不太独立,要靠善男信女的供养。更何况,禅宗只是佛教里的一个小派别,修禅的和尚更加不独立,需要挂靠在其他大教派的庙里。

没钱不好办事,寄人篱下,更是处处受制于人,当然会影响禅宗的参战,战斗力也被限制。

公元八世纪,百丈怀海禅师,提出了"一日不作,一日不食"的新口号,制定《百丈清规》,建立起了禅林制度。这部《百丈清规》便是佛教界的"劳动法",其中规定僧侣不劳动就不能吃饭。此外,还对结夏(暑假)、结冬(寒假)、贴单(人事公开)、肃众(处分)、岁计(财务报告)等做出了详细的规定。

从此,修禅的僧侣,开始脱离原先挂靠的寺庙,自个儿聚在一起,形成了禅宗自己的大后方(禅林)。像是嵩山少林寺、杭州灵隐寺、宁波天童寺，这些闻名天下的大寺，在古代全是禅宗的地盘。

这下，高僧们再也不用担心出门化缘时刮风下雨了。他们自个儿就在自家后院种菜浇水，有了食物和阵地，吃饭睡觉都不愁，禅宗不再是游兵散将，而是变成了颇具实力的组织。从此，禅宗迎来了黄金发展时期。

禅林制度的建立，不但保障了禅宗的传承和发展，也影响到了他的盟军儒家。五代和北宋的很多儒家书院，就直接依托禅寺办学。因为禅宗的大后方通常地处山林、风景绝佳、四周安静，是读书论学的好地方。

另外，也因为很多儒生受到了禅宗的启发，打开了新世界的大门，儒者也被禅宗的心灵战役所影响，一种融合了传统儒学和禅学的宋明新儒学也开始兴起。那些鼎鼎大名的儒者，二程、朱熹、陆九渊、王阳明都有参禅的体验。儒者们还学着禅宗，把平日里师生的辩论、问答、金点子记录下来，编辑成"语录"，作为教学辅助材料。著名的《朱子语类》就是这么来的。

不仅儒家受到禅宗的影响，整个中华文化在唐宋以后，都被禅宗"浸泡"了一遍，染上了浓浓的禅味。禅已经不局限于禅宗或者佛教的范围，而是上升、扩展为一种共享的人文精神和审美趣味。"反着来"的禅宗，发起心灵革命的禅宗，正面迎向了中华文化。

从此，禅宗的心灵革命，走出了寺庙山门，融入了整个中华文化的疆域。

辑五　幻术指南

上穷碧落邀神明共舞，
以仙眼看凡尘，
灾异天谴皆政治。
下至黄泉观阎王判案，
以鬼耳听人间，
魔法巫术有逻辑。

明教造反的内幕

元代末年,民生凋敝、天下大乱,明教的江湖名声却越来越大。这个波斯的异类,为了逃避迫害,一路向东,穿过中亚,进入中原,在武林上掀起了一阵波澜。从方腊、张无忌到朱元璋,掀开无数来自江湖和庙堂的恩怨。作为围观群众,不禁开始思考——明教的是非为何那么多?明教的内幕到底有多少?这一切,还得从第三十四任教主张无忌说起。

张无忌为什么从路人变成教主

张无忌成为明教新任教主之前,他自个儿应该没想到会有这么离奇的一天。

当时,正值武林各大门派围攻光明顶,而明教中人忙着内部斗争,一时群龙无首。张无忌因为阴差阳错,习得乾坤大挪移,又身兼九阳神功、七伤拳,最后打退六大门派的围攻,帮助明教死里逃生。张无忌不但救了明教,还帮助明教走出了内部斗争。当年,阳顶天失踪后,底下各大护法实力相当,互相不服气,为争教主地位以及路线方针而斗来斗去。

直到张无忌出现，他才终于用盖世武功说服众人。更何况，张无忌还是个年轻的外来人，与明教内部的各路大佬没有多少利益瓜葛与新仇旧恨，暂时可以成为搁置争议、凝聚众人的领袖。他孤身一人，更不会对旧派造成任何势力上的威胁。当然，张无忌的外公殷天正也很关键。毕竟，殷天正位列明教四大护法，虽然曾负气出走创办天鹰教，但影响力依旧不减。如今，有了明教元老外公的加持和助推，张无忌更能顺利当上第三十四任教主，率领明教团结武林门派，一起踏上推翻元朝的征程。

曾经，明教一路走来，都让江湖人士闻之色变，又鄙夷不屑。不但各大名门正派看不起，官方更是巴不得诛尽杀绝。当然，在推翻元朝外族人统治的民族大义面前，明教与武林门派的斗争，还属于内部矛盾，可以暂且缓一缓。六大门派围攻光明顶，也是为了平息明教的后患，为反元的工作奠定基础。

因为张无忌的出现，明教最终得以停止内部斗争，同时这位新教主确实功力不凡，又让武林各派心服口服，最终内外一致，团结对外，以抗元为首要任务。正是因为这样的内因和外因，最终让张无忌从路人顺利转型为明教领袖。

虽然张无忌在任内尽职尽责，团结了军心，一致反元。但明教的教主可不是那么好当的，张无忌最终主动离职，也是事出有因。

光明使者的内幕

误打误撞的张无忌是金庸笔下虚构的人物,但明教却不是虚构的。

明教的老东家是摩尼教,产生于三世纪的波斯。创始人摩尼,出身波斯贵族,在净洗派中长大,据说十二岁时既已不凡,一边收到神启,吩咐他长大后脱离宗派,另一边又收到派中长老邀请,前往观瞻净洗派继承的财产。摩尼震惊,原来以高尚修道而闻名于世的净洗派,还有如此不足为外人道的内幕。于是谢绝好意,逐渐脱离净洗派。最终在二十四岁时,创立摩尼教,开始奔走于中亚和西亚,宣传新教义。

摩尼教眼中的世界非常简单明确,万事万物出于善与恶的二元对抗,世界分为过去、现在、未来三个发展阶段,坚信黑暗终将过去,光明即将来临。这个说法总结下来就叫作"二元三际论"。

在摩尼看来,世界和人类的出现,并不是出于哪个造物主,而是光明在对抗黑暗的过程中,主动创造出人类,让人类帮助光明战胜黑暗。因而,人的使命便是趋向光明,帮助光明,最后迎接光明的到来。

不过,还没等到光明到来,摩尼在三世纪就被波斯国王处死了。此后,教徒们四散逃命,继续呼唤光明到来。他们一路向东跑,跑进了中亚地区。七世纪,中亚的摩尼教又遭受伊斯兰教的反对,无法继续待下去,只能接着往东边跑,最后进入安西都护府和中原地区。

摩尼教在武则天之前就传进来过,后来被唐玄宗驱逐。安史之乱后,唐朝政府去找了回鹘人当救兵,结为同盟,回鹘人又正好信此教,因而摩尼教卷土重来,从此在中原广为流传。不过,等到唐朝利用完回鹘的救兵,就翻脸不认人了,唐武宗又开始镇压摩尼教。那时已经是九世纪,摩尼教潜伏到民间,还跑到福建浙江沿海地区,伪装成了寺庙。此后,摩尼教秘密蛰伏,与弥勒教、白莲教等民间信仰不断融合,形成了明教。

明教虽然源自摩尼教,但已经是中国化的独立派别。之所以说独立,第一个是行政独立,不听命于总部,后来就连总部也相继在波斯和中亚消失了。第二个是教义上很有中国特色。比如,为了谋求生存立足,明教先是融合了佛教,把自家的教主称为弥勒佛,把释迦牟尼称为自家的慧明圣使,这种做法引起佛教人士极度不适。

同时,明教又想跟道教建立好感,说摩尼、老子、佛祖是三位一体,还说老子曾经投胎降生,也就是摩尼。这种说法又引起道教的公开反对。除此以外,摩尼教还融入了白莲教、弥勒教等秘密团体,宣称"明王转世",开始从事颠覆政府的行动,又被历代朝廷拉黑,并用武力绞杀。在北宋、元代、明代末年的造反派里,都能找到一些明教及其同盟的影子。

摩尼教特别渴望光明,自身也参与推翻黑暗、迎接光明的行动中,所以一直想造反、敢造反、急着造反。在改朝换代的过程里,他们是急先锋。数十万教徒,每天就想着如何尽快推翻元朝。有了这样一群着了魔的造反派,元朝的皇帝们想想就会直冒冷汗。

造反派的规矩

明教的规矩多,奇奇怪怪的规矩尤其多。首先,第一条规矩便是吃素,不吃肉类和乳酪。明教吃素不是为了不杀生,而是因为素食中含有更多光明元素,吃得越多,也就越光明。作为高举反元大旗的造反派,明教虽然打仗时冲锋陷阵、英勇无畏,但是在大后方却闻不到肉味。前方杀人,后方吃素,这就是明教的风格。

在"名门正派"的眼中,明教被视为一个"吃菜事魔"、行为怪异的"邪教"。南宋第五位皇帝宋理宗就特别规定,老百姓里谁要是集会发誓不喝酒、不吃肉,就要被判两年徒刑。在《倚天屠龙记》的虚构里,朱元璋却是吃肉的,这曾经让张无忌感到讶异。当然,历史上既没有张无忌这等人物,朱元璋也不是张无忌的门徒,虽然朱元璋确曾受过明教的影响,但在当上皇帝以后,又反过头来禁止明教,以防止任何民间势力对皇权的威胁。

"吃菜事魔"是个很有用的大棒,一旦出现了威胁自身的异类,就很方便用这根大棒敲打下去。在南宋时,朱熹也曾被理学的反对派冠以"吃菜事魔"的罪名,只因为朱熹当年在福建当官时出入明教的寺庙。

吃素也就算了,毕竟古墓派、少林寺、绝情谷,哪个不吃素?明教更受人诟病的,还要数"裸葬"的教规,即规定教徒死后要除尽衣物,裸体埋葬。明教认为,人之生死,都是赤裸而来,赤裸而去,死后自然也要裸体。明朝的开国大将常遇春,便是用裸葬之礼,埋葬了周公子。这种做法还让不明就里的张三丰看了感到无法理解。

明教信徒生前戴白帽，穿白衣，不拜偶像，一天祈祷七次，看上去比其他派别的同行更为虔诚。明教崇拜火和红色，因为火是光明的象征。方腊起义时，每位将士就头戴一块红巾。

除了行为怪异，不同于一般的武林派别，明教在杀人放火方面，也有诸多黑历史。比如，杀人不眨眼，吸血不换气。青翼蝠王韦一笑便经常吸血，以解寒冰绵掌的毒气，被灭绝师太骂成"吸血蝙蝠"。虽然这并非明教中人的普遍行为，韦一笑吸血也是事出有因，后来也因为张无忌的帮助，离开了这条邪路。但韦一笑贵为明教四大护法，此等不堪之事已臭名昭著，让明教的声誉极大降低。

聪明人如朱元璋，心里当然也明白自己的这段黑历史，为了证明自己夺得皇权的正义与合法，即便只是受过一些影响，也要尽可能抹去整个明教。于是，朱元璋颁布《明律》，明令禁止明教，明教连同它的历史最终消失在欧亚大陆的地面上。等到人们下一次认出它时，才发现它已融入了白莲教、罗教，以幕后参与的方式，一边吃素，一边又开始造反……

灾异逃生指南

在中国人的狠话大全里，"遭天谴"和"下地狱"可能是最高级别的咒语了。下地狱是身后之事，即便是恨之入骨的仇家，也没法亲自验证效果，除非也跟着下地狱，去看看仇家的真实待遇。不过，料谁也不敢。

相较而言，遭天谴并不少见。世界上几乎所有民族和文化在历史上或多或少都见证过"天谴"。但凡民不聊生、君主昏庸、贪官横行之际，又适逢发生大规模的自然灾难或异常现象，时人或多或少都会联想，方士或巫师更是坚决裁定——人间一定是遭了天谴，皇帝应该带头认罪悔改，重新赢回上天的信任。

天谴的突出表现之一，便是"灾异"。所谓"灾异"，指的是那些严重的自然灾害或者罕见的自然现象。为了应付灾异引起的经济损失、人身伤害和群众恐慌，会衍生出很多的预言和应对办法，比如占卜、看星相、测日食，乃至皇帝下达罪己诏等等。生而为人，平安活过百年，已经不易。如何安然度过天谴与灾异，是人类生存与发展的必备技能。

那些年，汉灵帝遭遇的"连环天谴"

自从西汉董仲舒成功说服汉武帝信任"天人感应"以后，接下去的君臣和朝代多多少少都会敬畏这个说法。而且，越是朝政混乱的时候，天谴和灾异越是丰富多样。

三国时期，兵荒马乱，形形色色的天灾一样不少。《三国演义》一开篇，就写了汉灵帝即位后的第二年，先是一条巨大的青蛇，从皇宫的大梁飞下来，直接吓晕汉灵帝。其实，汉灵帝的上一任汉桓帝，也遇到过类似的事情。等青蛇飞出来以后，紧接着就出现雷暴雨和冰雹，砸坏了京城里的很多房舍。隔了一年，便是建宁四年，也就是司马懿的长兄司马朗出生那年，洛阳遭遇了大地震，沿海地区又遭遇洪灾，卷走了很多老百姓。

狂风、冰雹、蝗灾、地震和日食，这类灾异现象很常见，自不必多说。根据正史《后汉书》的记录，在汉灵帝执政期间，至少发生了七次地震、十三次日食、八次大洪水。更要命的是，还出现了非常罕见的灾异现象。譬如，有像伞盖一样巨大、来源不详、成分不明的黑色气团，直接飞进了宫殿里。但凡智商正常和视力达标的人，都不会否认这件事的严重程度。此外还有五原山岸集体崩塌、雄鸡变成雌鸡等匪夷所思的事情。

当时发生了那么多灾异，汉灵帝自己也是坐立难安。有一回，汉灵帝召集群臣讨论，一边自己下了罪己诏，一边听取大臣的建议。当时，有位叫蔡邕的人提出了谏言。蔡邕是东汉才女蔡文姬的父亲，也是位书法大师，开创了"飞白体"。他不但精通书法、音乐，也懂天文、方术。蔡邕上书，把天谴的原因直接指向了宦官当政，还点名道姓，批评了当时有头有脸的大宦官。

当然，史书记载，除了宦官权倾朝野以外，汉灵帝本身问题就很多，比如明码标价卖官位、不爱听士大夫的谏言、喜欢在宫里骑驴养狗，还热衷和成百上千位美女裸游池中，不论远观近看，都不是贤能君主的样子。

据说，被天谴吓得惊魂未定的汉灵帝，拿着蔡邕的奏折，唏嘘不已。可是在上厕所时，奏折不小心让身旁的宦官看到了，宦官从此对蔡邕怀恨在心，想尽办法陷害他。不久后，蔡邕也遭弹劾了。

汉灵帝遭遇的"连环天谴"还在继续。即便改年号叫作"光和"，并且大赦天下以后，隔了一个月还是发生了大地震，就连雄鸡也变了性别。汉灵帝在世时，总共换了四个年号，大概每隔四到七年，就换一个年号，并下罪己诏，大赦天下。

不过，这些求生办法，都没能阻止天谴的持续发生。从十二岁登基，到三十四岁驾崩，汉灵帝的在位时间有二十二年，遭遇各种天灾的频率之高、种类之丰富，也算少见。难怪就连《后汉书》都提出了嘲讽式盖棺定论："然则灵帝之为灵也优哉！"

如何让老天爷息怒

汉灵帝毕竟是特例，要是没有连环天谴，张角也不会黄巾起义，三国群雄也不会接踵崛起。通常而言，稍有福报的皇帝，在做错事、遭天谴以后，认为如果经过诚心忏悔、下罪己诏、大赦天下等流程，一般天谴也会稍加平息，不会一直恶化下去。请老天爷息怒的办法,通常有清心禁欲、思过悔改、下罪己诏、祭天敬祖等等。

当然,换一种解释体系,亦不失其高明。同样是天灾,本来大家都觉得是出于上天愤怒,但是调整解释后,却也能一百八十度大转弯,变成祥瑞和吉兆。

武则天执政期间,每隔三四年,都会来一次地震。这让武则天和大臣们感到很尴尬。毕竟,女性称帝,向来不是祖宗之法,本来天下非议颇多,而登基以后,又地震不断,这些现象很容易混在一起,被解释为上天对武则天的不满。

不过,武则天当过尼姑,男宠薛仁义也是和尚,对佛教尤为青睐。在佛教的眼里,地震可不是什么坏事。在《大般涅槃经》里,佛祖亲自跟阿难解释过地震的八种原因,没有一项跟灾异有关。

> 一者,大地依于水住,又此大水依风轮住,又此风轮依虚空住。空中有时猛风大起,吹彼风轮。风轮既动。彼水亦动。彼水既动。大地乃动。
>
> 二者,比丘、比丘尼、优婆塞、优婆夷,有修神通始成就者,欲自试验,故大地动。
>
> 三者,菩萨在兜率天,将欲来下,降神母胎,故大地动。
>
> 四者,菩萨初生,从右胁出,故大地动。
>
> 五者,菩萨舍于王宫,出家学道,成一切种智,故大地动。
>
> 六者,如来成道,始为人天转妙法轮,故大地动。
>
> 七者,如来舍寿,以神通力住命而住,故大地动。
>
> 八者,如来般涅槃时,故大地动。

除了第一项中立的自然原因以外，其他原因均与菩萨降生、如来成佛有关，都是佛教界的大喜事。既然佛祖都这么说了，笃信佛教的武则天，在执政期间更是大力提倡。她不但把李唐王朝"道在佛先"的国策改为"佛道并集"，资助翻译佛经和建造寺庙，还亲自为很多佛经写序言，以作隆重推荐。在她的努力下，传统儒家所说的灾异，整个意义发生了一百八十度的转变。当然，武周时代毕竟只有短短二十二年，武则天以后的地震，又重新回归了传统含义。

像武则天这样重新解释灾异，在历史上也算少数，并非每个不喜欢灾异的皇帝都能效法武则天。多数时候，地震也好，雹灾也罢，依旧是不吉利的灾异。面对老天爷的怒气，如果实在找不到更好的解决办法，或许还可以尝试求助于神仙或者神仙的近亲。对此，相关的思想资源和实际案例可以参见《聊斋志异》。

山东人王筠苍被调到江西当官，因为刚好来此任职，便打算去江西的龙虎山拜访天师，那里毕竟是道教的大本营。正当王筠苍准备动身之际，天师府上有人驾船来接他。等到进了天师府后，王筠苍小声问天师，刚才那个接驾的人叫什么名字。天师回答说："去接你的那位就是雹神，他待会吃好饭后，就要去山东降冰雹了。"王筠苍一听"山东"二字，心头一震，赶忙询问降雹于山东何处。天师回答，冰雹降在山东章丘一带，正好靠近王筠苍的老家淄博。

于是，王筠苍拜托天师通融，不要降冰雹在他老家，以免让家乡父老的庄稼遭殃。天师一开始非常为难，因为灾异问题都是自然规律，外加天帝批准，不是一般人或神可以私自调整的。不过，天师灵机一动，说："虽然不能变通降雹，但我可以让雹神把冰雹多降到山里，少降到田里。"于是，天师跟雹神私下沟通了下。不一会儿，雹神吃好晚宴，走出宴会厅，飞去工作了。等到王筠苍回家后，特意托人去问家乡父老，原来真的降了冰雹，而且基本上都下到了山里，田里只有屈指可数的几颗雹子。

因为结识了天师，通融了雹神，一场雹灾得以避免。多说好话，私下通融，也不失为一种方法。当然，这种成功案例是少数个案，不然也不会荣登《聊斋志异》这类的小说怪谈。老天爷的事，人力终究不可改，人类也只得越发努力以测天象。有时，还不得不"替天行道"。

"替天行道"的招牌

"替天行道"是块好招牌。有时候，人们发现遭天谴后，即便皇帝也下了罪己诏，但好像也没有改变现状，反而越来越糟糕。于是，走投无路的人们干脆立起"替天行道"的招牌，组建团队，自己动手收拾家园、重整河山。在位者无力解决问题，民间主动替天行道，大概是面对天谴的最后一种办法。

哀哉汉灵帝，就连跟天师说好话的机会也失去了。毕竟在他当政时，太平道的创始人张角就在准备黄巾起义了。那时，张角喊出了新口号——"苍天已死，黄天当立，岁在甲子，天下大吉"，召集十万信众，准备替天行道。

幸运如宋仁宗，在京城遭遇瘟疫时，派洪太尉去拜访天师来京作法。不过，这一去又在无意中召出梁山好汉。原来，洪太尉到龙虎山时,打开伏魔之殿,搬动了石碑,当时一股黑气从深不见底的地穴中冲出来,带着响亮的巨声,冲出伏魔殿,消散在空中。里面镇压的三十六天罡、七十二地煞都逃了出来,也就是后来的梁山泊一百零八将。

洪太尉本是去龙虎山邀请张天师,前往京城设坛作法,以平息严重的瘟疫。不管是瘟疫还是伏魔殿的黑气,都是灾异,预示着将有大事发生。

《水浒》第七十回后,宋江已聚齐一百零八将,好汉们准备开始一场罗天大醮,也就是祭典仪式。这次祭典,他们主要有三点诉求,一是为各位兄弟祈求身体健康,二是祈祷朝廷赦罪,大家好报效国家,三是为晁盖祈福,死后能位列仙班。整个活动持续七天,就在第七天的凌晨,突然天上有声巨响,天眼开了,像金盘一样两头尖,中间宽。天眼里还有一团火焰降落,钻进了祭坛附近的地底下。宋江率领兄弟们挖地三尺,发现了一块石碣,上面赫然写着"替天行道""忠义双全"。很明显,这次天降异象,便显明天已降大任于斯人,梁山好汉们顺势打出"替天行道"的招牌,名正言顺地继续梁山事业。

这背后的逻辑是虽然梁山好汉替天行道,但不反皇帝,尤其是宋江,一心想着被招安。皇帝还是那个天之骄子,上天的法定代表人。君主权威毕竟定为一尊,很少有另一方可以完全制约君主。梁山好汉们只是在自己的岗位上,除暴安良,行使部分权能。灾异可以成为弱者的武器、无形的监督工具,借上天之名,趁热打铁,收拾河山。

幻术，从唐朝人如何越狱说起

幻术，即让人在迷幻中见异象。不同于宗教科仪里的法术，也不同于现代系统化的魔术，古代的幻术多靠所谓自身修炼或者特殊药物，外人对此所知甚少。不过，今人倒是可以另辟蹊径，从特别的角度，去体会幻术给古人带来的欢乐和惆怅。对此，可以先从唐代监狱的一则幻术事件说起。

唐朝人如何越狱

在电影《肖申克的救赎》里，被囚的银行家安迪曾经靠着一锤一锤的挖土打洞，成功逃出了监狱。同样是囚犯，唐代的一位狱友，却靠着通天绳技，光明正大地离开监狱。

根据《太平广记》的报道，正当开元盛世，唐玄宗给老百姓赐下酒食，让天下大摆宴席。浙江嘉兴的地方政府准备表演变戏法，打算和监狱部门来比赛。

监狱接到了邀请函，狱长很纠结：不接受邀请的话，太煞举国同庆的大好风景；接受邀请的话，派谁去呢？监狱里关的不是杀人放火的,就是奸淫偷盗的,怎么会有人擅长变戏法呢?正当狱长还在犹豫中,消息已经传到了监牢里,囚犯们也互相推荐起来。

"你,你不是以前就在街上变戏法吗?"有人指着墙角的一位囚犯说。原来,这位囚犯以前是附近戏法界出名的人物,后来因为偷税漏税而进了大牢。

"大人,我确实会一点戏法,但您看,我这不是还在关押中吗?"囚犯弯着腰,抬了抬手上的锁链,小心翼翼地说。

狱卒听到后,就把话传到狱长耳边。狱长好奇囚犯究竟会什么戏法,就把他叫到了办公室问话。

"你会什么戏法?"狱长问。

"大人,小子会一点绳技。"囚犯说。

"绳技嘛,烂大街的戏法,很多人都会。要是选你去表演,咱们监狱肯定输给嘉兴政府。"狱长听了,脸上泛起难色。

"大人,小子的绳技可不一般。"囚犯淡然回答。

"哦?怎么不一般?"狱长提起了好奇心。

"大人,别人的绳技都是一定要绑牢绳子的两端,绑得牢牢的,才能变戏法。我的话,只要把绳子抛上去,就会立在那里,就可以变戏法了!"囚犯说得忘乎所以,振振有词,显得颇有自信。

狱长听了自然又是讶异,又是好奇,赶忙允诺囚犯隔天为大家示范一番。

果然,隔天,囚犯上台了。只见他面前堆着一百多尺的绳子,然后把绳子往上抛,反复多次往上抛后,竟然抛了二十多丈,而且还直立着,仿佛有人在天上拉着绳子那头!围观的人啧啧称奇,抬头远望,都望不到尽头。

更绝的一刻来了，只见那位变戏法的囚犯，沿着绳子往上爬。他越爬越高，不一会工夫，爬到很高的位置，像鸟一样飞走了。在众目睽睽之下，成功越狱了。

如此轻松越狱的囚犯，想必肖申克监狱里的安迪会引以为知己和前辈，或者只能徒叹东方先贤之玄奥了。锤子的越狱，是西方的工匠品性。攀绳的越狱，是东方的飞翔想象。无问西东，彼此呼应，如此诡谲，又如此诙谐。

这则故事，最开始是唐代的皇甫氏所写，大概来自他在民间的听闻。后来，这则炫酷的故事成了一种原型，变出不同的版本。在后世的《聊斋志异》里，便改成了小孩攀绳上天摘仙桃，其实讲的都是一回事。

幻术的进口

让唐朝人民目瞪口呆的通天绳技，其实最早源自天竺。早在公元五世纪，《梵经》就记载了通天绳技。不过，那时印度的绳技较为血腥残暴，情节大概是徒弟攀绳上天，师傅喊叫不应，也攀绳而上，找到徒弟，大吵一架，将徒弟四肢砍去，悉数落地。而后师傅将四肢装入篮中，徒弟复活，跳动如旧。

唐朝人进口印度幻术以后，内容变得仁慈，主要情节改为徒弟攀绳偷桃，仙桃悉数落地。这番操作大概有史可稽。据说此前，曾有胡人在冬至时分，上演"泼胡乞寒戏"，赤身裸体，头戴面具，与唐朝青年互相泼水、跳舞嬉戏。此事惹起民间非议，以为有伤风化，终让唐玄宗下令禁止。看来，虽然唐代人爱看域外的幻术和戏法，但偶尔也会顾及面子，认为这些不入流的小把戏，笑笑就好，不必当真。

唐代国门大开，国际业务交流频繁，幻术发展进入黄金时代。许多职业幻术师，从突厥和印度来到大唐，在洛阳、凉州等地专门从事表演行业。一般而言，皇帝们都会默许外国幻术师的存在，唐玄宗自己就很爱看幻术表演。不过，有的时候，皇帝一不高兴，就把这些幻术师们遣送回国了。唐高宗就曾以"以剑刺肚，以刀割舌，幻惑百姓，极非道理"的判决词，把胡人逐出国境，并不准大臣们再度进献幻术。

早在汉代，已有域外幻术经过丝绸之路，来到中土。根据《后汉书·西南夷列传》记载，安帝永宁元年，来自东南亚的掸国人来朝贡，带来了很多礼物，还有一个"幻人"。这个幻人可以吐火而不伤身，可以变出牛马的头，还可以边跳舞边变出幻术，简直让当时宫里的人都蒙了。

这个幻人自称是海西人，也就是大秦人，即罗马帝国一带。在汉代的画像砖石上，可见喷火的雕刻。在汉砖里喷火的，一般是胡人，他们头戴尖帽，鼻梁高翘，留着一大把胡子，穿着紧身的胡服，脚穿靴子，前方吐出一道火焰。这道火焰，画的就是吐火术。

吐火术，除了汉代，在晋代也有。根据《搜神记》的报道，一位印度人到了江南，也表演了吐火术。他的表演流程被干宝写得很详细。首先，这位印度人身边带着个容器，从里面取出火焰，吹了好几下，再往嘴里送，嘴里都是火。喷了好久，嘴巴都没事。又取出书本和绳子，投入容器里，也烧了好久，然后在众目睽睽之下，把灰拨开，取出了书本和绳子，依然完好如初。江南人民大开眼界，口口相传。

本土幻术与首席神棍

幻术并非全是进口，中国本土的幻术也有其渊源，不过因为年代久远，多以神话传说的形式存留下来。早在西汉时期，《列仙传》就记载了好几则有关喷火升天的故事。

比如，在冀州有位叫作啸父的人，从小就在集市上以补鞋为生，为人也很普通，属于人群中最不起眼的。但是，随着时间流逝，周围的人们都发现，怎么就啸父还没变老，反而青春常驻呢？有人起了好奇心，就悄悄到啸父家里，去求问有没有什么灵丹妙药，或者奇门法术。啸父没透露任何说法，就把围观的群众打发走了。只有梁母得到啸父的信任，跟着他学习幻术。有一次，啸父用幻术生出了数十堆火，眼看火焰升空，赶忙跟梁母告别，自个儿升天去了。从此以后，冀州人民就把啸父当作神，一直祭祀他老人家。

晋代的"首席神棍"郭璞，是两晋时期最有名的方士，他的"撒豆成兵"便是一种有趣又狡黠的幻术。

郭璞看中了太守府上的丫鬟，但是不好意思开口直接要人，毕竟郭璞也算是名门望族，做此事不得体。于是，他使用擅长的幻术，在太守府周围撒下三升红豆。隔天，太守起床后发现，外面被数以千计的红衣人包围得水泄不通。太守吓呆了，擦擦眼睛，再一看，红衣人竟然又消失了。太守以为是幻觉，疑心渐消，虽然也有惊吓，却终究没放在心上。

没想到的是，第二天早上，太守又看到了人山人海的红衣人。这下，太守吓坏了，直冒冷汗，向后退了三步，赶忙向周围的人指出红衣人。不过，奇怪的是，别人都没看到红衣人，也不知道太守究竟为何惊吓。

于是，太守赶紧叫来郭璞大师，询问此事缘由。郭璞自然念念有词，他说："太守，经我观测，大概是您府中的丫鬟并不吉利，给您造成了这样的幻觉。我劝您尽早卖给太守府外东南方向二十里的店家，卖出去时不要讨价还价。我敢保证，以后就再也不会发生什么蹊跷之事了。"

等郭璞说完，还在害怕的太守立即吩咐侍从卖掉丫鬟。这边，郭璞也赶紧找借口上厕所，实则出门吩咐仆从跟踪买下丫鬟。最后，果然用很低的价格买到了丫鬟。然后，郭璞在太守府的井里投下一道符，成百上千的红衣人纷纷跳进井里。太守看了，连连称赞，殊不知郭璞带着婢女高兴地走了。这一招"撒豆成兵"的幻术，既让太守安心，又让郭璞买得婢女，可谓双赢。

不过，《列仙传》《搜神记》里这样的幻术大多具有偶发性，而且多见于私人场合，尚未以表演的形式，频繁出现于街头闹市。这要等到隋唐以后，特别是两宋时期，幻术才作为街头日常的表演，成群出现在大江南北的城区闹市。

宋朝的商品经济发达，幻术也很发达，俨然成为一种特殊的产业。在地域分布上，江南的名城，自然是幻术最为集中的地域。为何江南一带出现了大量幻术？此时的幻术，已是寻常的表演。为何表演？不是求财，便是博名。毕竟，江南赋税甲天下，经济发达，人民自然有闲钱赏给幻术师。时代的发展也让幻术的装备更加时髦，陶瓷从皇家向民间普及后，出现了以大缸和瓷碗为道具的戏法。火药出现后，又有了烟雾变人的幻术。

南宋临安有一位署名西湖老人的作者，写过一部《西湖老人繁胜录》。书中记载了临安城里的各种幻术，有个著名的节目叫作"泥丸"。这个节目一开始，幻术师前方摆着一张大桌子，桌子上有两只瓷碗，还有两个泥丸。围观群众眼见幻术师用两只瓷碗分别反扣两个泥丸，然后将反扣的碗各自调换，挪来移去，反复多次。等到幻术师把碗翻开时，竟然分别变出了五个泥丸。一来二去，整个瓷碗都盛满泥丸。

这类幻术即便在今日的魔术舞台上也不少见，同样道具可用玻璃杯、扑克牌等代替，但实质差不多。这类幻术全靠一双巧手，不假神仙鬼怪，尽是人间欢乐。

此外，还有其他类型的幻术，比如空手变仙桃、空碗变黄酒、空中搬木材等等，还有白雪戏、吞刀戏、吞剑伎、杀马戏、剩驴戏、鱼龙戏、漫行戏、风书使、藏伎，数不胜数。

原本进口自印度和中亚的幻术，与中国本土的幻术交杂以后，变换出各种类型，后来出口到日本。日本自唐太宗以来，遣唐使入境十三次，期间带回幻术。从此，日本人也能看到诸如人躺在剑上吹走乐器而毫发无伤的幻术。奈良正仓院的《卧剑上舞》古画，描绘的便是这样的幻术。古画依旧在，原来是幻术。

上帝的经典菜谱

吃喝是人生要事，上帝也不例外。千万不要以为，那些五花八门的神明、神秘莫测的圣人、捉摸不定的妖怪，都是不吃不喝的。就连上帝，也有自己的口味偏好。

作为人类历史上的现象级畅销书，《圣经》不仅是一本囊括宗教、文学、历史、神话的百科全书，也可当作菜谱来读。在味蕾上，它也为西方文化供应着养分和灵感。

上帝的口味

众所周知，在《旧约》里，以色列人信奉的耶和华神，是一位相当不好相处的神，要求以色列人不能拜其他神，更不用说拜金牛犊了。在吃食上，耶和华也相当挑剔，经常要求以色列人这不能吃，那不能吃。以色列人的始祖亚当、夏娃就在这事上惹上大麻烦，吃了上帝禁止吃的善恶树上的苹果，被驱逐出伊甸园，也导致子孙后代跟着受累，从此都要流汗种地、流血生产。

什么东西能吃，什么东西不能吃？这些在《旧约》里的摩西五经写得非常详细，由此也可以看出上帝的口味。

比如，耶和华喜欢类似鹌鹑、吗哪这样的食物，也喜欢赏赐给他的老百姓吃这些东西。特别是吗哪，更是可遇而不可求。有福如以色列人，也只有在那个特殊时期才能吃到这种稀世珍品。

当以色列人出埃及以后，艰难行进在荒无人烟的旷野时，因为吃不饱肚子，很多人开始抱怨领导人摩西带他们离开埃及。有人怨气冲冲地说："哎，出什么埃及啊，我巴不得就留在埃及，给法老打工，还可以坐在肉锅边，免费吃鱼，还有西瓜、韭菜和黄瓜。现在这荒郊野外的，连肚子都吃不饱。"众人听闻，纷纷响应。摩西和好搭档亚伦面露难色，虽然使命感仍然坚定，但面对群众的呼声，也不知道如何是好。耶和华神适时出现，坚定摩西的信念，并答应傍晚就可以吃到肉，而且要让以色列人吃到鼻子都喷出肉沫来，这才能让耶和华对着这群不可教的孺子解解气。

果不其然，入夜时分，一大群鹌鹑铺天盖地飞来，整个营队都被遮住了，而且相当容易捕捉，不用多费力气，饿肚子的以色列人欣喜异常，纷纷捉鸟烹饪。根据考古学者的小道消息，这种地中海盛产的鹌鹑经常顺着风向飞行，个头较小，一旦风向改变，就飞不动了，纷纷集体落地，任人宰割。

除了鸟肉，隔天清早还有吗哪。吗哪是一种传说中的食物，现实中看不到，据说是一种类似芫荽子，长得像珍珠，吃起来又像蜂蜜薄饼的奇品。自从以色列人在旷野上吃了这种美食，就一直念念不忘，如今还会把奇珍异味比作吗哪。

以色列人有口福，全赖他们有这样一位神。世界上的其他民族，一般是自己喜欢吃什么，才把好吃的献给他们的神。唯独以色列人是跟上帝的口味走——上帝喜欢吃什么,就赐给以色列人吃什么。有些东西再好吃,上帝不让以色列人吃了,也就没得吃了。珍品如吗哪,在以色列人抵达迦南以后,这样的稀世珍品就消失了。从此,以色列人就只能吃迦南当地的食物。

当然,上帝也有不喜欢乃至极端厌恶的食物,比如不能吃血。吃了血的人,都会被除名,此生不能再当上帝的选民。而有些食物本身是好的,但是搭配不当,也被上帝嫌弃。比如羊羔本是上帝喜爱的,但是如果用母山羊的奶煮山羊肉,就变成了非常严重的罪过。

食物也是礼物

有什么样的神,就有什么样的信徒。

不管是按照费尔巴哈所说,神明是人类与人间的投射,还是如宗教家所言,神按照自身创造人类。无法否认的是,神明和人类的关系是相辅相成的,这种互动关系也体现在食物上。神爱吃什么,他统治的老百姓也爱吃什么。老百姓爱吃什么,也总把自己爱吃的献给他们的神明。食物,已经不是食物那么简单,有时候更是一种礼物和仪式,用来沟通未知世界和现世,维系着两者的交流与和谐。

以色列的献祭要专门杀羊羔,而且必须是没有残疾的公羊。在逾越节这一天,耶和华只接受满足他条件的羊羔,除此之外,一概不收。

这种羊羔必须同时满足两个前提条件:

一、没有残疾,四肢健全、长到一岁的公羊羔,瘸腿或有肤病的肯定不能要。

二、早晚各献一只,都不能重样。

杀完羊以后,以色列人要赶紧把羊血涂到门框上,然后当晚就吃完羊肉,就着没有发酵的饼和苦菜,一起吃完,不能留到隔天。吃的时候,还得注意不能咬断羊骨头。

除了逾越节,在每个月朔时分,要举行燔祭,还得献上七只羊羔、一只公绵羊、两只公牛,一个都不能少。

古代以色列人的皇家贵族,吃的东西也相当豪华。比如,所罗门王除了妻妾成群,吃的食物也堆满桌子,有细面和粗面,有肥牛、羊、鹿、羚羊、狍子以及其他肥禽。

祭祀宰羊之事,东西皆然。殷周先秦时期,国之大事,唯祀与戎。祭祀是可与战争相提并论的重要事务,不可怠慢。殷人尚鬼,周人事天,都离不开祭祀。

值得一提的是,《圣经》提到以色列人在埃及吃过的诸多食物,中国人要到汉唐之际才能接触到。比如,石榴是汉代才传入的,张骞出使西域,带回了石榴、葡萄和胡萝卜。西瓜则在五代才传入中土,唐诗里还没有写西瓜的。到宋朝,吃西瓜成了家常,宋词里已常见对西瓜的赞美。

除了献祭以外,有些食物是作为见证的。在进入迦南美地之前,摩西派遣了十二位代表前往探查。以色列人之所以向往迦南美地,可能更是出于向往那里的食物,而不是仅仅听从上帝的命令那么简单。十二位代表从迦南一探究竟后,回来报告说那里有巨大的城墙，强壮的人民，顺便扛回一串巨大的葡萄，还有石榴和无花果，以充分证明迦南的丰裕。虽然传闻中的迦南人并不好对付，但是巨大葡萄在视觉和味觉上的刺激，直接激发了以色列人进军迦南的欲望。

有些食物则是礼物。根据《约翰福音》的报道，耶稣在复活以后，去见了心灰意冷的门徒，当他出现在提比利亚海边时，已经是第三次显现。耶稣的大门徒彼得，原职就是渔夫，在耶稣死后又回海里重操旧业。复活后的耶稣指示门徒下网的时机，他们终于打上了一百五十三条鱼。上岸后，耶稣请他们吃早餐，吃的便是耶稣亲自烤的鱼。此时此刻，圣洁又不失烟火气息，再也没有什么比这条温热的鱼，更能表达耶稣和门徒之间神圣又温情的关系了。这条鱼大概是这群渔夫门徒吃到的最好的烤鱼。

食物还是群体关系的投射。吃肉，还是不吃肉，曾经在罗马的基督徒中间引起争论，以至于使徒保罗在《罗马书》中特别增加嘱咐，来调解矛盾。可以猜测的是，他们有可能不吃鸡肉，因为《圣经》里就没怎么提到过鸡，除了彼得在祭司家听到的三次鸡鸣。

忌口与祸口

相较于无物不食的广东人和四川人，以色列人的忌口相当严重。

以色列人不吃动物大腿窝里的筋，完全是因为他们的知名先祖之一，雅各曾在一次神人角力中，获得胜利。天使明知自己斗不过雅各，就来一个反手，摸了雅各的大腿窝，雅各因此扭倒变瘸。因为有这个典故，以色列人就不吃动物大腿窝里的肉。许是因为吃了这个部位，或有明嘲暗讽之意味。对祖宗不敬，当然忌口。

人们常说"病是吃出来的"。面对一位如此威严且不好相处的上帝，上帝的民族以色列在吃的方面也特别小心，万一不小心吃错了东西，得罪了上帝，这就不好了。世事难料，以色列人的四千年历史里，有过几次因为食物而造成的严重事件。其中有个著名的案例，便是雅各曾用一碗红豆汤，骗得了以扫的长子名分。

以色列人的祖先亚伯拉罕有个儿子叫以撒，以撒又生了一对双胞胎儿子，稍大的叫作以扫，随后抓着哥哥脚跟出生的叫作雅各。雅各为人精明，有一次当哥哥以扫打猎归来、饥肠辘辘之际，拿出熬好的红豆汤，对哥哥说："如果你答应我，让我做长子，我就把这碗红豆汤给你喝。"以扫是个五大三粗的猎人，爽快答应，马上说："我终将要死，要这长子名分有何用处？给你吧，红豆汤拿来！"说完，便喝下红豆汤，丢了长子名分。雅各因而骗过老父亲和大兄弟，接受了以撒的终极祝福。

不过，到了雅各，报应又来了。雅各生了十二个儿子和一个女儿，其中最爱小儿子约瑟。这让其他儿子们嫉妒不已，谋划将约瑟卖给埃及人。雅各晚年失子，悲痛不已。原本以为人生已到末路，不料那时迦南大旱，缺少粮食，更是雪上加霜。适逢那位被兄弟们出卖的小儿子约瑟正在埃及当宰相，主管粮仓。雅各又吩咐儿子们带上蜂蜜、香榧和杏仁，前去送礼，购买粮食。最后，心善的约瑟还是好好安顿了家人们，让父亲雅各在埃及安度晚年。

事情到了这个地步，才有了四百年后，后代摩西率领以色列人出埃及、进迦南的大事件。

这么看来，如果没有当初雅各骗人的那碗红豆汤，也就没了后面以色列人进出埃及的周折。区区一碗红豆汤，就改变了以色列的历史。而耶稣跟门徒的晚餐，又改写了基督教的历史。

那顿最后的晚餐，耶稣和十二门徒到底吃了些什么？那一天正好是逾越节，根据犹太人的传统，逾越节这天要吃没有发酵过的饼，喝点葡萄酒。不过，耶稣在这次晚宴上，再次强调，门徒们吃喝的是眼前的饼和酒，象征着耶稣本人的肉和血。基督教的圣餐礼就来自这顿晚餐。等吃完以后，耶稣就去罗马总督那里受审，然后走上了十字架。从此以后，基督徒们都会在圣餐礼上，用无酵饼和葡萄酒，来纪念这段历史。

圣诞节的 N 种过法

圣诞节，如今已经成为受年轻人追捧的时髦节日。在每年 12 月 25 日前后，街上到处是热闹的圣诞歌、圣诞树、促销商品，年轻人也会把这天当作约会的好日子，国内还特别时兴送苹果。然而，圣诞节并不是一开始就这样的，它的过法也经历了多次演变。

圣诞节的发明史

圣诞节虽被大众认为是纪念耶稣诞生的日子，但史家早已考证，耶稣出生的日子应该不在 12 月 25 日，而是初夏。因为只有初夏的地中海气候，才能让牧羊人在户外放羊时看到星星，也才能让耶稣在适合的气温里出生在马槽。试想，大冬天的，怎么可能待在户外呢？

其实，公元一、二世纪的基督徒基本上是不过圣诞节的。那时还没有"圣诞节"的这个概念，人们对耶稣的生日兴趣也不大。那个时候，在埃及亚历山大城、耶路撒冷和小亚细亚的基督教，纪念耶稣诞生的时间，都不一样。有的在五月份，有的在一月份，当然也有的在十二月份。

后来定为 12 月 25 日,跟罗马帝国首位基督徒皇帝君士坦丁有很大关系。公元 313 年,君士坦丁颁布《米兰诏书》,宣布长期受到迫害的基督教为合法宗教,享有信仰自由权利。公元 325 年,基督教史上第一次大公会议在尼西亚召开,确立了正统教义。

在这个会议上,君士坦丁出席,基督教获得了国家级待遇,在罗马帝国蓬勃发展。大量原本信仰其他宗教的信徒加入基督教,他们把原来过农神节的习惯也带了进来,久而久之,自然地把农神节转变为圣诞节。最后,直到公元四世纪,教皇才最终定下 12 月 25 日为圣诞节。

另外也有个说法,就是圣诞节源自太阳神节,这天刚好是罗马历法里的冬至日,在这天,太阳的照射时间将延长。人们庆祝太阳神节也就意味着庆祝光明。基督徒们将这天改为圣诞节,为此重新赋予涵义,将耶稣当作新的光明,来救赎人类。

尽管圣诞节的来源,说法不一,但关键的是经过罗马帝国时期,基督教从一个区域性小教派发展为世界性宗教。圣诞节的传播,也体现了罗马帝国境内各种宗教和民俗文化相互交融的过程。

"圣诞精神"的发明

就这样,圣诞节成了西方人生活里的重要节日。但是,在两千多年来的历史上,并不是所有基督教地区都会过圣诞节。史上第一个遵奉基督教为国教的亚美尼亚,从来不过圣诞节。美国早期的清教徒也反对过圣诞节，认为这是源自古罗马的异教节日。而在英国，也曾有几次禁止过圣诞的命令。

圣诞节之所以从一种混杂罗马文化与基督教的宗教节日，演变为现代人们熟知的大众庆典，中间有个关键人物——英国大文豪狄更斯。

1843 年，狄更斯出版了《圣诞颂歌》，轰动英伦。这本小说讲的故事不复杂，说的是守财奴在圣诞节由恶变善的故事。

狄更斯的这本小说，提醒人们圣诞节是一个非常朴素、良善的节日，在这一天，家人团圆相爱、互赠礼物、彼此祝福、关爱弱势群体、向穷人表达慈悲心，呼唤全社会和个人生命充满人道主义，这就是"圣诞精神"。因为《圣诞颂歌》的广为流传，庆祝圣诞节开始变得时髦，从英国流行到了整个欧美。可以说，一部《圣诞颂歌》，直接将圣诞节从一个宗教节日扩展为全社会庆祝的大众节日，圣诞精神也成了社会大众共享的道德关怀。

在此之前，1818 年的奥地利，一首经典的赞美诗《平安夜》诞生了。那时，奥地利的摩尔神父第一次在教会正式演出了这首歌。两百年来，它已经成为圣诞节最经典的一首歌。在一战时，交战的英国、德国，曾因为这首歌有了第一次世界大战的"圣诞停火"事件。一首小小的赞美诗，也参与了世界历史。

1914 年的平安夜，第一次世界大战，当一位德国士兵唱起《平安夜》时，英国的年轻军官闻之潸然，作为回应，他们唱起了英文版的《平安夜》。

圣诞节早晨，沿着 800 公里长的西部战线，德国和英国士兵从战壕中走出来，他们放下武器，互致问候。这就是著名的"圣诞停火"。

这首歌已被翻译成三百多种语言。温州籍神学家、哥伦比亚大学刘廷芳博士,将它带进了汉语世界。从此,在中国的教堂里,每逢平安夜,就会唱起中文版的《平安夜》:

平安夜,圣善夜!万暗中,光华射,

照着圣母也照着圣婴,多少慈祥也多少天真,

静享天赐安眠,静享天赐安眠。

平安夜,圣善夜!神子爱,光皎洁,

救赎宏恩的黎明来到,圣容发出来荣光普照,

耶稣我主降生,耶稣我主降生!

平安夜,圣善夜!牧羊人,在旷野,

忽然看见了天上光华,听见天军唱哈利路亚,

救主今夜降生,救主今夜降生!

另类的东方圣诞

其实在唐代也有圣诞节。早在公元 635 年,也就是贞观九年,基督徒就来到了中国。那时,基督教在叙利亚的一个教派,叫作"聂斯托利派",来到东土大唐后被称为"景教"。此后继续发展一百五十多年,据说当时"法流十道,寺满百城",鼎盛期拥有三千多位信众。

在唐代，如何过一场圣诞节？根据现有的考古资料，我们所知不多，景教留下来的文献和碑刻数量不像佛教那么丰富。

景教有一首赞美诗《大秦景教三威蒙度赞》是这样唱的：

> 无上诸天深敬叹，大地重念普安和。
>
> 人元真性蒙依止，三才慈父阿罗诃。
>
> 一切善众至诚礼，一切慧性称赞歌。
>
> 一切含真尽归仰，蒙圣慈光救离魔。
>
> 难寻无及正真常，慈父明子净风王。
>
> 于诸帝中为帝师，于诸世尊为法皇。
>
> 常居妙明无畔界，光威尽察有界疆。
>
> 自始无人尝得见，复以色见不可相。
>
> 惟独绝凝清净德，惟独神威无等力。
>
> 惟独不转俨然存，众善根本复无极。
>
> 我今一切念慈恩，叹彼妙乐照此国。
>
> 弥施诃普尊大圣子，广度苦界救无亿。
>
> 常活命王慈喜羔，大普耽苦不辞劳。
>
> 愿赦群生积重罪，善护真性得无繇。
>
> 圣子端任父右座，其座复超无量高。
>
> 大师愿彼乞众请，降筏使免火江漂。
>
> 大师是我等慈父，大师是我等圣主。
>
> 大师是我等法王，大师能为普救度。
>
> 大师慧力助诸嬴，诸目瞻仰不暂移。
>
> 复与枯燋降甘露，所有蒙润善根滋。

大圣普尊弥施诃，我叹慈父海藏慈。

大圣谦及净风性，清凝法耳不思议。

景教在中国，为了方便传播，附会佛教的词语，将耶稣称为"皇子弥施诃"，将耶稣的门徒称为"法王"。他们的教堂，也在外观上模仿佛寺，叫作十字寺。在镇江和泉州，还有不少遗物。

而在当代中国，因为特殊的文化和民俗，面对外来文化时，一定会发生"文化融合"。这不，河南的农民伯伯，把圣诞节过出了浓浓的乡土味。

冬至过了那整整三天，

小耶稣降生在俺驻马店。

三博士送来了一箱苹果，

还提着五斤猪肉十斤白面。

玛利亚手里拿着红鸡蛋，

约瑟夫忙把饺子皮擀。

店老板端来碗红糖姜水，

喊一声大嫂你喝了不怕风寒。

驻马店村支书闻讯赶来，

道一声哈利路亚暂住证还是得办。

只见那马棚外天色向晚，

马棚里人人都吃苹果求个平安。

在这首歌里，整个基督教发生了一次"乾坤大挪移"。马槽所在地伯利恒,变成了驻马店。中国人生孩子、坐月子喝红糖姜水的习惯,统统进来了。更绝的是,村支书还提醒约瑟夫办理暂住证。整首歌诙谐有趣,让人在圣诞节轻松笑一笑。

传统的圣诞节,如今已逐渐淡化原本的神话色彩,在演化过程中不断融入当时当地的风俗文化。也正是这样,圣诞节这个古老的节日即便在今天,也充满着活力,吸引着一代一代年轻人的参与。

《山海经》非典型观演指南

聊《山海经》，先从陶渊明的解闷办法说起。如果说"忧伤"是古代中国文人的必备情绪，曹操说的"何以解忧，唯有杜康"便是一种排遣愁情的方法。如果"失意"是古代中国士大夫仕途上不得不面临的坎坷，那么李白那一句"仰头大笑出门去，我辈岂是蓬蒿人"便是一味解脱的妙药。但遇到"无聊"时，该怎么办？且回到一千六百多年前，看看陶渊明的做法。

陶渊明如何解闷

盛夏来临时，陶渊明正结庐隐居，屋前屋后草木茂盛。有一天，陶渊明种好地后，没别的事可做，便回到房间里读书。陶渊明读书向来"不求甚解"，是一种自然随性的欢乐。当然，他也有感到无聊的时候。何以解闷？除了采菊、喝酒，陶渊明还在《读山海经》这首诗里透露了解闷利器：

孟夏草木长，绕屋树扶疏。

众鸟欣有托，吾亦爱吾庐。

既耕亦已种，时还读我书。

穷巷隔深辙，颇回故人车。

欢然酌春酒，摘我园中蔬。

微雨从东来，好风与之俱。

泛览周王传，流观山海图。

俯仰终宇宙，不乐复何如？

陶渊明看的"山海图"，便是《山海经》的图画版。在古代，配有插图的《山海经》曾经广为流传。但可惜后来失传了，如今我们所能见到最早的山海图，来自明代和日本江户时代。

不管怎样，看山海图、读《山海经》，可以有效将郁闷指数回归正常指数，如果真的掌握了它的乐趣，甚至还能提升人生幸福指数，达到天人欢乐共振的效果。

作为一部古代的人文地理博物志，《山海经》记载了上古社会大量的奇闻异事、妖魔鬼怪，里面记录了一百多个邦国、五百多座山、二百七十多种动物。西汉的刘秀在《上〈山海经〉表》里用短短几言，指出了《山海经》所涉及的人事物："内别五方之山，外分八方之海，纪其珍宝奇物，异方之所生，水土草木禽兽昆虫麟凤之所止，祯祥之所隐，及四海之外绝域之国，殊类之人。"

《山海经》不但成了陶渊明的解闷利器，也经常被李白、李商隐写进诗歌里。当李白"葛优躺"时，他在《赠闾丘处士》里写道"闲读山海经，散帙卧遥帷"。李商隐更是直接取用《山海经》里的

"瑶池""青鸟""比翼鸟""珠树""玉水""鲛人泣泪"等意象和故事,化为己用。

就连鲁迅也难以忘怀,他在《阿长与〈山海经〉》里这样写道:"纸张很黄,图像也很坏,甚至于几乎全用直线凑合,连动物的眼睛也都是长方形的。但那是我最为心爱的宝书,看起来,确是人面的兽;九头的蛇;一脚的牛;袋子似的帝江;没有头而'以乳为目,以脐为口',还要'执干戚而舞'的刑天。"

《山海经》的文化魅力无须赘言,然而,当代人如何开启这本神书呢?

《山海经》观演指南

在我看来,《山海经》的编排本身,就是一出不可多得的好戏。

如今流传下来的《山海经》总共十八卷,三万多字,讲山也讲海,还讲了在山海之间穿梭的人类、神仙和妖怪。山和海是《山海经》的骨架,也是道场。人、神、妖是血肉,也是演员。有了舞台和演员,一出上古的大戏,就在这部奇书里上演了。

这台戏的出场顺序简单明了,用四个字总结:上山下海。

先是上山,"山经"出场,按南、西、北、东、中的方向,名山大川一一亮相。后是下海,也是南、西、北、东,海上见闻次第展开。"海经"又从海内讲到海外,旁边藏着大彩蛋"大荒经",最后尾声"海内经"响起,全剧终。

为什么山和海的出场顺序是"南西北东",而不是"东南西北"呢?根据台湾学者李丰楙的研究推论,可能是因为《山海经》的编撰是在楚国,而不是中原地区,用的是楚文化里的方位次序。所以很自然地,《山海经》把楚地的大多数地方定为"中",也大量记录了楚地的名山大川。这跟我们通常把中原地区当作中央方位是很不同的。

楚文化跟中原文化明显不同,楚文化里有大量的神话传说、巫师传统。在屈原的《楚辞》里,到处是东皇太一、湘君、湘夫人、大司命、河伯、山鬼。而中原文化较早地建立了成熟的官方祭祀体系。这也是德国社会学家韦伯眼里中国文化的早熟之处。不过,早熟的是中原,楚地尚在神话的原始时空里,元气淋漓、生猛可爱。

《山海经》这出剧本,从"女娲造人""夸父逐日""大禹治水"到"精卫填海",后人或多或少都知道它的经典场面。它也一再被引用,从屈原的《楚辞》,到刘安的《淮南子》,再到后世的道家、方士,再到鲁迅的《故事新编》,《山海经》已经成了文化的母本,为后世源源不断地提供想象力的弹药。

《山海经》里的偏方

一部《山海经》,让鲁迅爱不释手,也让史家司马迁无话可说——"至禹本纪、山海经所有怪物,余不敢言之也"。

史家无法书写怪力乱神,文艺家却对此正倾心。《山海经》里有大量的"灵魂画"和"肉体画",用几笔简单的白描手法,就勾画出上古初民的原始审美思维。读了《山海经》,才知道,原来妖怪也很萌。

萌，就是可爱无公害。萌得不可方物之物，虽然是先民无法解释的存在，但用文字和绘画来描述，就已经是一种解释的努力。这种努力，如今也被我们看见。

读《山海经》，自然不能用考据的心态，否则就体会不到古人玄妙的趣味了。比如，里面提供的偏方秘药，不该以"信其有"的考证态度，而是"信其无"的审美态度。即不要抱着找寻答案的目的，而是单纯地从中发现未知，从而自然生起愉悦之感。

《山海经》中有如下几则偏方：

> 皮肤开裂，擦大尾羊的油脂。
>
> 心痛，吃一种叫作"薛荔"的香草。
>
> 肚子里有蛔虫，可以吃长得像鹌鹑、叫作"肥遗"的鸟肉。
>
> 有种鸟叫作"栎"，吃了可以治痔疮。

上面这些偏方，如今已不适用。一来是因为这些香草、大尾羊，还有黄羽红喙的鸟，几乎无人知道去哪里才能找到。二来，如今医术发达，这些不算大病，只是小恙，对于现代医学而言，简直小菜一碟。

不过，还是有些"疑难杂症"是当代科学也无能为力的。比如，怕打雷，该怎么办？

《山海经》说，有种叫作"橐𧎬"的鸟，冬天劳动，夏天隐居，戴着它的羽毛，就可以不怕打雷了。当然，《山海经》没有追究为什么戴着这种羽毛就不怕打雷，根据先民的生活经验，这应该也是有渊源的。但是，这种鸟，去哪里找?!

做噩梦有药治吗?《山海经》也自信地开出了药方，它说有种鸟叫作"鵸鵌"，鸟如其名，长相奇特，三个脑袋、六条尾巴，动不动就笑。据说，要是吃了这种鸟，从此告别做噩梦。

要是实在找不到这种怪鸟，还可以找下"冉遗鱼"，这种鱼长着蛇的脑袋和马的眼睛，有六只脚，吃了它同样也不会做噩梦。不过，这些动物奇形怪状、长相恐怖，本身已是一场噩梦，以毒攻毒，或许真有疗效。

这还没完，《山海经》越说越神乎——

想绝育，吃"蓇蓉"。

想治肿瘤，吃"杜衡"或"数斯"。

防火，可以养"䴅鸟"。

治疗风湿病，请吃"鸡"。

上面这些还都是治病的药方。除了这些虫鱼鸟兽五花八门以外，《山海经》里面的神明也是五花八门。在《山海经》的三次元世界里，至少生活着人面龙身的、人面马身的、人面牛身的、人面猫头鹰身的……除了部分人体器官以外，下半身随机变化。

这种奇怪的生物现象，其实有个术语，叫作"异体合构"。意思就是将人和兽的不同生理特征进行多元的组合，从而不断创造出新的物种形象。《山海经》简直把"异体合构"的手法，运用得炉火纯青。这些异形生物、这些半人半兽，就直接反映了先民对于外部世界的理解方式。

看戏，演员要称职，观众也要称职。要理解《山海经》这出好戏，就要试着贴近古人的神话思维。

非洲巫术的运作逻辑

说起"巫术",各位印象里的第一个画面是什么？是头上插满羽毛、赤裸上身、口里重复发出单音词"呜呜啊啊"的非洲部落酋长,还是跳大神、施展法术、面部表情邪魅的巫婆？其实,这些都是流行影视剧向大众传达的巫术形象,那真实的巫术形象是怎样的呢？

一只玻璃瓶引发的部落恐慌

《上帝也疯狂》这部电影从一个有趣的角度,呈现出非洲部落里的巫术秘密。

在非洲南部的卡拉哈里沙漠,原本住着一个部落,虽然这个非洲部落物质上不富有,但他们却是一个前现代的共产主义部落,每次打猎以后,都会一起分享猎物。所以一直相安无事、非常和平,日子过得还算可以。

但有一天,忽然一声轰鸣,飞机从天上划过,掉下来一只可口可乐的玻璃瓶。这引起了部落人的好奇,他们从来没见过这么一只透明的东西。他们发现，这只从天而降的瓶子，竟然可以用来制造工艺品，还可以拿来吹奏，简直就是神赐下的礼物。好景不长，越来越多部落人想把玻璃瓶占为己有，这只瓶子引起了部落的纷争。从前单纯的好日子一去不复返。

部落里的长老看不下去了，他出面说，这只瓶子并不是神赐下的礼物，而是邪恶的东西，必须把它送回世界的尽头，重新交还给神。这件重大使命被交给了主人公，他由此走上这条充满坎坷和趣味的旅途，经历了一连串诙谐的故事。

《上帝也疯狂》电影名字说的是上帝，其实通篇讲的是这只瓶子和非洲部落的互动关系。别看这部电影是喜剧，其实它讲的东西很深刻。这只从天而降引起部落纠纷的瓶子，却被部落长老最终认定为"邪恶的东西"。主人公则扮演了"巫师"的角色，负责把这个"邪恶的东西"送到世界尽头还给神，从而解除部落的不安和纷争。

这种逻辑，其实在非洲部落社会里并不少见。在眼花缭乱的神秘巫术背后，也有它们的运作规律。

巫术也有社会逻辑

林奈曾在《自然系统》里对野人、非洲人、亚洲人、美洲人、欧洲人做过不同的分类。他认为，欧洲人活泼有创造力，靠法律统治；亚洲人多愁善感、视钱如命，依靠舆论统治；美洲人性格易怒，依靠习惯统治；非洲人好吃懒做，依靠情绪统治。

作为十八世纪最有影响力的自然科学家、生物学家，林奈对不同人种的判断,有其时代局限。也有不少学者对这种"人种学"有过反思和批判。但是,"非洲人依靠情绪统治"这句话,对于理解巫术在非洲的大量存在,依然有解释空间。

什么是情绪?简单说,它包括了恐惧、憎恨、不安、焦虑、热爱、期待等等。情绪是一种总体的心理氛围,不是可以靠逻辑、理性、法律、制度所能限制或者规范的。情绪的产生,有很多原因,可能是因为面临着自身经验无法解释的新事物,自然生发出来的。

就像在《上帝也疯狂》里,从天而降的可口可乐瓶子,因为部落人从来没见过这种事物,自然就会产生好奇、迷恋、欣赏的情绪,而当这只瓶子引起人们的占有欲,甚至部落的纠纷时,人们的情绪转向尖锐、愤怒、不安、暴戾等等。眼看更大的人为灾难即将到来,此时如何有效解除部落的危机呢?很常见的做法便是巫术。

英国人类学家弗雷泽有一本名作《金枝》,他认为在远古时期,人们经常会面对各种自然灾难和部落纷争,还有变幻莫测的神明,面对这些不可抗的外力,人们通过献祭、祈祷、神谕、魔法等方式,来使外部环境符合自身的愿望。

所以,一场巫术的背后,其实是一场社会危机。小到部落,大到国家,巫术的存在,可以通过较小的成本,来转嫁群体生活危机,减轻个体心理负担。

就这样,主人公承担着神圣使命上路了。一路上他遇到的各种趣事,成了电影的主要内容。其实,这一路的故事,也可以用一个人类学的经典概念来解释。这个概念便是法国人类学家范根内普、苏格兰人类学家特纳都提及的"通过仪式"（rites of passage）。

在这次旅途中，主人公遇到了原先封闭部落中永远看不到的新世界：考古学家、警察、游击队，甚至发生了一段恋情。主人公从内心到身体都经历了次第打开的新世界，最终来到他认为的"世界的边缘"，抛下瓶子，把这个造成部落纷争的"邪恶东西"还给了上天。主人公解除了部落的灾难，受到了全族的欢迎。

这就是当代影视版的"通过仪式"，主人公归还瓶子的过程，使原先恐慌不安的部落，重归平静和谐。

所谓"通过仪式"，意思是一个人或一个群体，从一种处境转向另一种处境所经历的过程。什么意思？比方说，很多国家都有"成人礼"这个说法。现在中国没有统一的仪式，日本、韩国却还存在这类仪式。通常在孩子二十岁时，人们会举办祭典，大家彼此喝酒庆祝、赠送礼物等，通过这个成人礼，提醒孩子以及与他相关的所有社会关系——这位二十岁的年轻人已经成年，需要负担起自己的人生责任。也就是说，经过这个"通过仪式"，一个人完成了不同处境的转化。"通过仪式"几乎无处不在，小到家庭、家族，大到部落、国家，甚至葬礼、节期、祭典，到处都会出现。从本质上说，非洲和亚洲，古代和现代，并没有什么区别，大家都共享同一种机制。只是非洲人围着篝火跳舞，中国人礼乐骑射，各自的表现形式不一样罢了。

巫术也是一种乡愁

巫术不仅是一种社会运作的逻辑和机制,也是一种文化乡愁。

1415 年,随着葡萄牙占领休达,欧洲国家开始殖民非洲。从十五世纪到十九世纪,第一波殖民潮席卷非洲,到十九世纪末,几乎全部的非洲领土沦为殖民地。其后的一战、二战,更是掀起瓜分非洲的殖民潮。伴随着欧洲国家殖民非洲,许多生物学者、考古学家进入这些殖民地进行调查研究,就这样,他们发现了一个全新的世界。

不同于经历了文艺复兴、宗教改革和工业革命的欧洲,非洲向这群所谓的"文明人"呈现出来的面貌,则是黑色人种、原始部落、遍地巫术。为了从内而外理解这些异质文化,既需要跨越原有的社会学、政治学、考古学等学科边界,又需要借助新的研究方法,比如参与式观察的田野调查方法,来获得"局内人"或土著人群的内部视角。一门新的学科——人类学,就这样诞生了。弗雷泽、马林诺夫斯基、普里查德等对非洲的人类学研究就此面世。

巫术,通过这群人类学家巨细靡遗的白描,来到了"文明世界"面前。弗雷泽在《金枝》中认为,巫术的本质,是人与事物之间所存在的一种交感作用。弗雷泽还认为在人类历史上,存在着一种观念进化的路径——巫术、宗教、科学是逐渐进步的。

不同于弗雷泽的这种看法,费孝通的老师,被誉为"民族志之父"的马林诺夫斯基在《巫术科学宗教与神话》中,认为巫术并非为宗教所取代的低级思维,而是对宗教的必要补充。因为不管在哪个时代,在人们的经验里面,总会存在着知识和技能所不能圆满解释的地方。就是在这个层面上,巫术并不是消极的,而是作为对理性逻辑和经验技能的一种积极补充。

这么说来,巫术其实也是人类对于未知世界的一种乡愁。在非洲当代文学里,已经或正在经历现代化的非洲人,又回过头来反思所谓的巫术时才发现,巫术正是古老非洲文化记忆不可或缺的一部分,遗忘它也就遗忘了自身。

不论巫术有多神秘、魔幻,它们的本质问题差不多,就是人类如何去面对那些未知事物,以及如何面对种种不确定性。就是在这样的面对和追问中,巫术产生了、运作了,并在几千年的时间跨度里,扮演着人类认知的中介和尺度。

神明的远行与归来

人找神，那叫"朝圣"。神找人，那叫"普度"。世界广大，不管人或神都会出远门。天庭高远，也总有神按捺不住，想离开安逸的仙界生活，去人间走一遭。当然，因为不同神明有着不同的喜好、性格和愿望，自然会走出不同的旅行路线。

佛祖老家在印度，却常在中国和日本显圣。老子主要事业在中原，晚年却骑牛西去，出了函谷关。妈祖坐镇福建湄洲岛，又频繁在台湾和东南亚现身。耶稣生前走遍以色列，喜欢上耶路撒冷，复活后又到加利利的海边旅行多天。虽然各路神明的出行方式五花八门，但是对于出远门的热爱，总归是"东海西海，心同理同"。

耶稣的童年旅行

神明之所以经常出走，这事可能有几个原因。

首先，极有可能是因为他们被家乡排挤，或者不被周围人理解，而不得不远走。耶稣便是典型的例子。他有句名言："没有先知在自己家乡是被人悦纳的。"这句话可谓道尽了先知型人物的悲哀。

在耶稣出生后不久，因为天有异象，统治犹太人的希律王感到紧张，决定屠杀伯利恒地区两岁以内的婴儿。约瑟和玛利亚听闻风声，赶紧带着小耶稣逃命到埃及，直到多年以后才返回故乡。这次逃命，算是耶稣来到世界上的第一次出远门，似乎也预示着他往后不平坦的人生道路。

第二次有史可稽的长途旅行，大概是耶稣十二岁时，跟着爸妈去耶路撒冷过节朝圣，然后待在圣殿里读经。三天过后，约瑟和玛利亚夫妇回家，才发现找不到耶稣，又急又气。多方打听以后，终于在会堂里找到了正在读经的小耶稣。十二岁的小耶稣，出口不凡："岂不知我应当以我父的事为念吗？"意思就是告诉肉身父母，他应该以天上圣父的事情为重。回家，不过是小事情，着什么急呢？不过，小耶稣在吐露心声以后，也没继续留下，而是顺从地跟肉身父母回家了。

耶稣毕竟是上帝之子，身份特殊，能力超凡，身处凡人中间，难免引起别人的误会和不理解。在神圣人物身边的叔伯兄嫂和普通市民，可能太过熟悉眼前的小孩，以至于全然没有发现他们的神性，甚至还颇不理解他们的怪异行为，更过分的还会冷嘲热讽。因而，但凡有点神性，且立志要做大事业的神明，不约而同纷纷离家远行。

与耶稣一样，很多神明也因为立意高远，甚至在成为神明之前就下决心离家出走，佛祖便是这类人的典型代表。

佛祖的出走

佛祖虽然毕生没有出过南亚次大陆地区，但他的热心弟子们，把他的事迹和理论带到了世界各地。这群弟子们那么能跑，也离不开佛祖的亲身示范。当年佛祖还是年轻王子悉达多时，就爱离家出走，主要是为了出家寻找真理。

在佛教出现之前，印度人也出家。这并不奇怪，在婆罗门贵族的传统生活方式里，年轻时要结婚生子、建功立业，到了中老年，又要主动去研究宗教、体验出家生活。但是悉达多等不及，想在年轻力壮时就出家，免得老来后悔，无力参透真理。

就在此时，发生了"四门游观"事件，促使悉达多从观念付诸行动。那时，悉达多王子在侍卫陪同下，出了皇宫，乘车视察。他分别在东门、南门、西门看见老人、病人、死人，场面悲惨，直接刺激王子开始思考生老病死。要知道，衣食无忧、岁月静好的皇室，只有繁华富贵、华冠尊容，离残酷的生存现场太远。这一次，悉达多直抵生存现场，深受震撼。最后，他又在北门看见平静祥和的修行人，心中生出向往，决定寻找到可以摆脱死亡痛苦的真理，自此开始频繁离家出走。

最开始，他遍寻婆罗门教、沙门等派别的修行大师，也到深山老林里学习冥想和苦修，直到一次饿晕后，被牧羊女救活，重新看见蓝天白云、绿水青山，才觉得世界本原的静美，于是决定放弃苦修。最后到了伽耶城，在一棵菩提树下大彻大悟，成了佛祖。

悉达多成为佛祖以后，也没闲着，他分别到过鹿野苑、波罗奈城、摩揭陀国，回过释迦国见亲人，后来又到舍卫城传道。佛祖八十岁时，在返乡的途中去世，结束了出走奔波的一生。

在佛祖去世后，弟子们继续发扬先师离家出走的精神，代表佛祖去四面八方传法。两千年来，佛法远游的路线，大致可分为往南、往北两个方向，往南便有了南传佛教，又叫上座部佛教。往北则产生了藏传和汉传两个体系。佛法在汉地，又有了形形色色的接班人，有的叫天台宗、律宗、法相宗，也有的叫净土宗、华严宗、禅宗。

即便到了境外，佛教依然盛产出走型人物，比如中国史上第一位专业留学生——唐僧，一反中国人安土重迁的习惯，留学印度十七年，从西天带回六百多部佛经，一百五十多颗舍利子。反倒是在佛教的老家印度，因为婆罗门教后来居上，佛教渐渐衰落。不得不说，一部佛教传播史，也是佛教神明离家出走史。

老子去哪儿了？

跟佛祖差不多同个时代，老子正在东方生活。晚年的老子，已经厌恶了守在一地的生活。自从二十一岁进入周王室的图书馆工作，老子直到五十六岁才离职，回到故乡，等到八十六岁时，决定西去云游。老子一路向西，出了函谷关，留下《道德经》，而后便不知仙踪。

老子西出函谷关以后，究竟发生了什么？历史上的说法不一，有的说，老子去了中亚和印度，教化胡人为业，归化了印度人，创造了佛教，而后归来，已是佛陀模样。也有的说，老子出关后，羽化成仙，自此升天，荣任太上老君，继续带领中国的道长们。还有的说，老子是造反派的祖师爷，不管太平道还是五斗米道，黄巾军还是白莲教，都打着老子的旗号，发动群众起义。

直到汉代，五斗米道创始人张道陵，把老子尊为教主。一位晚年出走的周代人，成了后世尊奉的"太上老君"。在"小仙翁"葛洪看来，老子已经是神仙的模样，"黄白色、长耳、大目、厚唇、耳有三漏门、足蹈二五、手把十文"。

魏晋时，已经出现《老子化胡经》，详细证明了出关后的老子，前往中亚和印度宣扬道法，被印度人尊为佛陀，后来又传回中土。"老子化胡说"面世，受到道教和佛教的热烈欢迎，同时给了双方充足的面子。道教得到了来自佛教的敬意，佛教又可以改头换面，可以在异国他乡顺利安营扎寨。而对于皇室而言，老子也是尊客。西汉早年尊奉黄老术，唐代直接奉为李氏先祖，被追封为"太上玄元皇帝"，政治地位达到巅峰。看来，出了函谷关的老子，并未神秘失踪，而是以不同面目，一次次返回人间，引起一片波澜，荡漾到如今。

神明的离去和归来

目睹神明的远去，是一种修养。欢送神明离境，也是学问。当神明要离开时，举办适当的欢送仪式，本是人类应尽的义务和礼貌。古有尹喜挽留老子，留下了五千言《道德经》，可谓难得的人类财富。也有老百姓，为欢送王爷离境，造出华丽的大船，举办隆重的"送王船"仪式。

所谓的"送王船"，融合了多种民俗。宋代的江南，就流行用船送瘟神离境的仪式，到了明代又加入"代天巡狩"的民俗。"代天巡狩"就是指代表玉皇大帝到人间巡视的王爷。他们握有圣旨，可以奖善罚恶，负责驱逐瘟疫等，口碑非常不错。所以，每年到了四月份，就有"送王船"的欢送仪式。看来，出远门也着实不易，

到了网络时代，神明归来更加便捷。传统习俗还在延续，全新神明又在不断涌现，甚至改头换面，以新面貌出现在世人面前。二十一世纪的人类社会，已经不能与古代同日而语。互联网的流行，让原本相隔千山万水的人们，如同在地球村一起生活。此时，神明们也在不断归来。

飞天神面的到来，便是一次盛典。2005年，一位叫作亨德森的美国年轻人，他为了反对州教育局的做法，而特地发明了"飞天神面"这位神明。原本，教育局打算要求州内学校加入智能设计论的课程，这个理论正面论证了上帝创造万物。但是，引起了这位年轻人的不满。于是，一款全新、怪异、荒谬的神明出现了。根据亨德森的揶揄，他同样可以证明飞天拉面创造了世界万物，要求一并列入课程。此举像一颗石子丢进水中，引起很大的争议。不过，世界各地的不少年轻人纷纷表达支持，短期内就从世界各地寄来六万多封电子邮件。

于是，在这场网络的狂欢中，"飞天神面教"诞生了。二十一世纪的新新人类，开始模仿基督教的形式，除了教主，还有教堂、礼拜，甚至还出现了《飞行面条怪的福音》《盗德经》这样的书。总之，它像模像样，拥有系统完整的教义和仪式，而且还有群众

基础。

　　飞天神面不再化作肉身，也没有活在神话传说里，而是通过电脑屏幕，聚集起全世界的年轻人，共同朝拜这位二十一世纪的新神明。这些年轻人再也受不了传统信仰里的威权和秩序，以及这些仪式背后蕴含的整个文化体系。他们开始创造属于自己的神明，来挪揄传统观念。尽管飞天神面是虚拟的，但对于这群年轻人而言，却尤为真实。与其说它是一种宗教，不如说是一种后现代的幽默，以及年轻人的狂欢话题。在此，不由得想起那个海螺共和国的格言："在实践幽默中缓解世界的紧张。"

尾声　偶尔鬼眼觑仙尘，究竟谁是局中人

　　这一趟从天堂到地狱，由鲲鹏开路、神明欢送的奇异漫游，在此暂且告一段落。

　　此时此刻，我正坐在人间某个小镇的石塔里，塔立在路边，眼前街市人来人往。我看见每个人都背着自己的神明，上面恍惚写着各自的名号，走向他们的庙宇或圣殿。有时，人们互相问好，彼此点头致意、擦肩而过。有时，人们也在塔边歇脚，喝杯清茶、谈天说地。打个瞌睡以后，背起自己的神明继续赶路。

　　但我仍在石塔里读书写字，仿佛外面的世界并没有发生过什么事情。不过此时，我也需要喝水、吃饭、开不正经的玩笑，这些事提醒我仍在人间，与凡人无异，亦与幽冥无涉。每个人的旅途都太累了，都需要一座可供歇脚的塔，也需要背上各自的神话故事，方可继续走完余下的路。

　　在我儿时，读着那些古今西东的神话典籍，曾醉心于那些神奇莫测的名字，在奇异云海里幻想浮沉。我曾在外婆那座江南四合院里，听她讲妙善的故事。我也曾在奶奶的书桌前，看她珍藏的《天路历程》，遥想清教徒漂洋过海的旅途。我的爸爸，还曾一

边踏着自行车，一边跟我说各种奇闻异事，我就这样一路穿过街巷，揣着扑通的小心脏回家。后来，当世界用严肃的理论跟我说，这些都是假的。我一度不愿相信，但是又在铺天盖地的众声里喏喏称是。于是，我将那些儿时听来的、看到的，统统抛到脑后，以为不过是人类的儿戏。

何时重新体味它们的惊艳呢？或许没有高光时刻，也没有飞来灵感，只是在理性渐渐成熟之际，于人间又看到了众神、列仙、群鬼的投影，思及童年听来的传说，两相对比，竟觉一种幽默和温情款款而至。与其说是幽默和温情，不如说是一种人类本有的大悲悯，只是被人遗忘，又被人造物埋没罢了。

附录　鬼与启蒙

从《见鬼》说起

"海上说鬼人"有鬼君出了一本奇书——《见鬼:中国古代志怪小说阅读笔记》。这本书打捞了散布在中国古代志怪小说里各色各样的鬼,把鬼的文献材料视为民族志,用流畅的叙事书写了鬼的日常、鬼的社会、鬼的政治,以及人鬼关系。举凡吃素、翻墙、约架、全球化、巡视组、投胎、猪肉自由等时尚话题,均能一一发掘出鬼的视角和故事,而鬼也颇能提出令人眼前一亮的看法和举动,令人不得不感叹古代志怪的丰富,当然还有鬼君的联想力、叙事才华以及敏锐的现实关怀。

读此书,若能抱持欣赏与玩味的态度,想必能体会费孝通先生曾说过的话——"能在有鬼的世界中生活是幸福的"。《见鬼》带我们见识了一个以鬼为主、人鬼共存的世界。在那里,人们寻常理解的鬼,已不再是恐惧的代名词,也不再是说不清、道不明的潜行者,而是一种奇异的存在,它们散发浓厚的烟火气息,透露出活色生香的趣味，令人不得不赞叹："真是鬼灵精怪！"而重新书写它们的作者，莫非也已到了"鬼才"的境界？若就书中故事而言，直接捧读即能体会趣味。但对于"不接地气"的学者而言，我还想就其中涉及的文化问题做些发微和初探，抛砖引玉，以引起更多学理的争鸣。毕竟，根据《搜神记》，就连汉代儒学大师董仲舒也曾智斗妖怪哩，知识分子岂能不效法先贤。

可惜的是，西方自古有"神学"，日本近世有"妖怪学"，民国始有"仙学"，而鬼却没有相应的"鬼学"——什么是鬼？鬼是如何诞生的？鬼的世界有什么样的运作机制？只有回应这些基本问题，我们才不至于面对鬼而"疑神疑鬼"，也不怕别人"装神弄鬼"，方能与鬼和好，更整全地理解我们所处的世界和文化系统。

"鬼"的生成

诚如有鬼君所说，幽冥世界是一种层累构建的产物，并非静止不动，它的背后是一个更广阔的历史和文化，既有一些共通的基本规则，也受到社会思潮的影响。其实，这接近哈佛大学宗教学家怀菲尔德·史密斯（Wilfred C. Smith）的看法，他也认为人类社会中的各类"宗教"，无不由"虔信"（faith）和"积累传统"（cumulative tradition）所构成，二者缺一不可，互动交织出形形色色的"宗教"。

当然，那些佛经、道经里书写的过度繁密又经后世润色的幽冥世界，其实也是一种经千年累积的现象，反映出某种集体实践和"制度化"，并非"虚构""想象"或"刻意"所能一言蔽之。史密斯就认为传统的宗教学通常会研究某部经典里的教义思想,而他则更注重用千年的尺度,衡量这部经典的作用和角色。这就需要通过跨文化、跨时间、跨文本的比较,来重新建构一个更广阔的人文世界。

同样,这些学理对"鬼"也是适用的。我对"鬼"的兴趣,更在于想要了解"鬼"这种文化,在长时间尺度里的生成理路,以及它所扮演的角色、发挥的作用。

"鬼"作为一种文化,并非一次性诞生,而是人类信念和社会实践互相交织、累积生成的产物。从汉字的角度看,"鬼"这个字很古老,甲骨文里的"鬼"字取了人形,不过异于正常的人形,更像是巫师戴着面具装扮成鬼怪的模样。在汉语词汇里,"鬼"的造词很丰富,不下千种,涵盖了正负两极的涵义。

比如,说一个人作恶多端、危害他人,那便不能归为人类,而要归为鬼类,举凡"鬼鬼祟祟""鬼迷心窍""各怀鬼胎",无不以鬼贬人。若从正面看,则"鬼斧神工""机灵鬼""诗鬼""惊天地、泣鬼神",又透露些许敬爱乃至敬畏。这种现象,除了汉语的博大精深以外,常常也能反映出"鬼"在中国文化里的深厚影响。

的确,"鬼"的涵义多元,内涵与外延交织,早已超越了语言文字,在更基础的社会文化生活里扮演关键角色。《礼记》《论语》郑重教导子孙要祭祀的"鬼",属于祖先崇拜中的"家鬼",也是古代中华文化的核心命脉之一。而没有得享后代祭祀的则变为"孤魂野鬼",有时会扰乱人间生活。当人们遇到无法解释也无以应对的自然事件时,在地震、瘟疫、火灾中惊惧万分时,也会把这些解释为鬼怪作祟。进而,一些宗教节期和仪式,也在应对"鬼"的过程中而日臻完善，比如佛教的盂兰盆节、道教的施食科仪，无不为着救赎这些饿鬼、冤鬼、孤魂野鬼。虽然从"家鬼"到"野鬼"，这些都被称为"鬼"，但他们的文化阶层、道德地位、仪式待遇往往有天壤之别。

"鬼"的学术和文学

不仅宗教和民俗谈鬼，学者和文人也时而谈鬼。一些汉学家、人类学家已有不少对汉人地区"鬼文化"的研究，例如美国汉学家柏华（C. Fred Blake）的《烧钱：中国人生活世界中的物质精神》、人类学家焦大卫（David K. Jordan）的《神·鬼·祖先》，以及林美容的《台湾鬼仔古》等。近些年来，栾保群的《扪虱谈鬼录》、有鬼君的《见鬼》则是探讨这些问题较多的书。

中国人不仅纸上谈鬼，而且在生活里处处能听到鬼故事，只要你敢提起胆子去打听。《见鬼》涉及的素材，主要源自中国古代志怪小说文献。在历史里，从干宝的《搜神记》到蒲松龄的《聊斋异志》，这些志怪故事的形成与文本的书写，是"鬼文化"传承的主要载体，但这些也并非全部。

此外，还有物质、实践、口传、节期等等，均构成"鬼文化"动态演变的内涵。而就物质而言，许多人类学家着墨的"烧纸钱"这种行为和习俗，便对于沟通阴阳、塑造心理起到重要作用。

除了学术研究，中文作家对鬼的严肃文学创作也不是没有。哪怕到了现代，从鲁迅《失掉的好地狱》到钱锺书的《夜访魔鬼》，鬼也依然可以登上大雅之堂。当然，这些鬼已经不再有令人恐惧的心理因素,更多的是文学趣味和审美导向。当然,写鬼的文学虽未曾断绝,但也不复见魏晋时期志怪文学的高峰了。

从这些角度来看,"鬼"作为一种文化现象,它的生成遍及多种文化载体,分布在中国人生活的方方面面。"鬼"已是人们生活和观念的一部分,也早已确立了它们的文化角色。谈论"鬼"不仅不是"旁门左道",而且还能从中窥见诸多文化的秘密。

"鬼"消失了吗

扩而言之,"鬼文化"不仅在中国有广泛影响,是亚洲文化的共同特点之一。如果说欧美民族的文化主流是崇拜"神"的文化,那么亚洲文化便是一种敬畏"鬼"的文化。不论犹太教、天主教、基督新教,还是伊斯兰教、拜火教,生活于这些文明中的人,往往对"神"的细节了如指掌,他们用大量文本、口传技艺和仪式来描绘、传承"神"的故事,它们中的诸多教派甚至非常忌讳谈鬼,也缺少有关鬼的细节和趣味,更不用说演变出有关鬼的多元文本和祭祀仪式。

相反,在亚洲,不论日本、韩国、中国还是东南亚国家,普遍共享着一种对"鬼"的敬重,其中既包括对祖先的崇奉,也包括对其他各类鬼魂的敬畏。这种现象不仅古已有之,而且于今尤甚,如果看看日本、韩国和泰国的"鬼片"票房,则可以说"鬼文化"是塑造亚洲文化的关键词之一。

其实,在1946年出版的《初访美国》一书中,费孝通先生已经敏锐地捕捉到了这种区别。不过,他说的是美国人崇拜"超人",

而中国人敬畏"鬼"。即便像费孝通这样的社会学家和人类学家，也认为童年时对鬼怪和未知世界的敬畏，深远地影响了他的世界观——"我自己早年对于大厨房、后花园的渺茫之感，对于纱窗间的恐惧之感，一直到现在没有消灭，不过是扩大了一些，成为我对宇宙对世界的看法罢了。"

进而，他把童年的恐惧、祖母的影子、房屋的角落，上升到了更高、更悠远广阔的哲学思考——"我们的生命并不只是在时间里穿行，过一刻、丢一刻；过一站、失一站。生命在创造中改变了时间的绝对性；它把过去变成现在，不，是在融合过去，现在，未来，成为一串不灭的，层层推出的情景——三度一体，这就是鬼，就是我不但不怕，而且开始渴求的对象。"

他意识到了"鬼"在中国人心理和日常生活中的独特存在，也点出了美国文化中"鬼的消失"。他认为美国人高度流动的都市生活、独立居住的小家庭、联系不密切的血缘关系、千篇一律的住宅形态，让人与人、人与物的联系变淡了，对故人的幽思、对亡物的怀念，也都变淡了。因而，鬼也随之而灭。

当然，费孝通没有看到当代中国已经发生的大流动，那个深宅浓荫、后花园充满传说、一草一木皆有神话、邻里巷陌不缺故事的古老中国，也一样逐渐去魅、消失了。然而，"鬼"真的消失了吗？还是改变了文化形态，以其他形式继续存在？

现代社会的高速流动、个体隐私、人际壁垒，让传统形态的鬼减少乃至消失了，但是现代化的精致的鬼却越来越多。那是香港都市爱情电影中的鬼，是日本电影里的怨鬼，它们多数是独居在公寓里、有各类心理疾病的男女老少，因为家庭、事业、爱情这三座大山而压得喘不过气来，于是由人变鬼，演绎起当代都市的幽冥志怪。可以说，从古至今，鬼从未缺席。

幽冥故事不仅仅是对人间生活的反映和投射，它对人们的寻常生活、老百姓的世界观和生活观，常常有"润物细无声"的深刻影响。在口耳相传中，在好奇和恐惧的情绪之间，它仿佛跨越了代际和地域，告诉一代代人，这个世界是什么样的，你应该做什么，不应该做什么。它在人类文化里发挥着深层却又少人留意的巨大影响，需要引起更深的注意。

"见鬼"以后如何

娜拉的出走，让鲁迅追问："娜拉走后怎样?"而鬼却从未消失，只不过改头换面、如影随形、游荡在人间。前者是一个女性解放的难题，后者却是人们从传统走进现代的难题——"鬼"只是引子，引发人对自身、对传统和现代的思考。启蒙，从来不是一蹴而就，也不是终极目标，启蒙从来就是一种动态的、持续的反思过程。

自二十世纪的新文化运动以来，特别是五四运动以来，"科学"和"民主"成了中国知识界乃至全社会的中心思想，举凡学术研究、政治、经济，皆奉"赛先生"和"德先生"为圭臬。而对于不合于二者的其他社会文化元素，或以"反动"批判，或以"迷信"拒斥，或以"不可知论"漠视，或以"神秘莫测"讳言。总之，百年来的学人学者和社会各界，对"鬼文化"的研究和书写，恐怕是远远不足的。

相较而言，日本学界对"鬼文化"的研究，已有相当客观而且可观的积累，他们对自身传统文化里的鬼魅元素，也有相当早的整理和重新创造。从本居宣长的《古事记传》到鸟山石燕的浮世绘，从井上圆了到柳田国男，无不展现出他们对日本"鬼文化"的探索。近世日本学人在习得西方的社会科学方法论后，将其创造性地运用于整理、研究有关鬼魅的文献材料和民俗现象，终成一门特殊的学问——妖怪学。

当新文化运动的领袖之一、老北大校长——蔡元培先生翻译了日本妖怪学之父、井上圆了的《妖怪学讲义录》后，竟然从中得到启发，抛开了科学与迷信、唯物与唯心、理智与情感的二元对立，开始觉得"心境之圆妙活泼，触发自然，不复作人世役役之想。"从前在他看来是"无稽之谈"的妖怪，在宗教学和人类学的显微镜下，竟然迸发出独特的文化魅力。

这是一次重新展开的启蒙过程，也可以说，这是一次"见鬼"的经历——"见鬼"是一次震慑，一次提醒，一次让人超脱寻常观念的体验。那么，如果用一双"鬼眼"来重新审视中华文化、亚洲文化乃至西方文化，可能看到的将比以往的更多、更不同。

在此，请允许我以热烈掌声，欢迎"鬼"的到来，不是以魅惑的姿态，而是以反思的、启蒙的、批判的姿态，欢迎"鬼"重归这个世界，特别是当代中国文化世界。如果人们可以直面鬼提出来的疑难和诘问，或许可以从这个人类永远的"反对派"身上，比从人间事务里学到的多得多。

我与有鬼君素昧平生，也未曾见过鬼，但毕竟写过鬼，还认得书里的鬼，所以不揣冒昧，姑且任笔品评群鬼，有不当处，也请有鬼君和鬼们见谅。

呜呼哀哉，伏惟尚飨，鬼！

参考文献

辑一

余红艳,《精》,上海辞书出版社,2014年。

干宝,《搜神记》,中国画报出版社,2013年。

蒲松龄著,于天池译注,《聊斋志异》,中华书局,2016年。

《百怪图谱:京极夏彦画文集》,上海人民出版社,2017年。

井上圆了著,蔡元培译,《妖怪学讲义录(总论)》,东方出版社,2014年。

中西进著,彭曦译,《日本文化的构造》,南京大学出版社,2013年。

吴敬梓,《儒林外史》,人民文学出版社,2002年。

文可仁,《中国民间传统文化宝典》,延边人民出版社,2000年。

马书田,《中国俗神》,团结出版社,2007年。

马书田,《中国人的神灵世界》,九州出版社,2002年。

梁庚尧,《宋代科举社会》,东方出版中心,2017年。

董志文,《话说中国海洋神话与传说》,广东经济出版社,2014年。

李昉,《太平广记》,湖北辞书出版社,2007年。

唐临、戴孚,《广异记》,中华书局,1992年。

穆纪光,《敦煌艺术哲学》,商务印书馆,2007年。

列子著,叶蓓卿译注,《列子》,中华书局,2016年。

干春松,《仙与道:神仙信仰与道家修身》,海南出版社,2016年。

高大鹏,《神仙传:造化的钥匙》,线装书局,2013年。

乐其麟,《趣话八十四行祖师爷》,气象出版社,2013年。

刘向,《战国策》,齐鲁书社,2005年。

管仲,李山 注解,《管子》,中华书局,2009年。

庄子,孙海通 译注,《庄子》,中华书局,2007年。

金寿福译注,《古埃及〈亡灵书〉》,商务印书馆,2016年。

罗莎莉·戴维著,李晓东译,《古代埃及社会生活》,商务印书馆,2016年。

郑家馨,《一方水土养育一方文明:非洲文明之路》,人民出版社,2011年。

辑二

吴承恩,《西游记》,人民文学出版社,2004年。

葛洪,《神仙传》,学苑出版社,1998年。

袁枚,《子不语》,天津人民出版社,2016年。

许仲琳,《封神演义》,上海古籍出版社,2011年。

施勒伯格著,范晶晶译,《印度诸神的世界——印度教图像学手册》,中西书局,2016年。

赖永海译注,《楞严经》,中华书局,2010年。

曹丕等撰,《列异传等五种》,文化艺术出版社,1988年。

殷伟、程伟强,《图说冥界鬼神》,清华大学出版社,2014年。

殷伟、程建强,《图说日常守护神》,清华大学出版社,2014年。

殷伟,《中国民间俗神》,云南人民出版社,2003年。

圆瑛,《佛说盂兰盆经讲义》,上海市佛教协会,1989年。

许地山,《道教史》,上海古籍出版社,1999年。

隋垠哲,《鬼神仙怪——中华鬼神文化大观》,中原农民出版社,2015年。

乌丙安,《中国民间信仰》,上海人民出版社,1995年。

张广智、高有鹏,《民间百神》,海燕出版社,1997年。

辑三

徐晓望,《妈祖信仰史研究》,海风出版社,2007年。

罗春荣,《妈祖传说研究——一个海洋大国的神话》,天津古籍出版社,2009年。

《天妃显圣录》,载于网站 https://ctext.org/wiki.pl? if = gb&chapter=614954。

谢重光,《粤闽台民间信仰论丛》,海洋出版社,2012年。

林国平，《闽台神灵与社会》，厦门大学出版社，2010年。

柿子文化、林金郎，《神灵台湾：第一本亲近神明的小百科》，柿子文化事业有限公司，2018年。

首都博物馆，《佛教慈悲女神：中国古代观音菩萨》，文物出版社，2008年。

故宫博物院，《故宫观音图典》，故宫出版社，2012年。

徐华铛，《菩萨（中国传统图像形说）》，中国林业出版社，2015年。

路遥，《四大菩萨与民间信仰》，上海人民出版社，2011年。

于君方，《观音：菩萨中国化的演变》，法鼓，2009年。

赵李娜，《神》，上海辞书出版社，2014年。

李殿元，《天神地祇：道教诸神传说》，四川人民出版社，2012年。

邓妍，《孔子神化动因及其文化意义研究》，华南理工大学，2014年。

黄进兴，《儒教的圣域》，三联书店（香港），2015年。

林聪舜，《儒学与汉帝国意识形态》，上海人民出版社，2017年。

马克斯·韦伯著，王容芬译，《世界宗教的经济伦理：儒教与道教》，中央编译出版社，2018年。

李丰楙，《不死的探求：〈抱朴子〉》，线装书局，2013年。

傅勤家，《中国道教史》，中国文史出版社，2016年。

葛洪，《神仙传》，学苑出版社，1998年。

闵一得，《天仙道戒须知》，艺雅出版社，2018年。

陈鼓应,《道教陈抟学派与北宋理学》,台湾大学,2002年。

依迪丝·汉密尔顿著,陈嘉映编,李源译,《上帝的代言人》,华夏出版社,2014年。

徐新,《论犹太文化》,世界图书出版公司,2013年。

富育光、赵志忠,《满族萨满文化遗存调查》,民族出版社,2010年。

富育光、郭淑云,《萨满文化论》,学生书局,2005年。

米尔恰·伊利亚德,《萨满教:古老的迷魂术》,社会科学文献出版社,2018年。

陈建宪,《一个当代萨满的生活世界》,华中师范大学出版社,2015年。

傅英仁讲述,张爱云整理,《满族萨满神话》,黑龙江人民出版社,2005年。

辑四

罗贯中、施耐庵,《水浒传》,中华书局,2009年。

释慧皎,《高僧传》,中华书局,1992年。

康乐,《佛教与素食》,商务印书馆,2017年。

Elizabeth Kuhns, *The Habit: A History of the Clothing of Catholic Nuns*, Image Books, 2005.

Veronica Bennett, *Looking Good: A Visual Guide to the Nun's Habit*, GraphicDesign&, 2016.

普济,《五灯会元》,中华书局,1984年。

金庸,《天龙八部》,广州出版社,2011 年。

一休宗纯著,殷旭民注解,《一休和尚诗集》,华东师范大学出版社,2008 年。

安东尼,《沙漠教父言行录》,三联书店,2012 年。

李约瑟,《中国科学技术史》,科学出版社,1990 年。

张觉人,《中国炼丹术与丹药》,学苑出版社,2009 年。

陈莲生,《道教常识问答》,上海辞书出版社,2012 年。

金正耀,《中国的道教》,中国国际广播出版社,2011 年。

李丰楙,《不死的探求:〈抱朴子〉》,线装书局,2013 年。

马西莫·匹格里奇著,王喆译,《哲学的指引:斯多葛的生活之道》,北京联合出版公司,2018 年。

玛克斯·奥勒留著,梁实秋译,《沉思录》,译林出版社,2016 年。

杨慧南,《六祖坛经:直通现代心灵的佛法》,线装书局,2013 年。

释普济,苏渊雷注解,《五灯会元》,中华书局,1984 年。

释道元,朱俊红注解,《景德传灯录》,海南出版社,2011 年。

辑五

金庸,《倚天屠龙记》,广州出版社,2012 年。

马小鹤,《光明的使者:摩尼与摩尼教》,兰州大学出版社,2013 年。

孙英刚,《神文时代:谶纬、术数与中古政治研究》,上海古籍出版社,2014 年。

陈侃理,《儒学、数术与政治:灾异的政治文化史》,北京大学出版社,2015 年。

王青,《中国神话研究》,中华书局,2010 年。

刘向,《列仙传》,学苑出版社,1998 年。

谢家树,《圣经中的食物》,中央编译出版社,2011 年。

《圣经》,中国基督教两会,2009 年。

周燮变,《中国的基督教》,中国国际广播出版社,2011 年。

殷小平,《元代也里可温考述》,兰州大学出版社,2012 年。

王怀义,《中国史前神话意象》,三联书店,2018 年。

刘宗迪,《失落的天书——〈山海经〉与古代华夏世界观》,商务印书馆,2016 年。

李丰楙,《最神奇的上古地理书:〈山海经〉》,线装书局,2013 年。

王怀义,《中国史前神话意象》,三联书店,2018 年。

弗雷泽著,汪培基、徐育新、张泽石译,《金枝:巫术与宗教之研究》,商务印书馆,2012 年。

马林诺夫斯基,《巫术科学宗教与神话》,中国民间文艺出版社,1986 年。

孙亦平,《西方宗教学名著提要》,江西人民出版社,2002 年。

蒋维乔,《中国佛教史》,上海古籍出版社,2011 年。

梁思成,《佛像的历史》,中国青年出版社,2014 年。

季羡林,《季羡林谈佛》,浙江人民出版社,2016 年。

后记　孤独见鬼神

先交个老底。这本书是前年写的,在澎湃新闻的专栏零星发过几篇,去年在三民书局出了繁体版,今年则由南京大学出版社发行简体版。如此,才算阶段圆满。

两三年来,书没变,人也没怎么变。除了从闲到忙,除了决定不去爱丁堡读博以外,我的生活基本没有大变化。当然,孤独也没变。

前几日,开热水冲澡时,一种被孤独包围的感觉,随水汽扑面而来。仿佛全世界只有哗哗的水声,只剩下了我,浸泡在庞大永恒的孤独里。这一刻,我仿佛明白——孤独见鬼神。

面对旷远的孤独,人能做什么? 循着既定的生老病死、婚丧嫁娶、吃穿住行,此外顶多诗词歌赋、琴棋书画,或战争杀虐。不论古今中外、东西南北,人类的生活形态本不多元,本质相通。那么,鬼神呢? 我想,也是相通的,这个相通的触点就是孤独。

唯有孤独,耶和华按着祂的样式造人,然后预定一系列事件,让人类历经苦难、分离、背叛和爱,走向救赎;唯有孤独,释迦牟尼厌倦王国的享乐,想理解挥之不去的孤独和苦难究竟为何而生,因缘变幻又是否存在自性，于是出逃、苦修、成佛、教化。也唯有孤独，中国历史上，无数大大小小的信仰、教派、宗门分分合合、云起云落，出现又消失在历史的舞台上。这些现象的背后，究竟是什么在创生、推动、扭转、覆灭？

除开政治经济与社会因素，从人心来看，可能就是孤独。因为孤独而不甘生活就此过去，人生就此消灭，生命就此耗费，总想在眼前事物之外，寻求一些什么东西，来回应心灵深处那永恒的孤独。

孤独既是永恒，就不分古今。在原始人的孤独里，恐惧占了多数，来自大自然的未知、人与人的未知、人与社会的未知，因而恐惧，因而杀戮、殉葬、献祭、巫术。但随着人类知识的发展，许多事（连同鬼神）都被解构了。在宗教内部，原先惯于愤怒、嫉恶如仇的耶和华，被重构成爱人如己、连仇人也爱的耶稣基督，属于以色列一族的信仰自此走出老家，成了全球三分之一人类的共同崇拜。而原先支持婆罗门等级制度的印度教，被重构成普度众生的原始佛教，后来演变出无数繁杂的仪轨和教门，到了禅宗，索性都归纳到一颗心上；到了净土，便只要念一句"南无阿弥陀佛"，就能往生西天。

不过，在古人的时空里，独自走路的扫罗尚能遇见基督，往南方奔命的惠能，还能葆有菩提佛性。即便到了近古，书生们也能遇到狐仙。而现代人呢？依旧孤独着，却早已用"精神分析学"解构了这些"迷幻"，或归因于"幻觉"，或归因于"集体狂欢"，或归因于特殊的政治经济背景，或用"科学""启蒙""现代性"横扫一切幽暗时空。

没错，必须承认的是，那个曾经含情脉脉的鬼神世界，已经逐渐土崩瓦解。曾经带着希望，也带着恐惧的信仰生活，多数被破解为"人类儿童时期"的神话传说，以供茶余饭后的谈资。少数则被压缩成某个社群或阶层的社交生活，得以孱弱延续。

但是，到头来，人类依旧孤独，甚至孤独得无以复加。在进步更新的世界里，物质蓬勃、文化昌兴，唯孤独永恒弥新，任凭怎么进步，怎么娱乐和狂欢，孤独一分也不会随之减少。

因此，本书没有兜售解决方案，也不带读者回到过去，更不预见未来，因为无人免于孤独，我也不例外。不过，可能唯有敬畏"孤独"这个事实，擦去其余的迷幻，才能走向什么解脱法门吧。或者，有这个法门吗？

我只知，唯有孤独，鬼神才有况味。唯有鬼神，孤独添了旷世的永恒底色。

写到这儿，与其说是鬼神，不如说写的都是人类的孤独史——归根结底，写了个寂寞。

图书在版编目(CIP)数据

神明考古学 / 徐颂赞著. —南京：南京大学出版社，2021.10

ISBN 978 - 7 - 305 - 24439 - 1

Ⅰ. ①神… Ⅱ. ①徐… Ⅲ. ①随笔—作品集—中国—当代 Ⅳ. ①I267.1

中国版本图书馆 CIP 数据核字(2021)第 082567 号

出版发行　南京大学出版社

社　　址　南京市汉口路 22 号　邮编　210093

出 版 人　金鑫荣

书　　名　**神明考古学**

著　　者　徐颂赞

责任编辑　陈　卓

照　　排　南京紫藤制版印务中心

印　　刷　南京爱德印刷有限公司

开　　本　880×1230　1/32　印张 9.75　字数 202 千

版　　次　2021 年 10 月第 1 版　2021 年 10 月第 1 次印刷

ISBN 978 - 7 - 305 - 24439 - 1

定　　价　68.00 元

电子邮箱　Press@NjupCo.com

网　　址　http://www.njupco.com

官方微博　http://weibo.com/njupco

官方微信　njupress

销售咨询　025 - 83594756